Wächter der Magie

Lisa McMann

Wächter der Magie

Aufbruch nach Artimé

Aus dem Amerikanischen
von Doris Attwood

arsEdition

Bibliografische Information der Deutschen Nationalbibliothek
Die Deutsche Nationalbibliothek verzeichnet diese Publikation in der Deutschen Nationalbibliografie; detaillierte bibliografische Daten sind im Internet über http://dnb.d-nb.de abrufbar.

MIX
Papier | Fördert gute Waldnutzung
FSC® C014496
FSC
www.fsc.org

Friedrichstraße 9, D-80801 München
arsedition.de/service
Deutsche Erstausgabe

Die amerikanische Originalausgabe erschien 2011
unter dem Titel »The Unwanteds« bei Aladdin, einem Imprint
von Simon & Schuster Children's Publishing Division

Übersetzung: Doris Attwood
Lektorat: Kanut Kirches
Covergestaltung: Grafisches Atelier arsEdition
unter Verwendung einer Illustration von Karin Paprocki

978-3-8458-5648-3

www.arsedition.de

Für Kilian

Inhalt

Die Tilgung

Ein leichter Windhauch wehte über die steinernen Mauern und durch den Stacheldrahthimmel, an jenem Tag, an dem Alex Stowe getilgt werden würde. Alex stand wartend auf dem staubigen Zentralplatz von Quill und spürte, wie die sanfte Brise den Schweiß auf seiner Oberlippe kühlte. Sein Zwillingsbruder Aaron stand neben ihm, ihre Eltern hinter ihnen. Ringsum versammelt war das Volk von Quill – wartend, starrend, den leeren Ausdruck schlafender Fische auf den Gesichtern.

Mr Stowe bohrte seine Finger fest in Alex' Rücken. *Ein letzter Stich in die Nieren, ein letztes Auf Wiedersehen,* dachte Alex. *Oder eine Warnung, nicht davonzulaufen.* Alex blickte zu Aaron, dessen Miene nur die winzigste Regung verriet. War es Angst? Oder Trauer? Alex konnte es nicht sagen.

Die Hohepriesterin Justine, ihr langes, weißes Haar unberührt von der Brise, erhob sich zu ihrer vollen Größe und richtete den Blick auf die stille Zuschauermenge. Sie begann ohne einleitende Worte, ohne Aufhebens, denn eine Tilgung war weder aufregend noch langweilig, sie *war* einfach, genau wie so viele andere Dinge in Quill einfach *waren*.

In diesem Jahr gab es fast fünfzig Dreizehnjährige. Die Menschen von Quill warteten darauf, zu hören, welche dieser Jugendlichen zu Gewollten oder Notwendigen bestimmt werden würden und welche somit übrig blieben, um getilgt zu werden.

Alex ließ den Blick über die Gruppe und ihre Familien im Halbrund des riesigen Amphitheaters wandern. Einige von ihnen kannte er, aber nicht alle. Alex schweifte in Gedanken ab, während Hohepriesterin Justine zuerst die Namen der Gewollten verkündete, zuckte jedoch kaum merklich zusammen, als sie Aarons Namen aufrief. Aaron, der nichts zu befürchten gehabt hatte, seufzte dennoch erleichtert, als auch sein Name unter den fünfzehn genannten war.

Die Notwendigen kamen als Nächstes. Dreizehn Namen wurden verkündet. Alexander Stowe war nicht darunter. Obwohl Alex wusste, dass er ein Ungewollter war – es schon mit zehn gewusst hatte, seit seine Eltern es ihm eines Morgens beim Frühstück eröffnet hatten –, reichten dieses Wissen und die drei Jahre Vorbereitungszeit nicht aus, um zu verhindern, dass ihm der Schweiß ausbrach und in seinen Achselhöhlen kribbelte.

Es war nur noch eine reine Formalität. Es sei denn, es gab eine Überraschung, was manchmal passierte, aber das spielte keine Rolle. Alle standen reglos da, während die letzten zwanzig Namen aufgerufen wurden. Unter den Ungewollten: Alexander Stowe.

Alex rührte sich nicht, aber sein Herz rauschte wie ein Betonklotz in seinen Magen. Er starrte stur geradeaus, wie er es bei all den anderen Ungewollten in den vergangenen Jahren gesehen hatte. Seine Unterlippe zitterte für einen Moment, aber er kämpfte dagegen an. Als die Kommandeure zu ihm kamen, streckte er die Arme aus, damit sie ihm die rostigen eisernen Handschellen anlegen konnten. Er setzte einen eiskalten Blick auf, bevor er über seine Schulter zu seinen Eltern zurückschaute, die völlig emotionslos blieben. Sein Vater nickte knapp und nahm den Finger aus Alex' Rücken, nachdem die Handschellen sicher eingerastet waren. Es war immerhin eine kleine Erleichterung, aber was machte das jetzt noch für einen Unterschied?

Aaron schniefte einmal leise und zog Alex' Aufmerksamkeit in dem stillen Amphitheater auf sich. Die identisch aussehenden Jungen schauten einander einen Moment lang in die Augen. Irgendetwas, eine Art Energiestoß, passierte zwischen ihnen. Dann war es vorbei.

»Leb wohl«, flüsterte Aaron.

Alex schluckte schwer und hielt den Blick seines Bruders noch eine Sekunde lang fest, als die Kommandeure ihn mit einem Ruck aufforderten, ihnen zu folgen, unterbrach die Verbindung dann jedoch und ging mit den Männern zu dem wartenden Bus, der ihn in den Tod bringen würde.

Gewollt

Aaron Stowe, der Gewollte, sah zu, wie sein Bruder Alex in den verrosteten Kasten von einem Bus stieg. Dann richtete er den Blick wieder auf die imposante Erscheinung von Hohepriesterin Justine.

Sie stieg in ihren in die Jahre gekommenen Geländewagen, flankiert von zwei Wachen und ihrer Adjutantin, und sie fuhren den staubigen Hügel hinauf, zurück zum Palast, eine Spur aus grauem Qualm hinterlassend und einen beißenden Geruch, der schwer in der Luft hing. Der Rest von Quill zerstreute sich langsam zu Fuß.

Gemurmel schwoll an, breitete sich in der Menge aus. Nicht über die Tilgung, selbstverständlich. Sie war für viele bereits nur noch eine verschwommene Erinnerung. Stattdessen sprachen sie über ihre Pläne für den Rest des Tages, denn der Tag der Tilgung war in Quill der einzige Feiertag des Jahres. Alle Gewollten und die meisten Notwendigen – abgesehen von jenen, die sich um die Nutztiere kümmerten – durften für den Rest des Tages tun und lassen, wonach ihnen der Sinn stand.

Aaron wusste, was er tun würde. Er drehte sich zu seiner Mutter und seinem Vater um und fragte mit betont fester Stimme: »Sind wir so weit?«

Mrs Stowe nickte steif, dann folgten die drei dem Rest der Massen den staubigen Weg hinunter, der in den Vierten Quadranten führte, in dem sie wohnten. »Wir stellen deine Uniform fertig und packen deine Sachen für die Universität«, sagte Mrs Stowe. »Und schneiden dir die Haare.« Sie blickte zu Mr Stowe und fügte hinzu: »Ich nehme an, wir bekommen die Kleidung und Schuhe des ungewollten Jungen nicht wieder zurück, richtig?«

Mr Stowe, der einst recht attraktiv gewesen war, nach jahrelanger knochenharter Arbeit als Gräber nun jedoch ein wenig gebeugt wirkte, schüttelte den Kopf: »Nein.«

»Na, was für eine Verschwendung! Aaron hätte sie noch gebrauchen können. Zumindest die Schuhe. Ich wünschte, ich hätte daran gedacht, sie ihm abzunehmen, bevor er gegangen ist.«

»Ich hätte sie sowieso nicht tragen wollen«, warf Aaron ein, presste dann jedoch die Lippen zusammen, bevor er noch mehr sagen konnte.

Dennoch kniff seine Mutter die Augen zusammen und erwiderte leise, beinahe verängstigt: »Du tätest gut daran, ihn zu vergessen.«

Aaron schwieg für einen Moment und dachte nach. »Du hast recht«, stimmte er ihr schließlich zu. »Es kommt nicht wieder vor.«

»Das will ich hoffen«, ermahnte Mr Stowe ihn.

Fünfzehn Minuten später hatten sie den Vierten Quadranten erreicht, ein zweieinhalb Quadratkilometer großes Wohngebiet mit winzigen, identischen Häusern, dicht aneinandergereiht wie Mais auf dem Feld, alle von der Farbe der ausgedorrten, rissigen Einöde, die sie umgab. Die Menschenmenge teilte sich und fädelte sich zwischen den Gebäuden hindurch, bis alle ihr Zuhause erreicht hatten.

Aaron und seine Eltern nickten ihren Nachbarn im Vorbeigehen höflich zu. Als Aaron ein ihm bekanntes Ehepaar, ungefähr im selben Alter wie seine Eltern, allein nach Hause gehen sah, zupfte er seine Mutter am Ärmel. »Wie eigenartig«, bemerkte er. »Ist Mr Ranger nicht Melker?«

»Doch«, bestätigte sie.

»Warum ist er draußen unterwegs, anstatt seiner Arbeit nachzugehen?« Aaron kniff die Augen zusammen.

»Sie müssen ihm dieses Jahr den Tag freigegeben haben, wegen der ungewollten Tochter. Ob sie es wohl schon vorher erfahren haben?« Sie wandte sich ihrem Mann zu.

»Nicht, dass ich wüsste. Ein harter Schlag«, fand Mr Stowe. Er gähnte, als sie ihr Haus erreichten, Nummer 54-43. »Damit sind sie von der Fortpflanzung ausgeschlossen – es war ihre zweite Verfehlung.« Er rümpfte die Nase. »Sie werden als jämmerliche Erzeuger furchtbar von den Gewollten verhöhnt werden.«

Mrs Stowe bedachte ihren Mann mit einem missbilligenden Blick. »Pass auf, was du sagst«, zischte sie ihn an. »Vergiss nicht, dass wir uns nun in Gesellschaft eines Gewollten befinden.«

Aaron hob ein wenig das Kinn, als seine Eltern an der Haustür einen Schritt zur Seite wichen, um den Jungen zum allerersten Mal zuerst eintreten zu lassen. »Ja, pass auf, Vater«, warnte Aaron ihn kalt, »sonst muss ich dich bei der nächsten derartigen Bemerkungen wegen Ungehorsams melden.«

Würdevollen Schrittes stolzierte Aaron durch die winzige Küche in das noch winzigere Zimmer, das er sich nun nicht länger teilen musste. *Es stimmt,* dachte er. *Genug getrauert. Alex wurde inzwischen wahrscheinlich bereits liquidiert.* Das Stechen in seiner Magengrube wurde schon bald von Gedanken an seine nun sichere Zukunft gedämpft – und von einem leisen Gefühl der Macht. Er war Aaron Stowe, der Gewollte. Doch er würde sich deutlich mehr beweisen müssen als die meisten anderen, weil er von zwei Notwendigen abstammte. Davon, dass er den Makel eines wertlosen Zwillingsbruders überwinden musste, ganz zu schweigen. Für ihn war es, das wusste Aaron, eine gewaltige Leistung, es bis nach oben geschafft zu haben.

Er begann seinen Koffer zu packen, während sich ein befriedigendes Gefühl in ihm ausbreitete: Dies war die letzte Nacht, die er bei seinen notwendigen Eltern verbringen musste. Morgen würde er an die Universität gehen, genau wie all die anderen seines gehobenen Ranges.

Die Farm des Todes

Niemand sprach während der fünfzehnminütigen Busfahrt zur Farm des Todes ein Wort. Es war erstickend heiß. Fliegen schwirrten summend gegen die geschlossenen Fenster, nicht in der Lage zu entkommen. Als Alex schließlich aus seiner Benommenheit erwachte, wischte er sich mit dem Oberarm den Schweiß von der Stirn und sah sich im Bus um.

Vor ihm, durch eine lange Kette über den hohen Lehnen der Bussitze mit ihm verbunden, saß seine Nachbarin und Freundin, Meghan Ranger. Es war ein ziemlicher Schock gewesen, sie in dieser Gruppe zu sehen – soweit er wusste, hatte sie nur einen Verstoß zu verzeichnen, wenn auch einen doppelten: Singen *und* Tanzen. Alex hatte sie dabei gesehen, sie jedoch nicht gemeldet. Sie hatte eine wirklich schöne Stimme, auch wenn es Alex nicht erlaubt war, darüber nachzudenken. Trotz der Hitze war Meghans Gesicht blass wie der Mond.

Auf der anderen Seite des Gangs saß Samheed Burkesh, den Alex sehr gut kannte, jedoch nicht besonders mochte. Alex war überrascht, ihn hier zu sehen, da Samheed noch in der vergangenen Woche vor Aaron und

Alex damit geprahlt hatte, er würde sich dem Quillitär anschließen. Samheed kämpfte ganz offensichtlich mit den Tränen und funkelte Alex wütend an, als dessen Blick auf ihm landete.

»Was glotzt du denn so?«, fragte Samheed, doch eine der jüngeren Kommandeurinnen warf ihm einen warnenden Blick zu. Ungewollten war das Reden nicht erlaubt – ihre letzten Worte hatten sie bereits vor der Tilgung gesprochen.

Alex senkte den Blick, atmete ein paarmal tief durch und schwor sich still, Samheed nicht noch einmal anzusehen, bis … nun, nie wieder. Stattdessen drehte er sich zu dem Platz hinter seinem Sitz um, denn dank seiner Schockstarre angesichts dieser schrecklichen Situation hatte er überhaupt nicht registriert, mit wem er durch die Kette an seinem anderen Arm verbunden war. Eigentlich hätte er aufstehen müssen, um richtig über die hohe Rückenlehne sehen zu können, tat es jedoch nicht, da die Kommandeure ihn beobachteten. Alles, was er erkennen konnte, waren das glatte, rabenschwarze Haar und die großen, wässrig blauen Augen eines *Mädchens*, da war er sich sicher. Für eine Dreizehnjährige war sie jedoch sehr klein, dachte er. Sie wandte sich nicht ab. Stattdessen hielt sie seinem Blick stand und blinzelte ihre Tränen während des langen Moments nur ein einziges Mal weg.

Ihre Augen waren tief und seelenvoll, ihre nassen schwarzen Wimpern vom vielen Weinen verklebt. Schließlich versuchte Alex sich an einem leichten Lächeln. Er bezweifelte zwar, dass sie seinen Mund sehen konnte, wenn er ihren nicht sah, doch als Antwort bildeten sich um ihre Augen winzige Falten, und aus irgendeinem Grund fühlte sich Alex ein klitzekleines bisschen besser.

Ansonsten saß in dem klapprigen alten Bus niemand, den Alex kannte. Er fragte sich flüchtig, wie es wohl wäre, allein mit den Kommandeurinnen und Kommandeuren hier zu sein. Aus irgendeinem selbstsüchtigen Grund, den er sich nicht richtig erklären konnte, empfand er einen Anflug von Freude dank des Wissens, dass Meghan und die anderen mit ihm hier waren. Dass er nicht der einzige Ungewollte in ganz Quill war.

Der Bus tuckerte an der Baumschule vorbei, in der sämtliche Bäume von Quill wuchsen, an der Rinderfarm am Rand der Stadt und an der kargen, schäbigen grauen Mauer im Süden von Quill. Erst nach mehreren Minuten verschwanden die farblosen Häuser, und die nun unbebaute Landschaft wurde immer trostloser.

Alex drehte sich der Magen um, als die Fahrerin auf die Bremse trat und der Bus langsam und ächzend vor dem schwarzen, soliden Eisentor des Ortes zum Stehen kam, den die Menschen von Quill als Farm des Todes kannten.

Niemand außer Hohepriesterin Justine und den Kommandeurinnen und Kommandeuren war je durch dieses Tor geschritten und lebendig wieder zurückgekehrt, aber sie sprachen niemals darüber. Nur die Menschen von Quill redeten, mit gedämpften Stimmen, hin und wieder davon und spekulierten darüber, wie lange die Ungewollten wohl dort festgehalten wurden, bevor die

Liquidatoren sie schließlich beseitigten. Und wie genau taten sie es? War es schmerzhaft? Wurden sie betäubt, bevor man sie in den Großen See aus brodelndem Öl warf? Alex gab sich alle Mühe, nicht selbst über all diese Dinge nachzudenken, doch je angestrengter er es versuchte, desto mehr begann er zu grübeln. Deshalb war er beinahe erleichtert, als er hörte, wie sich die Bustür knarrend öffnete und die Kommandeurinnen und Kommandeure den Ungewollten befahlen, aufzustehen und auszusteigen.

Es lag ein deutlich wahrnehmbarer, ätzender Geruch in der Luft, als die Kinder den Bus verließen und sich vor dem schwarzen Tor versammelten, hinter dem die Farm lag. Es war ein ungewöhnlicher Geruch, anders als die Bratölgerüche der Quillitärfahrzeuge. Alex vermutete, dass er von dem brennenden Öl auf dem nahen See stammte. Er war dem See vorher noch nie so nahe gewesen, weil es niemandem erlaubt war, sich ihm zu nähern. Niemand durfte den See auch nur *sehen,* und die das Land umschließende turmhohe Betonmauer reichte bis an die Stacheldrahtdecke knapp fünfzehn Meter über ihnen hinauf. Niemand außer den Ungewollten zumindest.

Alex blickte zu dem schwarzhaarigen, blauäugigen Mädchen neben ihm. Die schützende Stacheldrahtdecke, die sich mit ihrem Zickzackmuster über ganz Quill erstreckte, zeichnete einen eckigen Schatten auf ihr Gesicht, der eine ihrer Tränen umrahmte. Sie zitterte still. Sie war noch keine dreizehn, da war Alex sich ganz sicher. In einem Moment der Tapferkeit – schließlich hatte er nichts mehr zu verlieren – flüsterte er ihr zu: »Ich bin Alex. Es wird ganz schnell gehen.« Er wusste selbst nicht genau, warum er es sagte. Es war das einzig Tröstliche, was ihm einfiel.

Sie blickte blinzelnd zu ihm hinauf und die Schattenmuster huschten dabei über ihr Gesicht. Das taten sie immer, überall. »Lani«, flüsterte sie zurück und schüttelte den Kopf. »Und nein, wird es nicht.«

Alex wusste nicht, was er sagen sollte. Er stand stramm, während eine der Kommandeurinnen einen Schlüssel von einer um ihren Hals hängenden Kordel nahm und das Tor aufschloss. »Ruft die Liquidatoren«, befahl die Frau.

Eine weitere Kommandeurin gehorchte, indem sie gegen das Tor hämmerte. Als sich die gewaltigen Eisenflügel mit lautem Knarren öffneten, wandten sich die Aufseher ab und stiegen wieder in den Bus.

Lani blickte ihnen nach, Tränen strömten über ihr Gesicht. »Leb wohl, Vater«, sagte sie, als ein schmächtiger, grauhaariger Mann einstieg. Der ältere Kommandeur hielt für einen Sekundenbruchteil in der Tür inne und ging dann weiter – ein wenig schwerfälliger vielleicht – die Stufen hinauf, ohne sich noch einmal umzublicken. Er ließ sich auf der gegenüberliegenden Seite des Busses nieder. Lani wandte sich ab und wischte sich grob die Tränen von den Wangen. Der Bus fuhr davon, als sich das mächtige schwarze Eisentor der Farm des Todes bereits so weit geöffnet hatte, dass die angeketteten Kinder im Gänsemarsch hindurchgehen konnten.

Dahinter erwarteten sie vier riesige, komplett schwarz gekleidete Liquidatoren. Ihre Köpfe waren in Stoff gehüllt, aber ihre runden, roten Augen schienen sich direkt in die ohnehin verängstigten Seelen der Kinder zu bohren. Lani wirkte mit einem Mal als Einzige vollkommen ruhig. Mit erhobenem Haupt marschierte sie in der langen Reihe der Kinder durch das Tor.

»Was *sind* sie?«, fragte Meghan erschrocken und tastete unbeholfen nach Alex' Hand.

Alex ergriff sie und drückte sie voller Angst. »Ich weiß es nicht«, flüsterte er zurück. Er hatte das Gefühl, sein Brustkorb würde in sich zusammenfallen. Langsam atmete er ein und aus, schloss für einen Moment die Augen und erschauderte, als sich das Tor ächzend wieder schloss und mit lautem Scheppern zufiel, bevor es sich von der anderen Seite automatisch mit einem Klicken verriegelte und sie für immer von Quill trennte. Die Liquidatoren griffen nach den Enden der Kette und trotteten langsam davon. Die Kinder folgten ihnen notgedrungen.

Sie befanden sich in einem kleinen Hof aus Beton. Ein graues Steingebäude ragte vor ihnen auf, und dahinter brodelte ein dampfender schwarzer See. Alex spürte den nächsten Schauder. *Dort werden sie es uns antun.* Der ölige Gestank schien stärker zu werden, als sie weiter über den Beton schlurften, vorbei an Bündeln verbrannter Gräser, stetig auf das Gebäude zu. Die Farm war noch trostloser als der am schlimmsten verfallene Sektor von ganz Quill. Selbst der Himmel hier war wolkenverhangen und grau, auch wenn es keinen Stacheldraht gab – nur freien Himmel. Keins der Kinder hatte jemals zuvor einen undurchbrochenen Himmel gesehen.

Alles war unheimlich still, bis auf das Rasseln der Ketten und das Schlurfen ihrer Schritte, während sich die Ungewollten vorwärtsbewegten. Die Sekunden fühlten sich an wie Stunden. Als die Liquidatoren stehen blieben und die Augen gen Himmel richteten, folgte Alex ihrem Blick.

Die anderen Kinder sahen ebenfalls nach oben. Am Himmel über dem brodelnden schwarzen See näherte sich langsam ein großer Vogel – oder etwas Ähnliches. Die Liquidatoren schienen auf ihn zu warten, denn sie verharrten reglos – riesig, massig, schweigend –, bis eine vierbeinige geflügelte Kreatur mit einem dumpfen, unheilverheißenden Schlag vor ihnen landete.

Die Liquidierung

Bei der Kreatur handelte es sich um eine außergewöhnlich schöne, aber ebenso furchterregende Schildkröte mit langen, von glänzend weißen Federn bedeckten Flügeln, ihre Spitzen schwarz. Das Wesen mit dem Mosaikpanzer stand auf seinen vier Beinen, reckte den Hals, um sein Publikum genauer zu betrachten, und war selbst auf allen vieren mehr als halb so groß wie das kleinste der Kinder, Lani. Die beeindruckende Kreatur nickte mit dem Kopf in Richtung der Liquidatoren, bevor sie jeder und jedem einzelnen Ungewollten in die Augen schaute. Die Kinder senkten instinktiv den Blick und zogen sich zurück, so weit ihre Ketten es erlaubten.

Nach ein paar Augenblicken schien die Schildkröte zufrieden. Als sie sprach – und den Kindern damit einen gewaltigen Schrecken einjagte –, tat sie es mit tiefer, quälend langsamer Stimme.

»Will...kommen«, sagte die Schildkröte, leise und düster, und bei dem Wort jagte ein eiskalter Schauer über Alex' Rücken. »Wir haben ...«, sie hielt inne, um Atem zu schöpfen, »euch ... bereits ... erwartet.«

Samheed, der böse funkelnde Junge aus dem Bus, der

die ganze Zeit geschwiegen hatte, stieß leise murmelnd einen Fluch aus und hob die Fäuste, zum Kampf bereit. Alex und die anderen waren jedoch vor Angst wie hypnotisiert von der seltsamen Kreatur.

Was *war* dieses Ding? Würde es sie angreifen? Was hatte es mit dieser heruntergekommenen Farm zu tun, auf der es nichts gab außer den Geruch des Todes? Die Ungewollten beobachteten die Schildkröte, beinahe zu verängstigt, um direkt in ihr grimmiges Gesicht zu schauen, aber auch nicht in der Lage, den Blick von ihr abzuwenden.

Die Schildkröte blinzelte wie in Zeitlupe. Sie bog ihren langen Hals, um hinter sich zu blicken, hob ihr rundliches Vorderbein und führte es zum Mund, als wollte sie für ihre nächsten Worte einen Trichter bilden. »Mar...-cus«, rief sie mit träger, finsterer Stimme. »Es ist Zeit.«

Was in Quills Namen tut sie bloß?, wunderte sich Alex. Doch dann tauchte eine dünne Gestalt aus dem grauen Gebäude auf und hob eine Hand.

Plötzlich wurde Alex schwindlig. Alles um ihn herum schien sich zu drehen, der ölige See schien sich mit dem grauen Gebäude und der Mauer hinter ihnen zu verstrudeln, bis Alex nur noch kohlengrauen Dunst sah. Er blinzelte heftig und fragte sich, ob er und all die anderen Kinder bereits liquidiert worden waren – ob es womöglich bereits vorbei war. Aber ihm tat nichts weh, und im nächsten Moment verblasste der kohlengraue Nebel wieder zu Weiß und wirkte weicher, kühler, bevor er immer heller leuchtete und Alex beinahe blendete. Es war definitiv nicht das, was Alex erwartet hatte, wenn er in den Großen See aus brodelndem Öl eintauchen würde.

Meghan schien sich offenbar nicht länger beherrschen zu können und schrie: »Was passiert hier?«

Alex drückte ihre Hand, eher um sich selbst als um Meghan zu versichern, dass sie immer noch zusammen waren. Er japste nach Luft, konnte aber nichts erwidern.

Einen Moment später schmolz das gleißende Weiß dahin und leuchtende Farben erstrahlten. Der kleine, trostlose Hof hatte sich in eine riesige und so bunte Welt verwandelt, dass Alex kaum richtig sehen konnte.

Die Sonne schien von einem kräftig blauen Himmel. Der Beton verwandelte sich in einen Teppich aus saftig grünem Gras, Wasserfontänen sprühten aus der Erde. Tausende Bäume sprossen und wuchsen zu ihrer vollen Größe heran, weit und breit verstreut. Der kochende See flaute zu einem ruhigen Meer aus Blau und Grün ab, und das einsame, graue Gebäude streckte sich zu einer mächtigen, weitläufigen Villa aus Feldstein. Das verdorrte Unkraut um die Füße der Kinder begann zu zittern und verwandelte sich in weitäugige Tiere, gewöhnliche wie fantastische.

Selbst die Liquidatoren veränderten sich. Ihre schwarzen Gewänder verschwanden und alle vier wurden noch größer, mit tierähnlichen Köpfen und langen, schlanken Hälsen, die sich zu den imposanten, kräftigen Körpern von Wesen formten, wie die Ungewollten sie noch nie zuvor gesehen hatten. Die frisch verwandelten Liquidatoren waren von einer feinen Schicht aus schimmerndem schwarzem Fell bedeckt, das das Sonnenlicht reflektierte, und ihre zuvor so furchterregenden roten Augen wirkten nun freundlich und intelligent und leuchteten in tiefem Bernsteinbraun.

Während die Ungewollten nur staunend gaffen konnten, lösten sich die Fesseln von ihren Handgelenken und fielen zu Boden. Die Kinder schnappten voller Ehrfurcht kollektiv nach Luft, rieben sich ihre wunden Handgelenke und schauten sich um, um sich zu vergewissern, dass alle anderen auch noch da waren.

Bei der großen, dünnen Gestalt, die aus dem grauen Gebäude aufgetaucht war, das sich in eine Villa verwandelt hatte, handelte es sich um einen in ein wallendes, farbenprächtiges Gewand gehüllten Mann. Er schlenderte auf die Kinder zu. Auf seinem Kopf stand ein flauschiger weißer Haarschopf in alle Richtungen ab, so, als wäre er gerade vom Blitz getroffen worden.

»Seid gegrüßt, liebe Freundinnen und Freunde«, sagte der Mann. Seine Stimme, warm und klar, tönte wie angenehmes Glockenläuten. Er breitete die Arme weit aus. »Ich bin Marcus Today. Willkommen in Artimé.« Er verstummte, legte einen Finger an seine Lippen und setzte ein strahlendes Lächeln auf. »Sagt mir, Kinder, was ist es für ein Gefühl, liquidiert zu werden?«

Mr Today

Es war, als wären Alex und die anderen plötzlich stumm. Tatsächlich hätten allein die prächtigen Farben dieses magischen Ortes genügt, um jedem Quiller einen Schock zu versetzen, denn Quill war eine fahle Welt, deren strahlendste Farbe das Grün der Laubbäume in der Baumschule war. In Quill waren sämtliche Bäume auf ein einziges Gebiet begrenzt, damit niemand auf die Idee kam, womöglich eine leuchtende Farbe in einen der Wohnquadranten einfließen zu lassen.

Hier in Artimé fühlten sich jedoch alle Farben wunderbar warm an, vom intensiven, waldigen Grün der Pflanzen bis zu den beruhigenden Blautönen des Himmels und des Meers. Auch der Strand war nicht schäbig grau wie die Quill umschließenden Betonmauern, sondern sauber und weiß, mit winzigen Silber- und Goldsprenkeln, die in der Sonne glitzerten.

Eine kühle Brise vertrieb den Gestank von brennendem Öl aus den Nasen der Kinder und ersetzte ihn durch den intensiven Duft des Meeres und der Wälder. Die Kinder atmeten den wundervollen Geruch ein, zögerlich zunächst, weil er so fremd war, doch schon bald schlangen sie ihn beinahe gierig hinunter – einige von ihnen hatten seit geraumer Zeit die Luft angehalten.

Und dennoch schaute sich nicht einer der Ungewollten um und fragte: »Soll das ein Witz sein?« Quill war ein ernster Ort, und es stand zu bezweifeln, dass auch nur einer oder eine der zwanzig einen Witz überhaupt für möglich hielt.

Höchstwahrscheinlich *kannten* neunzehn von ihnen das Wort »Witz« gar nicht, und der oder die Einzige, die es kannte, war mit ziemlicher Sicherheit aufgrund dieses Wissens bei den Kommandeuren angeschwärzt worden und hier gelandet. Wo immer »hier« auch war, wenn nicht die Farm des Todes.

Staunend starrten Alex und die anderen auf den farbenfroh gekleideten Mann. Einige von ihnen hatten vielleicht sogar Angst – nicht *vor* Mr Today, sondern eher *um* ihn, denn sein Lächeln war so lebendig, seine Freude so offensichtlich, dass er deswegen gewiss den Kommandeuren gemeldet werden würde, und dann würden sie auch ihn … nun, sie würden auch ihn hierherschicken.

Doch gewaltiger als all das war der pure Schock darüber, eine geflügelte Schildkröte zu sehen – die im Augenblick ein drolliges Lächeln im Gesicht hatte –, die Verwandlung der Landschaft und des Sees – so einladend, dass einige unter anderen Umständen vielleicht mit dem Gedanken gespielt hätten, an diesem warmen Tag schwimmen zu gehen, obwohl derartig fantasievolle Gedanken in Quill nicht erlaubt waren – und die … nun, wie sollten sie die Liquidatoren wohl nennen? Niemand hatte je zuvor ein Wesen wie sie gesehen. Was immer sie auch waren, ihre tiefe, schwere Atmung war im Moment für den Großteil der Geräuschkulisse verantwortlich. Alles war so überwältigend, dass es beinahe – nur fast, aber nicht ganz – unbehaglich war.

Und so standen die Ungewollten blinzelnd da, der Mann namens Mr Today stand lächelnd da, die Liquidatoren standen schnaufend da und die geflügelte Schildkröte stand drollig da, und alle zusammen bildeten sie einen mehr oder weniger runden Kreis.

Dann lud Mr Today sie ein, mit ihm über das Anwesen zu spazieren, während er sie auf kleine, fantastisch zusammengesetzte Kreaturen aufmerksam machte – Kaninsel und Biebops, Einhörnchen und Fledereulen –, die auf der Suche nach Futter durchs Gras hüpften, in ein angeregtes Gespräch vertieft nebeneinander die Wege entlangschlenderten oder kopfüber von Bäumen hingen und ihre Hälse hierhin und dorthin bogen. Nach einer Weile strömte eine schier endlose Schlange aus Menschen und verrückten Kreaturen aus der Villa, die alle ihrer üblichen Routine zu folgen schienen, was die Ungewollten nur umso mehr schockte.

Und einem Kind aus Quill, das in den Tod geschickt werden konnte, nur weil es etwas so Gewöhnliches tat wie mit einem Zweig im Matsch zu malen – ein Quadrat zum Beispiel, oder, gütiger Himmel, gar eine *Raute* –, kam all das ein wenig wie Folter vor. Tatsächlich dachte gut die Hälfte der Ungewollten noch immer: *Wir werden hier alle gleich sterben.*

Die Schildkröte räusperte sich und wandte sich an Mr Today: »Du kannst«, begann sie langsam, »dich vielleicht … er…innern, Marcus,… was«, sie gähnte, »jedes Jahr … passiert.«

Mr Today, der bisher nur geschaut und gelächelt und sich am Anblick all dieser neuen wundervollen Menschen erfreut hatte, der ihre Gesichter und Augen betrachtet und der festgestellt hatte, ob sie lange Finger hatten oder kurze, und der sich eingeprägt hatte, welches der Kinder wie dastand, erschrak richtig, als die Schildkröte zu sprechen begann. Tatsächlich machte er vor Schreck beinahe einen Satz und alle anderen damit nur umso nervöser.

»Gütiger Himmel, Jim, du hast recht.« Mr Today richtete sich gerade auf und verkündete in leicht hektischem Tonfall: »Es ist tatsächlich so, Kinder. Für gewöhnlich vergesse ich von einem Jahr aufs andere, was für eine schrecklich furchterregende Erfahrung das hier für Ungewollte ist. Genau dasselbe ist mir letztes Jahr auch passiert – all diese lieben, armen Kinder, den halben Vormitttag von Todesangst gequält … Ich möchte euch daher, bevor ihr meiner Führung für den Rest des Tages folgt, an dieser Stelle klipp und klar versichern, dass ich euch mit dem Anblick dieser Welt und dem entsetzlichen Schock, unter dem ihr wahrscheinlich steht, keiner zusätzlichen Tortur unterziehen will, bevor wir zu eurer eigentlichen Liquidierung schreiten. Nein, tatsächlich habe ich euch … nun …«, er lächelte vorsichtig, »ich habe euch gerettet. Natürlich nur, falls ihr gerettet werden *wollt*.«

Die Kinder starrten ihn an.

»Lasst mich euch etwas fragen«, fuhr der Mann nun langsamer fort und versuchte, seine Begeisterung vor den verdutzten Ungewollten ein wenig zu zügeln. »Wünscht irgendjemand hier, jetzt sofort liquidiert zu werden?« Mr Today wartete höflich etwa zehn Sekunden ab, um zu sehen, ob sich Freiwillige meldeten. Als er sah, dass es keine gab, nickte er wohlwollend und lächelte. Die Kinder wiederum, bei denen allmählich die Erkenntnis über ihr neues Schicksal ankam, schnappten nach Luft und begannen, voller Verblüffung untereinander zu murmeln: »Wir sind gerettet?« Und: »Wow!« Und: »Unglaublich!«

Mr Today verharrte still lächelnd, bis sie fertig waren, und sagte dann: »Oh, ausgezeichnet. Gut, also … dann wollen wir unsere kleine Führung fortsetzen.«

Er entließ die stämmigen, langhalsigen Liquidatoren – Girrinos, wie er sie nannte – mit einem freundlichen: »Vielen Dank, Arija. Meine Damen …!«, und die vier Girrinos antworteten mit melodiösen Stimmen ebenso freundlich: »War uns ein Vergnügen, lieber Marcus«, bevor sie zum Tor zurücktrampelten, um Wache zu stehen. Jim hob salutierend ein Vorderbein, löste sich aus dem Kreis, brach in einen wackligen Laufschritt aus, um Schwung aufzunehmen, und begann kräftig mit den Flügeln zu flattern. Langsam, sehr, sehr langsam stieg er in die Luft auf und flog über das Anwesen hinweg, wobei er beinahe die Krone eines besonders hohen Baumes streifte, der vor dem Dschungel in der Ferne aufragte, gleich hinter dem Rand der Grasfläche.

Mr Today drehte sich wieder zu den Kindern um, die sich die ganze Zeit kaum vom Fleck gerührt hatten, und winkte sie zu sich heran. »Kommt mit mir«, forderte er sie auf, und dann spazierte er leichtfüßig über den Rasen davon, zeigte dabei wie ein Reiseleiter auf verschiedene Blumen und die unterschiedlichsten Kreaturen und tat, als wäre überhaupt nichts Ungewöhnliches daran, dass ihm zwanzig scheinbar stumme Kinder hinterherstolperten.

Quill floriert, wenn die Starken überleben

Nach der Tilgung blickte Hohepriesterin Justine starr aus dem Fenster der schrottreifen Quillitärkarre, in der sie fuhr. Neben ihr saß ihre Adjutantin, ein verschrumpeltes altes Weib, das dem Land Quill diente, seit Justine vor fünfzig Jahren die Herrschaft übernommen hatte. Und obwohl die Adjutantin keine kopflose Person war, hatte sie es irgendwie geschafft, schon vor Jahrzehnten ihren eigenen Namen zu vergessen, und auch sonst konnte sich niemand an ihn erinnern. Und so hieß sie nun schlicht Adjutantin.

Für gewöhnlich wurde Hohepriesterin Justine von mindestens einem Kommandeur begleitet, doch am Tag der Tilgung waren sämtliche Kommandeurinnen und Kommandeure damit beschäftigt, die Ungewollten in den Tod zu führen, daher saßen heute nur die beiden Frauen auf dem Rücksitz des Fahrzeugs.

»Adjutantin«, begann Justine tonlos, »ich habe beschlossen, dass dies dein letztes Jahr ist.«

Die Adjutantin blickte starr geradeaus auf den Hinterkopf des Fahrers. Sie nickte langsam.

Die Hohepriesterin fuhr fort: »Ich werde einen Studenten der Universität als deinen Nachfolger auswählen. Du wirst ihn als deinen Assistenten ausbilden. Wenn er so weit ist, schicken wir dich in den Ältestensektor, wo du eingeschläfert werden wirst.«

»Quill floriert, wenn die Starken überleben«, murmelte die Adjutantin. Ihre Stimme verriet keinerlei Emotion.

Das Ganze war, selbstverständlich, eine Frage der Nützlichkeit. Bis zu diesem Jahr, bevor das Sehvermögen der Adjutantin langsam abzunehmen begann, hatte es keinen Grund gegeben, sie zu liquidieren, obwohl sie sich in jüngster Zeit auch ein wenig langsamer zu bewegen schien. Doch ihre Zeit war nun gekommen. Und das Letzte, was die Adjutantin wollte, war, Schande über die Hohepriesterin Justine oder das Land Quill zu bringen, weil sie nicht weiterhin absolute Stärke bewies. Die Adjutantin nickte steif und beobachtete die schwindelerregenden verschwommenen Schachbrettschatten, die dank des Stacheldrahthimmels über das Fahrzeug huschten. Heute gaben ihr die Schatten kein Gefühl von Sicherheit.

Als sie am Palast eintrafen, begaben sich Hohepriesterin Justine und ihre Adjutantin in den Speisesaal zum alljährlichen Steakfestessen, mit dem in diesem Jahr die größte Tilgung Ungewollter gefeiert wurde, die Quill je erlebt hatte. Kurz darauf traf auch Quillitärgeneral Blair ein, begrüßte die Hohepriesterin und setzte sich auf seinen Platz am hinteren Ende des Tisches.

Die drei warteten schweigend, bis die Kommandeurinnen und Kommandeure von der Farm des Todes zurückgekehrt waren. Justines Augen glänzten, als sie endlich erschienen. »Seid gegrüßt, Kommandeurinnen und Kommandeure. Die Ungewollten wurden beseitigt, nehme ich an?«, fragte sie, während die Bediensteten des Palasts das Essen servierten.

Der Oberste Kommandeur Haluki nickte knapp und reichte Hohepriesterin Justine den Torschlüssel zur Farm des Todes. »Es ist vollbracht«, bestätigte er. Er war einer von zwei Kommandeuren mittleren Alters. Die anderen vier waren jung und noch relativ neu auf ihren Posten, die sie erst vor etwa fünf Jahren übernommen hatten, allesamt als frischgebackene Absolventen der Universität der Gewollten. Sie hatten Justines ältere Kommandeure ersetzt, die eingeschläfert worden waren, nachdem sie ihren Biss verloren hatten.

Die Hohepriesterin nickte Haluki zufrieden zu. »Ein Rekordjahr«, bemerkte sie. Sie war damit beschäftigt, mit ihrem stumpfen Messer ihr Steak durchzusägen – ohne Erfolg. Sie hob den Blick. »Es war das erste Jahr, in dem die Ungewollten den Gewollten zahlenmäßig überlegen waren.«

Haluki grunzte, während er sich sein eigenes Steak vornahm. »Wir waren in den letzten Jahren zu nachsichtig«, entgegnete er mürrisch. »Quill erscheint mir ohne sie jetzt schon reicher.«

»In der Tat, in der Tat«, murmelte Justine, während sie weiter mit ihrem Steak kämpfte. Schließlich knallte sie frustriert das Messer auf den Tisch. »Koch!«, brüllte sie in Richtung der leeren Tür, bevor sie sich wieder dem Obersten Kommandeur zuwandte. »Großes Land Quill, Haluki. Finden Sie mir an unserer großartigen Universität jemanden, der das Rindfleischproblem lösen kann, ja? Dieses Steak ist nicht mal annähernd erstklassig.«

»Selbstverständlich«, erwiderte Haluki und nickte dem jungen Kommandeur Strang zu, der sich den neuen Auftrag für später merkte.

Auf den Ruf der Hohepriesterin hin eilte der Palastkoch in den Speisesaal und verbeugte sich tief. Er zitterte am ganzen Körper, aber sein Gesicht wirkte leer und leblos.

Justine funkelte den Koch wütend an. »Räum die Küche auf. Wenn du fertig bist, beschaffe mir einen Ersatzkoch – einen, der tatsächlich was vom Kochen versteht und mir an deiner Stelle dienen kann.«

Die Augen des Kochs weiteten sich. »Aber das Fleisch …«, begann er.

»Ruhe!«, fauchte Justine. »Ich will, dass du dich bei Sonnenuntergang auf den Weg zum Heim der Ältesten machst. Die Zeit deiner Nützlichkeit ist vorbei. Wie du es mit dreizehn an mir vorbeigeschafft hast, ist mir ein Rätsel. Du hättest zu den Ungewollten gehören müssen.«

»Ja, Hohepriesterin Justine«, murmelte der Koch. Das Entsetzen über die Erkenntnis, dass er noch an diesem Abend sterben würde, stand ihm ins Gesicht geschrieben. Doch er wusste es besser, als zu fragen, ob er vorher noch in seinem Zuhause im Dritten Quadranten vorbeigehen durfte, um sich von seiner Frau zu verabschieden.

Justine entließ den Koch mit einem Winken und er verschwand. »Haluki«, begann sie erneut, »Sie haben recht. Ich war viel zu nachsichtig und habe einige Notwendige durch das Netz schlüpfen lassen, obwohl sie hätten liquidiert werden müssen. Von nun an ist schon ein gemeldeter Verstoß einer zu viel. In Quill sollte es keinen Platz für Fehler geben!«

Lauter Jubel brandete am ganzen Tisch bis hinunter zu General Blair auf, der laut rief: »Quill floriert, wenn die Starken überleben!«

Fünf der Kommandeurinnen und Kommandeure pflichteten ihm bei. Der Oberste Kommandeur Haluki nagte energisch an seinem Steakknochen herum und blickte zu der älteren Hohepriesterin. »Hört, hört«, sagte er.

Artimé

Es dauerte einen Großteil des Nachmittags, bevor die Kinder allmählich auftauten. Alex litt unter leichten Kopfschmerzen, die sich jedoch verflüchtigten, als ihnen eine Gruppe Jugendlicher, die ein wenig älter zu sein schienen als die Ungewollten, ein köstliches Picknick im Gras am Meeresufer servierte. Während die Kinder aßen, stellten sich die Jugendlichen in zwei Reihen vor ihnen auf. Ein furioser, aber nicht unangenehmer Lärm dröhnte aus den nahen Büschen, woraufhin die Jugendlichen sie mit freundlichen Worten, aber auf recht eigentümliche Weise willkommen hießen. Die Kronen der nahen Bäume schienen wie Pompons in der Brise zu rascheln. Die Ungewollten hatten keine Ahnung, was los war, da sie noch nie zuvor etwas Derartiges gesehen oder gehört hatten.

Alex – der Zeuge von Meghans offenbar sehr ernstem Verstoß gewesen war – konnte jedoch erraten, dass es sich bei dem, was die Jugendlichen taten, um Gesang handeln musste. Und obwohl ihr Singen sehr laut und schnell klang, war es auch irgendwie aufregend und gefiel ihm gut. Er warf Meghan einen besorgten Blick zu, weil er wusste, wie falsch all das war. Meghan schien jedoch völlig verzaubert von der Darbietung und nahm überhaupt keine Notiz von ihm.

Als der Gesang zu Ende war, verbeugte sich der Chor höflich, während Mr Today begeistert applaudierte. »Klatscht ihnen Beifall!«, forderte er die Ungewollten auf. »So, indem ihr die Hände zusammenführt! Applaus! Es zeigt ihnen, dass es euch gefallen hat«, erklärte er, während der Chor auseinanderging. »Es hat euch doch gefallen, oder? Ich wette, dir ganz bestimmt, Meghan!«

Meghan riss die Augen auf und blickte unbehaglich in sämtliche Richtungen, wahrscheinlich aus reiner Gewohnheit. Sie räusperte sich. »Ja, sehr sogar, Sir.« Und dann, als Mr Today fröhlich kicherte, fügte sie hinzu: »Danke«, und versuchte sich an einem Lächeln.

Er nickte ihr ermutigend zu, genau wie allen anderen Kindern, bevor er eine ernste Miene aufsetzte. »Hier in Artimé dürft ihr euren Gefühlen Ausdruck verleihen und offen aussprechen, was ihr denkt«, sagte er mit sanfter Stimme. »Anfangs wird es euch schwerfallen. Aber hier dürft ihr frei eure Meinung sagen. Ihr alle.« Einen Moment lang glänzten seine Augen wässrig, dann faltete er die Hände im Schoß. »Es gibt ein paar Dinge, über die wir reden sollten«, fuhr er fort.

Alle unterbrachen, was sie gerade taten, und sämtliche Augen richteten sich auf Mr Today, der hinzufügte: »Wie ihr wisst, glauben eure Eltern und die Regierung von Quill, ihr wärt inzwischen liquidiert worden. Und ihr wisst, dass sie nicht um euch trauern. Sie tun, was sie auch an jedem anderen Tag tun: hart dafür arbeiten, Quill zu einem Ort gewaltiger Macht und überragender Intelligenz aufzubauen. Ihr, meine lieben Kinder, seid das, was sie als ›kreativ‹ bezeichnen, als fantasiereich. Doch die Regierung, vor allem Hohepriesterin Justine, will kreativ Denkende wie euch vernichten, weil sie Kreativität als Schwäche betrachtet. Schließlich könnte Kreativität zu etwas so Grauenvollem führen wie … Magie.« Er setzte ein leises Lächeln auf, pflückte eine Blume und reichte sie Meghan. Sie zögerte, nahm sie dann jedoch entgegen – und die Blume verwandelte sich in ihrer Hand in eine kleine silberne Spieldose.

Vor Schreck schnappte die verdutzte Meghan nach Luft.

»Musik«, erklärte Mr Today. »Wenn du die Spieluhr mit dem kleinen Schlüssel aufziehst, spielt sie ein Lied. Manchmal erklingt ein Lied auch mit Stimmen, die etwas erzählen, so wie wir es hier gerade gehört haben.«

Meghan nickte. »Singen«, sagte sie. Sie drehte vorsichtig an dem Schlüssel, und ein paar wundersame Noten ertönten aus der Dose. Sie erschrak, doch ihr Schock löste sich sofort in einem Grinsen auf.

»Ganz genau«, bestätigte Mr Today und schaute die anderen an, um zu sehen, ob sie es ebenfalls verstanden hatten. »Singen und tanzen. Malen, Bildhauerei und wilde Märchen erzählen«, sagte er mit einem Blick auf Lani, die errötete. »Theater und Instrumente spielen, Geschichten und Gedichte schreiben«, fuhr er fort und blickte bei jedem Wort jemand anderen an. »Nun steht es euch frei, all das zu tun.« Er bemerkte ihre verdutzten Gesichter. »Ah, aber ich greife zu weit vor.«

Er hielt einen Moment inne und tippte sich mit dem Finger auf die Lippen, als würde er gründlich nachdenken. »Ich habe zwei sehr ernste Bitten an euch. Ihr wurdet wegen eures kreativen Geists liquidiert – oder zumindest glauben das die Menschen in Quill. Meine erste Bitte lautet: Denkt daran, welche Konsequenzen es nach sich ziehen würde, solltet ihr jemals beschließen, nach Quill zurückkehren zu wollen.«

Die Kinder blinzelten, klebten förmlich an jedem seiner Worte.

»Falls ihr jemals zurückgehen solltet – falls ihr jemals auf irgendeine Art und Weise mit irgendjemandem dort Kontakt aufnehmen solltet, seien es eure Eltern oder eure Geschwister«, fuhr er fort und sah Alex an, »die Kommandeurinnen und Kommandeure oder irgendjemand sonst –, riskiert ihr damit, uns alle zu verraten. Dann läge das Leben aller in Artimé allein in euren Händen. Würde dieser Ort hier jemals entdeckt – und mit ihm alle, die hier sind –, würde er zerstört werden.«

Alex zitterte, obwohl es immer noch ein warmer Tag war. Er dachte an seinen Zwillingsbruder Aaron und spürte, wie ein scharfer Schmerz durch seinen Körper jagte, so, als wäre eine Hälfte von ihm einfach abgehackt worden. Er wusste jedoch, dass Mr Today recht hatte. Und er würde niemals das Leben des Mannes in Gefahr bringen, der ihn gerettet hatte, oder das Leben aller anderen hier. Alex nickte sehr ernst, genau wie der Rest der Gruppe. Dennoch wünschte sich ein Teil von ihm, Aaron hätte dieses große Glück mit ihm teilen können.

»Meine zweite Bitte«, verkündete Mr Today dann, »ist diese: Nehmt an den Lektionen teil, die ich euch anbiete. Trainiert mit meinen Kriegerinnen und Kriegern und lernt zu kämpfen. Denn falls Hohepriesterin Justine, die Kommandeurinnen und Kommandeure oder das Quillitär doch irgendwann entdecken sollten, dass ihr nicht liquidiert worden seid …«, er legte eine Pause ein, um die Worte sacken zu lassen, »werden sie mich töten, weil ich sie hintergangen habe. Und dann werden sie auch euch töten, endgültig. Und wenn das passiert, wird Artimé verschwinden.«

Samheed, der seit seinem geflüsterten Fluch vorhin geschwiegen hatte, versteifte sich bei diesen Worten. »Gegen das Quillitär kämpfen?«, höhnte er. »Unmöglich.«

Mr Today neigte den Kopf zur Seite. »Oh, Samheed«, sagte er, »das Reich der Möglichkeiten hier in Artimé ist allein durch unsere Vorstellungskraft begrenzt. Du wirst dich schon bald daran gewöhnen. Aber du wirkst verstört, mein Freund. Warum glaubst du, zu kämpfen wäre unmöglich?«

»Sehen Sie uns doch an!« Samheed zeigte mit einem Winken auf ihre Gruppe. Er schwieg einen Moment und deutete dann wütend funkelnd auf Alex. »Falls Sie es noch nicht wussten, wir sind nichts anderes als die Ausgemusterten von Quill. Wir sind weder stark noch intelligent. Wir sind nicht in der Lage zu kämpfen. Wir sind wertlos! Und Sie glauben, wir hätten eine Chance gegen das Quillitär?« Samheed erhob sich. »Das hier ist wirklich alles sehr beeindruckend, Mr Today, aber kommen Sie schon! Sie scheinen hier keinen einzigen richtigen Soldaten zu haben, abgesehen von dieser Handvoll überdimensionierter Viecher am Tor. Keine Panzer, keine Waffen – Quill würde uns innerhalb einer Minute vernichten!«

Alex rutschte unbehaglich hin und her und senkte den Blick.

Das leise Lächeln auf Mr Todays Gesicht blieb hinter seiner Hand verborgen, als der alte Mann sich übers Kinn strich und plötzlich nachdenklich wirkte. »Hmm«, machte er, beinahe als erwarte er, Samheed würde noch etwas hinzufügen.

Und das tat er auch. »Dieser Ort hier ist lächerlich. Ich nehme ganz bestimmt nicht an Ihren albernen Lektionen teil.«

Bei dem Wort »albern« – und den Worten drum herum – weiteten sich die Augen der anderen Kinder vor Angst. In Quill waren derartige Ausbrüche gegen das Gesetz und galten als ungeheuerlicher Verstoß, der das Schicksal eines Kindes unwiderruflich besiegelte, ohne jede Ausnahme.

»Das hier ist nicht albern«, platzte Lani heraus, ohne es wirklich zu wollen, und klatschte erschrocken eine Hand auf ihren Mund.

Alex, der einerseits Lani beschützen wollte, andererseits aber auch ein wenig sauer auf Samheed war, der ihn schon die ganze Zeit so wütend anfunkelte, setzte sich auf der Picknickdecke auf, nur für den Fall, dass er etwas unternehmen musste – auch wenn er keine Ahnung hatte, was dieses »etwas« sein sollte –, und warf Lani einen ermutigenden Blick zu.

Samheed lachte sarkastisch. »Für ein Baby vielleicht nicht.« Er schaute Mr Today direkt in die Augen und fügte hinzu: »Ich glaube, Sie sind total verrückt.« Und dann, als wüsste er, wohin er ging, marschierte er über den Rasen davon zum Meeresufer und weiter am Wasser entlang.

Die Ungewollten schauten ihm völlig perplex hinterher. Alle Kinder wussten, dass es den Menschen in Quill nicht erlaubt war, sich mit anderen Quillern zu streiten oder wütend auf sie zu werden. Man brachte ihnen bei, sich ihre Wut aufzusparen und sie tief in ihrem Inneren zu verwahren, damit sie diese aufgestaute Wut im Falle eines Angriffs ihren Feinden in einem gewaltigen Verteidigungsschlag mit vereinten Kräften entgegenschleudern konnten. Und natürlich hatten die Quiller eine Menge Wut angesammelt, da in den ganzen fünfzig Jahren der Herrschaft der Hohepriesterin nicht ein einziges Anzeichen für irgendwelche Feinde zu sehen gewesen war. Dennoch impfte die Regierung den Menschen weiterhin große Angst vor den bösen fremden Ländern jenseits von Quills schützender Mauer ein – vor unvorstellbaren Orten wie der Großen Wüste und dem Finsteren Wald –, so, als stünde ein Angriff unmittelbar bevor. Denn wer waren die Menschen von Quill schließlich, die Herrschenden infrage zu stellen, die all diese Jahre dafür gesorgt hatten, dass sie in Sicherheit lebten?

Aber hier in Artimé war nichts so, wie die Ungewollten es erwartet hatten.

Die anderen Kinder begannen verängstigt zu flüstern, entsetzt über Samheeds Verhalten und seine Worte. »Was tut er bloß?« »Darf er einfach so davonstürmen?« »Wird ihn denn niemand aufhalten?« »Warum muss er so gemein sein?« Die letzte Frage stammte von Lani, die verletzt war, weil er sie als Baby bezeichnet hatte.

Samheeds Ausbruch war den Ungewollten fremd, und sie blickten zu Mr Today und warteten darauf, dass er Samheed für seinen Verstoß bestrafte. Zu ihrem großen Erstaunen unternahm Mr Today jedoch nicht das Geringste.

Während der alte Mann beobachtete, wie die Kinder auf den Vorfall reagierten, fiel es ihm schwer, das fröhliche Grinsen zu unterdrücken, das Fältchen um seine Augen malte. »Bravo! Bravo, mein lieber Junge!«, rief er Samheed hinterher. »So und nicht anders!« *Perfekt*, dachte er. Noch besser, als er es sich für den ersten Tag erhofft hatte. Er klatschte kräftig in die Hände und begann laut zu jubeln.

Samheed winkte genervt mit einer Hand in die Luft und marschierte weiter.

Die anderen waren völlig perplex und hatten keine Ahnung, was sie denken sollten. Doch nach einem Moment fing auch Meghan an zu klatschen, denn da war irgendetwas in ihren ratternden Gedanken, das beinahe – wenn auch nicht ganz – verstand, warum Mr Today so begeistert war. Kurz darauf stimmte Alex mit ein, so, als verstünde auch er es beinahe, und die beiden wechselten einen neugierigen Blick und hätten am liebsten laut gelacht.

Zu Hause in der steinernen Villa

Es dämmerte bereits, als die Ungewollten Mr Today zu der Villa folgten. Samheed war nicht zu ihnen zurückgekehrt. Einige der Kinder murmelten einander besorgt zu, aber Mr Today lächelte. »Ihm passiert schon nichts. Es besteht kein Grund zur Sorge. Er muss nur ein bisschen nachdenken und spazieren gehen – das ist gut für einen starken, wütenden Kämpfer wie ihn.«

»Aber was, wenn er sich verirrt?«, fragte Lani, die sich in ihrer neuen Umgebung bereits sichtlich wohlfühlte. Doch obwohl sie neugierig war, kümmerte sie nicht wirklich, ob der mürrische Samheed jemals zurückkehren würde.

»Er kann sich nicht verirren«, versicherte Mr Today den Kindern. »Ich habe die Durchlauffunktion aktiviert. Sobald er das Ende von Artimé erreicht, gleich hinter der Villa, rutscht er durch und kommt auf der anderen Seite wieder heraus, am Rand des Dschungels, dort, wo er aufs Ufer trifft. Und dann muss er nur noch ein Stück weitergehen und ist wieder genau dort, wo er angefangen hat.«

Alex blickte Mr Today fragend an. »Durchlauffunktion? Dann gibt es also gar keinen Dschungel? Es ist nur ein … ein …« Er hatte Mühe, das richtige Wort zu finden.

»Ein Bild? Genau genommen gleicht es eher einem riesigen Fenster. Und doch, den Dschungel gibt es wirklich. Gütiger Himmel, wo sollten sonst auch all die Tiere hin? Man kann den Dschungel im Augenblick nur nicht erreichen.« Mr Todays Augen leuchteten. »Aber sobald ihr euch bei mir sicher fühlt, und sobald ich mir bei euch sicher bin und weiß, dass ihr euch hier gut allein zurechtfindet, werde ich das riesige Fenster und die Durchlauffunktion wieder verschwinden lassen, und dann werdet ihr feststellen, dass der Dschungel wirklich ganz zauberhaft ist.« Der alte Mann verstummte für einen Moment nachdenklich. »Obwohl er auch sehr unheimlich und gefährlich sein kann. Es gibt dort definitiv eine Menge Dinge zu sehen. Aber das sparen wir uns für ein andermal auf.«

Alex verstand zwar nicht, nickte aber dennoch, und schon bald darauf erreichten sie den Pfad, der zur Villa führte. Während sie sich dem Gebäude näherten, waren aus den Sträuchern erneut angenehm klingende Geräusche zu hören. »Da ist Musik im Busch«, scherzte Mr Today.

Er stieg die Treppe hinauf. »Das ist euer neues Zuhause. Ihr könnt kommen und gehen, wie es euch beliebt, und sogar die ganze Nacht fortbleiben, wenn ihr wollt.«

Lani riss die Augen auf. *Das kann ich kaum glauben,* dachte sie. Aber es war an diesem Tag schließlich nicht das erste Mal, dass sie ihren Augen und Ohren nicht traute.

Der alte Magier öffnete die mächtige Holztür der Villa und trat hindurch. Die Kinder folgten ihm.

Vor ihnen erstreckte sich ein atemberaubendes, riesiges Marmorfoyer, flankiert von zwei auf Sockeln stehenden Statuen. Allein die Sockel waren so groß wie Alex, und die Statuen darauf ragten gut acht Meter hoch auf, reichten jedoch nicht einmal annähernd bis an die Decke. Zu ihrer Linken befand sich ein turmhoher geflügelter Gepard aus sandfarbenem Stein, mit scharfen Elfenbeinzähnen, dicker und länger als die Finger der Kinder. Er wirkte zum Angriff bereit, auf den Hinterbeinen stehend, die Flügel weit ausgebreitet, mitten im Schwung erstarrt. Zu ihrer Rechten, aus dunklem Stein, wie Ebenholz, gehauen, stand eine riesige, elegant aussehende Frau mit langem, fließendem Haar und hervortretenden Muskeln. Ein Köcher voller Pfeile sowie ein Bogen hingen über ihrer Schulter.

Mr Today hob den Blick. »Hallo, Simber. Guten Abend, Florence«, sagte er.

Die Statuen nickten steif.

»Es müsste in Kürze noch ein weiterer Junge nachkommen, also seid wachsam. Du solltest ihn wahrscheinlich lieber nicht fressen, in Ordnung, Simber?«

Der geflügelte Gepard knurrte zur Antwort schnurrend und ließ sich auf dem Sockel geschmeidig auf alle viere sinken. Seine mächtigen Pfoten mit den blitzenden Krallen ragten nur wenige Zentimeter von Alex' Gesicht über die Kante. Vorsichtig schob sich der Junge von dem steinernen Raubtier weg.

»Wow«, hauchte Lani, und die anderen folgten ihrem Blick von den Statuen durch den Rest der riesigen Eingangshalle. Der Marmorboden erstreckte sich von der Tür zu einer ausladenden Marmortreppe, deren Stufen sich auf halber Höhe in einer Schleife teilten und sich dann auf einem unglaublich weitläufigen Balkon wieder trafen. Es waren mehrere von der Empore abzweigende Gänge zu erkennen.

Die Ausrufe der Kinder wurden immer lauter, als sie staunend weitere Details der Villa entdeckten und sich gegenseitig darauf aufmerksam machten.

Mr Today schlenderte zu der breiten Treppe. »Wir werden gleich nach oben gehen«, sagte er. Zunächst führte er die Kinder jedoch hinter die Treppe und dann in einen Flur, vorbei an mehreren Türen – Klassenzimmer, wie er ihnen erklärte – und schließlich im hinteren Teil der Villa zu einer Küche, die so groß war wie sechs Häuser in Quill zusammengenommen. An einer langen Küchentheke zu ihrer Linken saßen zwölf bis fünfzehn ältere Jugendliche, die sich lachend Popcorn und Limonade schmecken ließen, während ein knallrosa Fellknäuel mit Schwimmflossen an den Füßen einen Tanz auf der Theke für sie aufführte. Ein paar von ihnen drehten sich zu den um Mr Today gescharten Neuankömmlingen um und schauten sie neugierig an. Einige winkten zur Begrüßung.

Alex erkannte eine von ihnen, erinnerte sich jedoch

nur vage daran, dass sie im vergangenen Jahr ebenfalls zu den Ungewollten gehört hatte. *Wie eigenartig,* dachte er, und sein Verstand begann zu rattern.

»Wie viele Ungewollte leben hier eigentlich?«, wollte er wissen.

»Hmm«, brummte Mr Today und tippte sich mit dem Zeigefinger an die Lippen. »Fünfhundert – vielleicht? Ich habe schon vor Jahren den Überblick verloren.«

»Fünfhundert!«, stieß Meghan aus. »Und wo sind die alle?«

»Oh, sie sind ganz in der Nähe. Hier und da«, antwortete er. »Einige sind bei ihren Abendlektionen, andere betätigen sich künstlerisch, wieder andere entspannen im Salon oder sind auf ihren Zimmern. Ein paar von ihnen habt ihr gewiss auch draußen im Garten spazieren gehen sehen, nicht wahr?«

Lani tippte Mr Today auf die Schulter und er gluckste fröhlich und schenkte ihr seine volle Aufmerksamkeit. »Mr Today«, begann sie ernst, »haben sich in all den Jahren alle Ungewollten entschieden, sich nicht liquidieren zu lassen? Sind sie alle hier?«

Meghan warf Alex einen seltsam erschrockenen Blick zu und packte ihn am Arm, und er erinnerte sich wieder daran, dass sie einen älteren Bruder hatte, der vor fünf Jahren getilgt worden war.

Alex nickte knapp, weil er wusste, was Meghan offenbar nicht selbst aussprechen konnte, und die drängende Frage sprudelte ihm über die Lippen, bevor er sich auf die Zunge beißen konnte. »Ja, Mr Today, seit wie vielen Jahren …?« Er wurde ganz blass bei dem Gedanken an all die Ungewollten, die aus Quill getilgt worden waren, seit er ein kleiner Junge gewesen war. In seinem Kopf drehte sich alles, während er versuchte, sich an sie zu erinnern, was ihm jedoch schwerfiel, weil alle Quiller angewiesen waren, die Liquidierten zu vergessen.

Mr Today lächelte, aber es lag ein Hauch von Kummer in seinen Augen. »Meine Lieben, wie konnte ich das nur vergessen? Ja, alle Ungewollten, so lange ihr euch zurückerinnern könnt, sind hier.« Er sah Meghan an, und seine dunklen Augen tanzten wieder. »Auch dein Bruder Sean ist hier, Meghan, und er freut sich schon sehr darauf, dich wiederzusehen. Er möchte sich um acht Uhr im Salon mit dir treffen!«

Meghan quiekte vor Schock. »Er ist hier …?« Sie brachte den Satz nicht zu Ende und klammerte sich so fest an Alex' Arm, dass es ihm wehtat.

»Da fällt mir wieder ein«, fügte Mr Today hinzu, »ich sollte euch besser auch oben alles zeigen, damit ihr euch ein wenig frisch machen könnt.«

»Was glaubst du, wo der Salon ist?«, flüsterte Meghan Alex zu.

Mr Today, der im Alter zwar offenbar ein wenig vergesslich geworden war, schien jedoch noch gute Ohren zu haben. »In euren Zimmern findet ihr alle nötigen Informationen, wie ihr mit der Röhre in den Salon gelangt, Meghan. Keine Angst, keine Angst!« Der Magier gluckste erneut fröhlich und rieb sich die Hände, so erfreut war er, dass sich die Ungewollten bereits ein wenig wohler zu fühlen schienen, nun, da sich der Tag dem Ende zuneigte.

»Die Röhre?«, flüsterte Meghan Alex noch leiser ins Ohr.

Alex zuckte mit den Schultern, seine Augen vor Staunen geweitet. »Ich hab keine Ahnung, was er damit meint.«

Mehrere Türen führten aus der Küche hinaus. Während sie den riesigen Raum durchquerten, zeigte Mr Today auf eine von ihnen und sagte: »Bedient euch jederzeit in der Speisekammer, wenn ihr einen kleinen Happen zwischendurch braucht. Ihr könnt entweder selbst herunterkommen oder euch etwas nach oben bestellen. Die offiziellen Essenszeiten könnt ihr den Wandtafeln in euren Zimmern entnehmen.«

»Essen, wann immer wir wollen?«, flüsterte ein ziemlich dünner Junge im hinteren Teil der Gruppe. »Unglaublich.«

»Wo sitzen denn alle?«, fragte Lani.

»Oh, wir haben immer genügend Platz. Du wirst schon sehen«, antwortete Mr Today geheimnisvoll. Er führte sie einen weiteren Gang hinunter und zeigte im Vorbeigehen auf einen gigantischen Speisesaal. Kurz darauf befanden sie sich wieder im Foyer am Fuß der Treppe.

Alex fiel auf, dass Simber sich wieder auf seinen Hinterbeinen aufgerichtet hatte.

»Marrrcus«, sagte der Gepard mit seiner schnurrendknurrenden Stimme. »Ich glaube, der junge Mann ist eingetrrroffen.«

»Ausgezeichnet«, erwiderte Mr Today. »Danke, Sim.

Wartet einen Moment hier auf mich, Kinder.« Er ging zu der mächtigen Tür und öffnete sie. Draußen auf der Treppe saß Samheed, seine breiten Schultern gebeugt, den Kopf auf die Hände gestützt. Mr Today ließ sich neben ihm nieder, und die beiden wechselten leise ein paar Worte.

Alex lehnte sich zu Lani und Meghan und flüsterte ihnen zu: »Was glaubt ihr, wo die andere Statue hin ist?« Denn die steinerne Kriegerin war verschwunden.

Lani kicherte. »Vielleicht holt sie sich einen kleinen Happen aus der Speisekammer.«

»Oder vielleicht macht sie ein Nickerchen?« Meghan, die vor lauter Aufregung, ihren Bruder schon bald wiederzusehen, beinahe zitterte, stieß ein seltsam hohes Lachen aus und hickste nervös.

Nach einer Weile gesellten sich Mr Today und Samheed zum Rest der Gruppe, und dann stiegen sie alle die prachtvolle Treppe hinauf, Samheed noch immer mit einem leicht mürrischen Ausdruck auf dem Gesicht. Lani und ein paar der anderen beäugten ihn misstrauisch, doch Samheed verschonte sie mit weiteren Ausbrüchen und hielt sich im hinteren Teil der Menge. Der Rest von ihnen plapperte aufgeregt durcheinander und staunte über die Statuen, die Bilder an den Wänden und die an ihre Ohren dringende Musik, und auch wenn sie all das nicht wirklich verstanden, gefiel es ihnen doch sehr. In der Mitte des Balkons scharten sie sich erneut um Mr Today.

»In diesem Flur dort«, erklärte er ihnen und zeigte auf

den Gebäudeflügel ganz rechts, »wohnen die Familien.« Der Gang schien sich endlos zu erstrecken. »Der Flur nebenan gehört den anderen Erwachsenen.«

Er deutete auf die Wand direkt vor Alex. »In diesem Gang, ungefähr hier, wohnen unsere weiblichen Lehrlinge – die jungen Herren können ihn genauso wenig sehen wie ich und deshalb auch nicht hineingehen. Dafür können wir den Flur nebenan sehen – dort befinden sich die Zimmer der Jungen. Ihr Mädchen seht ihn nicht, hab ich recht?«

Meghan, Lani und die anderen Mädchen schauten einander überrascht an, während Mr Today fortfuhr.

»Hier drüben befindet sich der Flügel für die wenigen Kreaturen, die es vorziehen, in der Villa zu wohnen, auch wenn ihr in euren jeweiligen Gängen womöglich auch das eine oder andere Tierchen vorfinden werdet. Einige von ihnen streifen gern umher.« Er gluckste beim Anblick der zwanzig geweiteten Augenpaare.

»Mr Today«, meldete sich jemand aus der hinteren Reihe der Gruppe zu Wort, »hat diese riesige Schildkröte auch ein eigenes Zimmer in der Villa?«

»Nein«, antwortete er. »Jim zieht es vor, im Dschungel zu leben, wie auch viele andere Kreaturen. Aber er ist hier jederzeit willkommen, falls er seine Meinung ändert, genau wie alle anderen.«

»Geht Ihnen denn nie der Platz für alle aus?«

»Nie«, versicherte Mr Today mit einem geheimnisvollen Lächeln. Dann wandte er sich wieder dem Rest der Gruppe zu. »Kinder, bitte begebt euch nun auf eure

Zimmer. Ihr werdet wissen, welches euch gehört, wenn ihr den Flur hinuntergeht, da eure Tür euch begrüßen wird, sobald ihr euch nähert. Ihr werdet dort alles finden, was ihr braucht, um es euch gemütlich zu machen. Wenn ihr das Gefühl habt, angekommen zu sein, steht es euch frei, den Rest der Villa zu erkunden. Sie ist nun euer Zuhause.«

Die meisten Kinder machten sich sofort auf den Weg. Die Mädchen beobachteten neugierig, wie ein paar der Jungen durch die scheinbar solide Wand zu verschwinden schienen, während die Jungen zusahen, wie die Mädchen dasselbe taten. Nur ein paar von ihnen blieben noch zurück – Alex, Lani und Meghan verabredeten kurz, wo und wann sie sich wieder treffen wollten, bevor auch sie sich auf die Suche nach ihren Zimmern begaben.

Samheed schien ebenfalls zu zögern. Der mürrische Ausdruck war inzwischen fast völlig aus dem Gesicht des Jungen verschwunden. »Mr Today? Sie haben einen vergessen. Wohin führt *dieser* Gang dort?«, fragte er.

Mr Today schaute in die Richtung, in die der Junge zeigte, und betrachtete Samheed dann für einen kurzen Moment interessiert. »Hmm«, sagte er und kratzte sich in seinem elektrisch aufgeladenen Haar. Er hatte ein eigenartiges, neugieriges Lächeln im Gesicht. »Ich bin überrascht, dass du ihn sehen kannst, Samheed.«

Magie und Kunst

Lani und Meghan betraten den langen Korridor, auf der Suche nach ihren Zimmern. Meghans Tür rief sie fast sofort zu sich, da sie sich gleich in der Nähe des Balkons befand. Nach einem schnellen Blickwechsel und einer kurzen Erinnerung, sich später im Salon wieder zu treffen, setzte Lani ihren Weg durch den Flur allein fort. Alle anderen Neuen hatten ihre Zimmer inzwischen ebenfalls gefunden, und im Korridor war es beinahe unheimlich still.

Lani bewegte sich langsam vorwärts, vorbei an weiteren Statuen, die ihr freundlich zunickten, wenn sie zu ihnen hinaufschaute, und an leuchtenden, an den Wänden hängenden Rechtecken – Gemälde, wie Mr Today sie genannt hatte – in den unterschiedlichsten Farben und Größen. Als Lani sich dem Ende des Ganges näherte und sich allmählich Sorgen machte, es gäbe womöglich gar keine Tür, die ihren Namen rufen würde, schwang eine von ihnen urplötzlich auf und eine kleine, gelblich gefiederte Gestalt sauste heraus. Lani erschrak und stieß beinahe einen Schrei aus. Es war schließlich eine Sache, eine magische Kreatur zu sehen, wenn man sich in Gesellschaft anderer befand, aber eine völlig andere, praktisch von einer von ihnen angefallen zu werden, wenn man ganz allein war.

Doch sie machte sich vollkommen grundlos Sorgen. Die gefiederte Kreatur – ihr Körper hätte vielleicht dem eines Schnabeltiers geähnelt, wenn er nicht mit Federn bedeckt gewesen wäre, und ihr Schnabel erinnerte definitiv an einen Papagei – schien viel mehr Angst vor Lani zu haben als Lani vor ihr. »Squie squah!«, kreischte die Kreatur mit hoher Stimme.

»Wie bitte?«, fragte Lani und wich einen Schritt zurück.

»Wie bitte? Wie bitte?«, wiederholte das Wesen.

Lani, die sich mit einem Mal mutig fühlte – wenn man eigentlich hätte liquidiert werden sollen, erschien einem alles andere plötzlich ziemlich einfach –, beugte sich nach unten und streckte eine Hand aus. »Ich heiße Lani«, sagte sie.

Die Kreatur watschelte auf sie zu, schloss ihren Schnabel sanft um Lanis Finger und ahmte das Mädchen nach, indem sie erwiderte: »Ich heiße Lani.« Dann bauschte sich das kleine Ding kichernd zu einem Flaumball auf und rannte wie angestochen den Flur hinunter, während es wild mit den Flügeln flatterte und den ganzen Weg über brüllte: »Lani, Lani, Lani!«

Lani sah dem Wesen erschrocken hinterher, bis der Schnabelgei – denn genau das war die Kreatur – schließlich verschwunden war. *Wenn ihr Name auch Lani ist, woher soll ich dann wissen, ob das hier ihr oder mein Zim-*

mer ist?, überlegte sie. Doch die Tür des Schnabelgeis rief Lani nichts zu, als sie daran vorbeiging.

Schließlich kam sie am Ende des endlos erscheinenden Korridors an. »Guten Abend, Lani!«, begrüßte sie die letzte Tür auf der rechten Seite in besonders fröhlichem Tonfall. Sie schwang auf und Lani ging hindurch.

Und obwohl Lani in ihrem neuen Zimmer gleich mehrere magische Dinge erwarteten, war sie so überwältigt und erschöpft, dass sie nichts anderes tun konnte, als sich auf einen übermäßig dick gepolsterten Sessel sinken zu lassen. Sie staunte darüber, wie weich er sich anfühlte, denn bisher hatte sie nichts anderes als harte Holzstühle und auf dem Boden liegende, abgenutzte Schlafmatten gekannt. Sie lehnte den Kopf zurück und schloss für einen Moment die Augen – es war ein sehr langer Tag gewesen. Noch bevor sie »Jim, die geflügelte Schildkröte« hätte sagen können, war sie eingeschlafen.

Am anderen Ende des Mädchenkorridors erkundete Meghan neugierig ihr Zimmer und stellte voller Freude fest, dass es beinahe so groß war wie ein ganzes Haus in Quill, mit eigener Sitzecke, einem separaten Schlafzimmer und einem hübschen Bad mit herrlichen Seifen, flauschigen Handtüchern und einer sprudelnden Wasserfallbadewanne. In den Kommoden und Schränken befand sich alles, was sich ein Mädchen nur wünschen konnte – und noch unendlich viel mehr, da Quiller daran gewöhnt waren, unter sehr spartanischen Bedingungen zu leben. Hier hatten sämtliche Kleider genau Meghans

Größe, und der Stil und die Farben passten perfekt zu ihrer Persönlichkeit und ihrem Hautton. Auch das Bett war nicht mit der schlichten Rollmatte zu vergleichen, die sie bisher gekannt hatte: Es war weich, voller Kissen und ragte ein gutes Stück über den Boden auf. Die Wände waren in zarten, ruhigen Blau- und Grüntönen gehalten, die sich mit Meghans Stimmung – oder wenn der Nachmittag in den Abend überging – von helleren zu blasseren Schattierungen änderten. Es war schlichtweg traumhaft.

Meghan wusste zwar nicht so recht, was sie von dem geräumigen Zimmer, der Einrichtung und den ungewöhnlichen Objekten, die im ganzen Raum verteilt waren, halten sollte, aber sie fand das Ganze unglaublich zauberhaft.

Und genau das war es auch: zauberhaft… und verzaubert. An einer Wand ihres Zimmers hing eine große, rechteckige Tafel, wie eine Art Schiefertafel, die mit Informationen vollgeschrieben war. Sie zeigte außerdem die Zeit an und kündigte anstehende Aktivitäten und Ereignisse an. Alles, was Meghan tun musste, wenn sie mehr über irgendetwas herausfinden wollte, war, das Wort zu berühren oder die Tafel danach zu fragen. Und wenn Meghan nicht wollte, dass die Wandtafel willkürlich irgendwelche Dinge ankündigte, musste sie nur auf einen mit SCHHHH beschrifteten Knopf drücken. Wollte sie hingegen etwas essen und hatte keine Lust, den ganzen Weg nach unten in die Küche zu gehen, war für diesen Fall eine Ecke der Tafel mit dem Wort SPEISE-

KAMMER markiert. Berührte Meghan sie, konnte sie den Inhalt der Speisekammer in der Küche sehen und sich in der Röhre etwas heraufschicken lassen.

Und, ah, die Röhre! Jedes Zimmer der Villa war in einer Ecke mit einer großen Glasröhre ausgestattet, in der sich eine Öffnung befand. Das Ding sah aus wie ein sehr großer Zylinder mit einer Plattform, auf der man stehen konnte, während eine kleinere Tafel im Inneren einen Überblick über die verschiedenen momentan verfügbaren Ziele bot.

Bei der weiteren Erkundung ihres Zimmers fand Meghan auch einen Stapel Blätter mit ungewöhnlichen Linien und Markierungen darauf. Da diese jedoch überhaupt keinen Sinn für sie ergaben, legte Meghan sie wieder beiseite. Außerdem entdeckte sie einen Korb voller langer Metallstangen und Holzstäbe in den unterschiedlichsten Größen, die alle mit kleinen Löchern und winzigen Hebeln versehen waren. Vorsichtig berührte Meghan zunächst einen der Holzstäbe, bevor sie mit beiden Händen danach griff und sofort sein solides Gewicht spürte. Sie drehte ihn neugierig in ihren Händen hin und her, drückte auf einen kleinen Hebel ungefähr in der Mitte, ließ ihn wieder los und blickte dann in das hohle Ende, das sich in einem großen O öffnete.

»Eine Oboe ist ein Musikinstrument.«

Meghan wirbelte herum, als sie die Stimme hörte, konnte jedoch niemanden sehen.

»Man nimmt das andere Ende in den Mund und bläst hinein. So.« Meghans Wandtafel leuchtete auf und das

Bild einer wunderschönen Frau erschien. Die Frau befeuchtete ihre Lippen, setzte das Instrument an den Mund und blies hinein. Sie bewegte die Finger über die Hebel, und eine hübsche, wenn auch traurige Melodie kam heraus. »Und jetzt versuch du es«, sagte die Frau und schaute Meghan direkt in die Augen, als wäre sie mit ihr im Zimmer.

»I-ich …?« Meghan blickte auf die Oboe. Sie drehte sie um, und die Frau auf der Leinwand zeigte ihr, wie sie das Instrument richtig halten musste. Meghan ahmte die Handhaltung nach, befeuchtete dann ihre Lippen und blies.

»Ein bisschen fester«, ermutigte die Frau sie. »Und pass auf, dass deine Zunge in der Nähe des Mundstücks bleibt.«

Meghan versuchte es erneut, und die Oboe quiekte.

Die Frau lächelte warm. »Sehr schön. Wir werden jeden Tag ein bisschen daran arbeiten. Bis zum nächsten Mal.«

Die Frau erlosch wieder zu Schwarz und auf der Tafel tauchten erneut die Worte auf. Meghan stellte den Korb mit den Instrumenten hastig beiseite, als sie sah, dass es beinahe Zeit war, ihren Bruder zu treffen.

Sie schaute in ihren Schrank, ein wenig überfordert von der riesigen Auswahl, entschied sich nach langem Überlegen jedoch für ein blassgrünes Kleid. Im Badezimmerspiegel erkannte sie sich selbst kaum wieder, während sie ein wenig hilflos versuchte, ihr Haar zu frisieren. Sie starrte auf das durchsichtige Kästchen auf der Kommode, hatte jedoch keine Ahnung, wofür die vielen verschiedenen Bänder und Schleifen darin waren. Sie hob sie hoch und inspizierte sie genauer.

Als es beinahe acht Uhr war, ging sie zu ihrer Wandtafel, nicht ganz sicher, wie sie in den Salon kommen sollte. Dann entdeckte sie jedoch das in Großbuchstaben geschriebene Wort SALON und berührte es. Die Tafel schimmerte plötzlich wie Flüssigkeit und ein Gesicht presste sich heraus, als würde es eine schwarzseidene Maske tragen. Das Gesicht lächelte.

»Guten Abend, Meghan. Ich bin Evelyn, deine Wandtafel. Um in den Salon zu gelangen, stelle dich bitte in die Glasröhre in der Ecke deines Zimmers. Auf der Miniaturtafel darin drücke auf das Wort ›Salon‹, dann bist du in Nullkommanichts dort.«

»Ähm … danke, Evelyn.« Meghan stellte sich in die Röhre, biss sich nervös auf die Unterlippe, holte tief Luft und drückte dann auf das Wort SALON auf der kleinen Tafel. Ihr blieb noch nicht einmal Zeit, die Augen zu schließen, bevor sich die Szene veränderte. Es ging beinahe so schnell, als würde sich ihr Zimmer in den Salon verwandeln. Sie trat aus der Glasröhre und ließ den Blick über ihre neue Umgebung schweifen.

Der Salon war riesig – dreimal so groß wie die Küche. Dutzende, wenn nicht Hunderte Leute und ein paar eigentümlich aussehende Kreaturen plauderten und tanzten und lachten miteinander. Eine Band in der Ecke spielte flotte Musik, und in der Mitte des Raumes befand sich eine große, runde Thekeninsel mit Hockern ringsum.

In Quill gab es keine Orte wie diesen, an denen man sich mit anderen treffen konnte. Zuzulassen, dass sich die Menschen in ihrer Freizeit trafen, war gefährlich. Alle wussten das. Es war schlichtweg nicht erlaubt. Und da sie ihn mit nichts vergleichen konnte, wusste Meghan auch nicht so genau, was sie von dem Salon halten sollte.

Während sie ein wenig unsicher mit dem Rücken zur Röhre stand und angestrengt versuchte, sich daran zu erinnern, wie ihr Bruder aussah, oder sich vorzustellen, wie er sich in den vergangenen fünf Jahren wohl verändert hatte, tippte ihr jemand auf die Schulter und Meghan wirbelte blitzschnell herum.

Es war Alex. »Whoa, die Röhre ist total verrückt, oder, Meg? Ich war schon überall!«

Meghan seufzte erleichtert. »Ich bin so nervös«, sagte sie. »Was, wenn ich meinen Bruder nicht finden kann?«

Alex zuckte mit den Schultern. »Na, dann benutz doch einfach die Tafel.«

»Wie?«

»Geh einfach zu ihr rüber und bitte sie, ihn für dich zu finden. Ich wette, sie kann das. Sie kann alles! Was hast du denn die ganze Zeit gemacht? Ein Nickerchen?« Er betrachtete Meghan genauer. »Was zum ... was ist das da in deinem Haar?« Er lachte und zeigte auf die Schleife, die Meghan schließlich um ihren Pferdeschwanz gebunden hatte. Er war vollkommen verblüfft.

Sie ignorierte ihn und ging stattdessen zu der Tafel hinüber. »Hallo«, sagte sie zögernd. Ein schimmerndes

Gesicht presste sich aus der Mitte, genau wie Evelyn es in ihrem Zimmer getan hatte.

»Hallo, Miss Ranger.« Diese Tafel hatte eine männliche Stimme und zog die letzte Silbe ihres Namens träge in die Länge.

»Ich suche meinen Bruder, Sean. Sean Ranger. Ähm …«

»Oooh, da helfe ich doch gerne«, erwiderte die Tafel und räusperte sich. Im nächsten Moment verstummten die Geräusche im Raum plötzlich, auch wenn niemand sonst davon Notiz zu nehmen schien. Die Band spielte ungeniert weiter und alle setzten ihre Unterhaltungen fort, nur dass kein einziger Ton mehr zu hören war, bis die Tafel erneut das Wort ergriff. »Sean Ranger, deine arme Schwester steht hier im Salon und wartet auf dich, du Tölpel.« Dann sprang die Lautstärke im Raum ebenso plötzlich wieder auf normal zurück.

Meghan klatschte eine Hand auf ihren Mund. »Gute Güte«, sagte sie. »Du bist ja ganz schön direkt, was?«

»Wärst du nicht auch direkt, wenn du in einem Raum leben müsstest, in dem es ständig so laut zugeht?«

Darüber hatte Meghan noch gar nicht nachgedacht. »Doch«, erwiderte sie, »ich schätze, das wäre ich wohl.«

»Eben. Gut, hier kommt er schon. Viel Spaß bei eurem Wiedersehen.«

»Ähm … danke, äh …«

»Earl.«

»Danke, Earl.«

Das Tafelgesicht lächelte höflich, bevor es verschwand und wieder durch Geschriebenes ersetzt wurde.

Meghan wandte sich ab und ließ den Blick durch den Raum wandern, während sie an ihren Fingernägeln kaute. Sie sah niemanden auf sich zukommen, nur Alex stand weiter neben ihr. Als sie jedoch zu der Reihe der Röhren schaute, stieg gerade jemand aus einer von ihnen heraus, fuhr sich mit den Fingern durch sein rotbraunes Haar und zupfte seinen Hemdkragen zurecht. Es war Sean.

Meghan hüpfte das Herz in den Hals. Er sah viel älter aus. Sie konnte sich noch vage daran erinnern, wie er ihre Familie verlassen hatte. Damals war er ein schlaksiger Junge gewesen, aber jetzt wirkte er richtig erwachsen. Unvertraute Tränen traten ihr in die Augen und strömten über ihre Wangen, als er ihren Blick einfing.

Er begann übers ganze Gesicht zu strahlen, eilte zu seiner Schwester, nahm sie in den Arm und wirbelte sie herum. »Meggie, du …« Die Worte blieben ihm im Hals stecken. Er setzte sie wieder ab und drückte sie zärtlich an sich, bevor er ihre Schultern von sich schob, um sie richtig betrachten zu können, seine Augen tanzend. »Du freches Ding«, neckte er sie. »Du bist genau wie dein nutzloser großer Bruder. Arme Eltern.« Er schniefte unbekümmert. »Jetzt werden sie kein weiteres Kind mehr bekommen dürfen. Sie müssen sich wie völlige Versager vorkommen. Tja.«

Meghan bildete sich ein, einen verbitterten Unterton in seinen Worten wahrzunehmen. Doch da sie bis jetzt all ihre Emotionen hatte unterdrücken müssen – und nach all der Aufregung, den Überraschungen und dem

Stress dieses ganzen Tages –, konnte sie sich nicht wirklich sicher sein.

»I-ich hab dich vermisst«, stammelte Meghan und errötete. »Ich kann einfach nicht glauben, dass du hier bist.«

Sean grinste. »Ich weiß«, erwiderte er. »Schon okay. Komm, wir schnappen uns das Sofa und den Tisch in der Ecke, damit wir uns in aller Ruhe unterhalten können. Wer ist dein Freund?« Sean zeigte auf Alex, der sich langsam zurückgezogen hatte, um den beiden ein wenig mehr Privatsphäre zu geben.

»Oh!«, sagte Meghan. »Tut mir leid – Alex, erinnerst du dich noch an meinen Bruder, Sean?«

Alex streckte unbeholfen eine Hand aus. »Hi, Sean.«

Sean betrachtete ihn interessiert und schüttelte ihm die Hand. »Ich erinnere mich an dich – du warst auch in unserem Quadranten«, sagte er. »Du bist einer von den Zwillingen, stimmt's? Ihr zwei seid mit eurem Vater immer auf den Zentralplatz gekommen, um eure Milchration bei uns abzuholen. Wo ist dein Bruder?« Sean blickte über seine Schulter und sah sich hastig im Raum um.

Alex machte den Mund auf, aber es kam kein Laut heraus. Als sie den Ausdruck auf seinem Gesicht sah, wollte Meghan sofort das Thema wechseln, aber es war zu spät.

»Oh«, sagte Sean. Er kniff die Augen zusammen. »Na, ist wirklich grausam, euch voneinander zu trennen. Tut mir leid, Alex. Ist er ein Notwendiger, wie eure Eltern?«

»Er …« Alex schluckte.

»Aaron ist ein Gewollter«, antwortete Meghan. »Kommt, setzen wir uns.«

Alex trottete den beiden hinterher und fühlte sich seltsam betäubt. Im Lauf des ereignisreichen Tages hatte er Aaron fast völlig vergessen, aber nun bohrte sich der Schmerz darüber, ungewollt zu sein, mit neuer Kraft in seine Rippen. »Es ist nicht Aarons Schuld«, sagte er, beinahe automatisch, als er sich neben Meghan auf das weich gepolsterte Sofa sinken ließ.

Seans Augen waren noch immer zu schmalen Schlitzen verengt. Er sah aus, als könnte er Nadeln daraus abfeuern, wenn er es gewollt hätte. »Natürlich nicht«, erwiderte er grummelnd. »Niemand macht ihm irgendwelche Vorwürfe. Und ich weiß, dass das für euch wahrscheinlich immer noch total seltsam ist, aber *wir* sind diejenigen, die Glück hatten.«

»Wahrscheinlich ist er heute Abend ziemlich traurig«, murmelte Alex. »Na ja, so traurig, wie er in Quill eben sein kann.«

Sean und Meghan nickten nachdenklich. »Es kommt mir schon jetzt so anders vor«, sagte sie. »Ich meine, sobald man weiß, dass es in Ordnung ist … ihr wisst schon … etwas zu fühlen, werden alle Gefühle plötzlich viel stärker.«

»Das stimmt«, erwiderte Sean. »Aber stärker zu werden ist definitiv besser, als im Großen See aus brodelndem Öl zu verschwinden, wie ich immer sage.« Er lachte. »Also, habt ihr schon alles mit den Röhren erkundet?«

»Alex schon«, antwortete Meghan. »Ich bin in meinem

Zimmer geblieben und hab eins der Instrumente geblasen. Es nennt sich ›Oboe‹.« Sie konnte ein Grinsen nicht unterdrücken.

»Na, hör dich nur mal an, forsch wie eh und je. Aber es heißt, ein Instrument *spielen*. Du hast auf einer Oboe *gespielt*, genau wie man alle Instrumente spielt, ob sie nun ein Rohrblatt haben oder Saiten, Tasten oder einen Bogen.« Sean zog an Meghans Pferdeschwanz und er schaukelte hin und her. »Wow.« Er grinste. »Du bist echt ganz schön gewachsen, Kleine.«

»Du auch. Du bist praktisch ein Mann.«

»Ich bin jetzt achtzehn. Marcus hat mich gebeten, darüber nachzudenken, ob ich eine Klasse unterrichten will, jetzt, wo ich mit meiner Ausbildung und dem Kampftraining fertig bin.«

»Was, ähm …«, warf Alex ein, »was genau lernen wir denn hier?«

»Oh, alles Mögliche. Kunst, Theater, Musik – und alles über die Magie, von der alles durchzogen ist.« Sean verstummte, als er die verdutzten Mienen der beiden bemerkte. »Aber ich greife ganz eindeutig zu weit vor. Ist schon komisch – ich hab total vergessen, wie wenig ich selbst wusste, als ich damals hierherkam.« Er schüttelte gedankenverloren den Kopf. »Wie dem auch sei, Alex, welche Verstöße hast du begangen?«

»Ich hab einen Stock in die Erde gesteckt und ihn bewegt, und es … es sah aus wie ein … wie ein Haus. Und wie ein paar andere Sachen. Ein Baum.«

»Oh, ausgezeichnet. Dann bist du höchstwahrscheinlich Maler. Hast du in deinem Zimmer irgendwelche Bleistifte, Skizzenblöcke, Pinsel oder so was gefunden?«

»Ähm…« All diese Worte waren Alex vollkommen fremd.

»Lange, dünne Stäbchen. Ein paar von ihnen haben eine scharfe Spitze, andere steifes Haar an einem Ende.« Sean betrachtete Alex' Gesicht, bis es wieder zu strahlen begann. »Das sind Bleistifte und Pinsel. Man nimmt sie in die Hand und…« Er klatschte sich auf die Stirn und lachte. »Wir können uns das Ganze auch einfacher machen.« Sean zog ein winziges Stück Papier aus seiner Hosentasche, legte es auf den Tisch und tippte mit einem Finger darauf, woraufhin ein kleiner Skizzenblock und ein Bleistift an seiner Stelle auftauchten.

»Wow!«, stießen Meghan und Alex einstimmig aus.

»Schaut genau zu«, forderte Sean sie auf. Blitzschnell skizzierte er ein schlichtes Landschaftsmotiv mit einer Wiese, einem großen Baum und einem Zaun.

»Wie hast du das gemacht?« Alex beobachtete, wie das Bild auf dem Papier Gestalt annahm, während Sean den Bleistift darauf bewegte.

»Den Skizzenblock und den Bleistift hierherzuholen? Das war Magie. Das Bild zu zeichnen – das nennt man Kunst. Zeichnen. Skizzieren. Es gibt viele verschiedene Wörter dafür. Aber das ist keine Magie. Es ist eine kreative Begabung. Du hast sie bereits in dir, weißt du? Versuch's doch einfach selbst mal.«

Alex umschloss den Bleistift mit seiner linken Faust, genau wie er es vor all den Jahren mit dem Stock getan hatte. Sean zog ihm den Stift wieder aus der Hand und zeigte ihm, wie man ihn richtig hielt. »Fühlt er sich in deiner linken Hand am besten an, Alex?«

»Ähm …« Alex nahm den Stift in die rechte Hand, verzog das Gesicht und wechselte die Hand sofort wieder. »Ja. Die Linke fühlt sich für mich richtig an.« Er konzentrierte sich und drückte die Bleistiftspitze auf das Papier.

»Nicht zu fest, sonst …« Sean lachte, als die Spitze abbrach und quer über den Tisch flog. »Sonst bricht sie ab«, beendete er den Satz. Er nahm das Ende des Bleistifts zwischen Daumen und Zeigefinger, und es wuchs eine perfekte neue Spitze heraus. Er gab Alex den Stift wieder zurück.

Meghan beobachtete alles vollkommen hingerissen. »Werden wir auch Magie lernen?«, fragte sie und betrachtete die Bleistiftspitze genauer. Sie konnte überhaupt nichts damit anfangen. Aber sie liebte es.

»Nach einer Weile«, antwortete Sean und fing den Blick seiner Schwester ein. »Ihr müsst zuerst fleißig an euren künstlerischen Fähigkeiten arbeiten. Sobald ihr richtig gut darin seid, werden euch eure Tutorinnen und Tutoren für das magische Kampftraining empfehlen.«

»Aber was genau ist das eigentlich? Mr Today hat uns alle gebeten, daran teilzunehmen.«

»In den Lektionen lernt ihr, euch selbst zu verteidigen und zu kämpfen, indem ihr euch magischer Waffen der Kunst bedient. Zum Beispiel …«

»Vielleicht will Quill ja gar nicht gegen uns kämpfen«, warf Meghan ein.

Sean lachte, aber nicht unfreundlich. »Oh doch. Ich bin mir sicher, das wollen sie. Sie bereiten sich schon seit fünfzig Jahren auf einen Kampf vor! Was glaubst du, warum sie ihre sogenannten besten Leute ins Quillitär stecken?«

»Hmm«, brummte Meghan nachdenklich.

Alex, der den beiden aufmerksam zugehört hatte, während er den Bleistift über das Papier bewegte, fragte: »Wie kann man denn mit Kunst kämpfen?« Er skizzierte ungeschickt weiter und zeichnete ein Haus, wie das, das er damals in Quill in den Matsch gemalt hatte.

Sean lächelte und zeigte auf die Zeichnung. »Sieht schon richtig gut aus, Alex. Und was das Kämpfen mit Kunst betrifft: Das erfährst du noch früh genug. Es wird großartig! Ihr werdet alle möglichen unglaublichen Dinge lernen. Aber den Rest sollen euch eure Tutorinnen und Tutoren erklären. Hey«, sagte er dann plötzlich und beäugte Alex' Kritzeleien genauer, »ehrlich, das ist wirklich nicht übel. Warte, ich zeig dir, wie du die Schattierungen richtig hinkriegst. Lockere deinen Griff ein bisschen.« Er tippte auf Alex' Bleistift und ein zweiter plumpste aus dem ersten. Nun hatte jeder von ihnen einen.

»Ich kann's gar nicht erwarten, mit dem magischen Kampftraining zu beginnen«, sagte Meghan, eher zu sich selbst als zu den anderen. Ihre Augen leuchteten vor Aufregung.

Während die beiden arbeiteten und Alex hochkonzentriert seine Zunge aus einem Mundwinkel streckte, entfernte Meghan sich vom Tisch und ging erneut zu der Wandtafel hinüber. »Hallo, Earl«, sagte sie.

»Hallo noch mal.«

»Ich hab mich gefragt, ob du vielleicht… du weißt schon, ganz sanft… ich meine, nett und freundlich, wenn es dir nichts ausmacht… Lani hier runterrufen könntest? Sie sollte inzwischen eigentlich längst hier sein.«

»Lani. Hmm. Das Menschenmädchen, richtig?«

»Ähm, ja…« *Sind nicht alle Mädchen hier Menschen?*, wunderte Meghan sich.

»In Ordnung, ich schicke sie zu euch runter.«

»Danke, Earl.«

»Keine Ursache.«

»Ach, Earl?«

»Ja, Miss Ranger?« Er klang gelangweilt.

»Kann ich vielleicht auch irgendetwas für dich tun?«

Die Augen der Tafel blinzelten stumm und Earls Lippen teilten sich ein wenig. Seine Stimme klang nun sanfter. »Nein, vielen Dank.«

Einen Moment später tauchte Lani mit weit aufgerissenen Augen aus der Röhre auf und lachte, als sie Meghan sah. »Das ging ja fix wie nix«, sagte sie.

»Komm mit – mein Bruder erklärt uns, wie hier alles läuft.« Meghan hakte sich bei Lani unter, und dann rannten die beiden zum Tisch zurück, wo Alex und Sean in ein ernstes Gespräch vertieft zu sein schienen. Der Skizzenblock war zugeklappt, die Bleistifte lagen darauf.

Als die Mädchen sich näherten, blickte Sean auf. »Noch eine Freundin? Ich bin Sean Ranger«, stellte er sich in ziemlich bedeutungsvollem Tonfall vor. »Und wer bist du?«

»Lani. Lani Haluki.« Lani und Meghan setzten sich.

Sean kniff einmal mehr die Augen zusammen. »Haluki?«

»Ja.« Lani schaute Sean direkt in die Augen.

»Die Tochter des Obersten Kommandeurs?«, fragte er ungläubig.

Lanis Blick geriet keine Sekunde ins Wanken, und als sie schließlich antwortete, klang ihre Stimme ruhig und fest. »Nicht mehr.«

Die vier saßen in grimmigem Schweigen da.

»Du siehst zu jung aus, um liquidiert zu werden«, bemerkte Sean nach einer Weile.

»Ich bin zwölf.«

»Und warum …?«

»Weil ich andere Kinder beeinflusst habe. Ihnen die Geschichten erzählt habe, die in meinem Kopf waren. Und meinen Vater schlecht habe aussehen lassen, schätze ich. Er konnte es gar nicht erwarten, mich loszuwerden.«

»Tut mir leid.«

»Warum?«, fragte sie. »Ich bin hier, oder nicht?« Ihre blauen Augen blitzten. Eine Million Gedanken rauschten durch ihren Kopf – dass sie einst eine ganze besondere Beziehung zu ihrem Vater gehabt hatte oder warum er noch vor ihrem dreizehnten Lebensjahr so abrupt dafür gesorgt hatte, dass sie getilgt wurde. Doch sie sprach diese Gedanken nicht laut aus. Sie taten zu sehr weh.

Sean lächelte mitfühlend. »Verstehe. Ich würde sagen,

Artimé kann sich überaus glücklich schätzen, dass du es mit deinem Talent bereicherst.«

Lani entspannte sich ein wenig und blendete die schmerzhaften Gedanken aus. »Da hast du bestimmt recht«, erwiderte sie.

Alex lachte. »Du scheinst dich hier jedenfalls schon gut eingewöhnt zu haben.« Aus seiner Stimme sprach pure Bewunderung. »Hast du schon rausgefunden, wie hier alles funktioniert?«

»Nein, ich hab ein bisschen geschlafen. Kann mir jemand erklären, wie dieses Röhrendings funktioniert? Und wo genau sind wir hier eigentlich? Es gibt überhaupt keine Türen.«

Alex und Meghan hoben den Blick und ließen ihn überrascht durch den Raum schweifen.

»Komisch«, sagte Alex, »ist mir gar nicht aufgefallen.«

»Mir auch nicht«, stimmte Meghan ihm zu.

»Gut beobachtet«, lobte Sean. »Der Salon ist kein richtiger Teil der Villa. Er ist noch nicht mal ein richtiges physisches Gebäude. Damit will ich sagen, man kann ihn von außen nicht sehen. Er nimmt keinerlei realen Raum ein. Das gilt allerdings für den Großteil von Artimé. Erinnert ihr euch noch an das kleine, trostlose Fleckchen Land, als ihr durch das Tor gegangen seid? Ganz Artimé befindet sich auf dieser winzigen Fläche aus Beton und Unkraut und in diesem grauen, heruntergekommenen Gebäude. Und dennoch erstreckt sich Artimé meilenweit. Viele Jahre lang musste Marcus nur eine kleine Welt hinter dem Tor von Quill verstecken, doch als immer mehr Ungewollte kamen, vergrößerte er sie je nach Bedarf und erschuf mehrere Kunsttutorinnen und -tutoren, um ihm dabei zu helfen, die Kinder zu unterrichten. Inzwischen ist es fast, als würde die Welt von ganz allein laufen. Aber natürlich«, fügte er hinzu, »würde sie ohne einen großen Magus wie ihn, der alles zusammenhält, wieder verschwinden.«

»Was ist ein Magus?«, fragte Lani.

»Ein Zauberer. Jemand, der Magie beherrscht. Wie dem auch sei, um deine Frage zu beantworten: Die Villa behält ihre Größe und Form mehr oder weniger bei, um zu verhindern, dass sich irgendjemand verläuft. Anstatt ihr immer noch mehr hinzuzufügen, wie bei einem Labyrinth, hat Marcus das Röhrensystem erschaffen, damit wir auch die Orte erreichen können, die nicht ständig genutzt werden. Dies hier ist der meistgenutzte Raum, soweit ich weiß. Auch ich kenne nicht alle neuen Orte, die dem Röhrenplan hinzugefügt wurden. Ein paar der Klassenzimmer und das Theater sind nur per Röhre zu erreichen. Aber keine Sorge, die Wandtafeln wissen alles und sind da, um euch zu helfen, falls ihr Hilfe braucht.« Sean lachte. »Ein paar von ihnen haben allerdings ziemlich starke Persönlichkeiten, also seid auf der Hut.«

Meghan nickte. »Meinst du Earl?«

»Na ja – ja. Aber er ist in Ordnung. Nur manchmal ein bisschen grummelig.«

Lani und Alex wechselten über den Tisch hinweg einen neugierigen Blick, als Meghan und Sean über Earl und die Persönlichkeiten der anderen Tafeln sprachen.

Alex zuckte mit den Schultern und verzog das Gesicht. Lani unterdrückte ein Lachen.

Als die Geschwister anfingen, sich über Quill und das heiklere Thema ihrer Eltern zu unterhalten, zeigte Lani vorsichtig auf die Theke mit den Hockern. Alex nickte, und die beiden schlüpften davon, um sich vor dem Schlafengehen einen Happen zum Essen zu besorgen. Sie entdeckten alle möglichen seltsamen Dinge und unterhielten sich darüber – die unterschiedlichsten Kreaturen zum Beispiel, oder Lehrlinge, die mit einem zusammengefalteten Blatt Papier, Bleistiften und anderen Dingen, die Alex und Lani noch nie zuvor gesehen hatten, Zaubertricks vollführten.

Was die beiden zunächst jedoch nicht bemerkten, war Samheed, der mit einem ihnen unbekannten, ein wenig älteren und leicht verächtlich dreinschauenden Jungen in der Nähe der Röhren stand. Schließlich fiel Lani jedoch auf, dass Samheed Alex mit zusammengekniffenen Augen beobachtete, einen boshaften Ausdruck auf seinem Gesicht. Erschrocken stupste sie Alex an. »Was hat er nur für ein Problem?«, flüsterte sie und zeigte auf Samheed.

Doch als Alex sich umdrehte, waren Samheed und sein Freund bereits in den Röhren verschwunden.

Schule

Während der ersten Wochen vergingen der Unterricht und das Leben in Artimé wie im Flug. Es gab so viel zu lernen – was Schauspielerei war etwa, oder wie man erkannte, ob Musik traurig oder fröhlich klang. Und die Neuankömmlinge lernten schreiben – keine Geschichten, noch nicht, sondern zunächst nur Zahlen und Buchstaben. Natürlich konnten Alex und die anderen lesen, es war ihnen bisher nur nicht erlaubt gewesen zu schreiben. Sie hatten noch nie zuvor Bleistifte gesehen. In Quill konnten nur die Kommandeurinnen und Kommandeure Lehrenden die Erlaubnis erteilen, Lektionen im Privaten niederzuschreiben, und selbst dann wurde sehr genau überwacht, was die Lehrenden unterrichten wollten. Hauptsächlich handelte es sich jedoch um mathematische Formeln und Gleichungen. Für eine erfolgreiche Quillitärkarriere musste man schließlich nur gewisse Dinge beherrschen, und schreiben gehörte nicht dazu. Hohepriesterin Justine warnte, schreiben würde zu Kreativität führen, und Kreativität führte zu Rebellion – und die war etwas sehr Schlimmes.

Doch nun, da diese aufregende Welt auf sie wartete,

stürzten sich die Ungewollten förmlich in ihre Studien. Die Lektionen kamen ihnen überhaupt nicht vor, als würden sie zur Schule gehen. Und auch wenn alle Kinder in sämtlichen Künsten unterrichtet wurden, gab es für jedes von ihnen auch eine Kunstform, auf die es sich besonders konzentrierte. Für Alex waren es Zeichenkunst und Malerei. Für Meghan Musik. Für Lani das Schreiben und Geschichtenerzählen, obwohl Lani bei fast allem, was sie sich vornahm, herausragende Leistungen erzielte. Und Samheed war praktisch für die Bühne und die Schauspielerei geboren worden.

Auch wenn die finsteren Züge auf Samheeds Gesicht am Ende des ersten Monats ein wenig weicher geworden waren, kam seine allgemein mürrische, oft wütende Stimmung noch häufig zum Ausdruck. Glücklicherweise erwiesen sich diese Emotionen auf der Theaterbühne jedoch als sehr nützlich, sofern eine bestimmte Rolle sie erforderte, was einen Großteil seiner gegen andere gerichteten Wut verpuffen zu lassen schien. Dennoch hegte Samheed weiterhin einen unerklärlichen Groll gegen Alex – und gegen Artimé.

Gelegentlich sah man Samheed erneut in Gesellschaft des älteren, verächtlich dreinblickenden Jungen. Die Freunde fanden schon bald heraus, dass der Name des Jungen Will Blair war und dass sein Fokus, wie bei Samheed, auf der Schauspielerei lag. Wills Gesicht war permanent zu einer finsteren Miene verzerrt. Niemand schien ihn sonderlich zu mögen. Er rempelte andere absichtlich in überfüllten Korridoren an und sagte immer wieder hässliche Sachen, so, als wäre seine Kunst wichtiger als die aller anderen.

»Ich glaube, Samheed ist gern mit Will zusammen, weil Will ein noch größerer Außenseiter ist und Samheed sich im Vergleich zu ihm liebenswerter vorkommt«, bemerkte Meghan eines Tages, während sie allein mit Alex beim Mittagessen saß und genüsslich einen Apfel verspeiste.

»Was weiß ich«, erwiderte Alex. »Ich glaube, Samheed ist einfach nur gemein. Er war schon in Quill gemein, und hier ist er es immer noch. Ich habe keine Ahnung, was er für ein Problem hat, und es ist mir auch egal.« Trotzdem spürte Alex dieses unbehaglich kribbelnde Gefühl, wann immer er sah, wie die beiden Jungen an einem Tisch in der Ecke des Salons in ein Gespräch vertieft waren, die Köpfe zusammensteckten und sich heimlich umblickten oder Alex direkt anstarrten, während sie miteinander flüsterten. Er empfand es als ziemlich beunruhigend.

Die meiste Zeit tauchte Alex jedoch, unter Anleitung der besten Zeichenlehrerin in ganz Artimé – Ms Octavia, einer Oktogatorin – völlig in seine Kunst ein und hatte ohnehin kaum Zeit, über Samheed und Will Blair nachzudenken.

»Hab keine Angst vor mir, Alex«, hatte die Oktogatorin bei ihrer ersten Begegnung zu Alex gesagt, als er sich von Angesicht zu Angesicht ihrem Alligatorenmaul voller Zähne gegenübergesehen hatte, während sich die Hälfte ihrer Oktopustentakel vor ihm hin und her schlängelten, beinahe so, als würde sie in der Luft schweben.

»O-okay«, hatte Alex erwidert und sich gut eingeprägt, wo sich die Tür befand, nur für den Fall, dass er doch die Flucht ergreifen musste.

»Ich bin Ms Octavia. Mr Today hat mich vor vielen Jahren erschaffen, um einen Unterrichtsbereich abzudecken, in dem er selbst nicht sonderlich talentiert war – den der feinen Kunst des Zeichnens und Malens. War es nicht aufmerksam von ihm, mir so viele Möglichkeiten zu bieten, meine Kunstfertigkeit stetig zu verbessern?« Sie trug einen Radierer, einen Pinsel, einen Bleistift, Kohlestücke, eine Palette und eine Tasse Kaffee bei sich und konnte an verschiedenen Aufgaben gleichzeitig arbeiten.

Alex nickte. Er schaute auf ihre scharfen Zähne, die in dem hell erleuchteten Raum richtig glänzten. »Und ich wette, Ihre Lehrlinge hören auch immer auf das, was Sie sagen«, murmelte er.

»In der Tat.« Ms Octavia grinste zahnreich.

Alex lernte in seinen ersten Wochen schnell, wie er mit einem Bleistift, Kohlestiften, Tinte und Pinseln umgehen musste, und experimentierte eifrig mit Tiefe und verschiedenen Farben, mit präzisen Linien und fließenden Pinselstrichen. Er begann, indem er simple Objekte zeichnete oder malte, etwa einen Schuh, eine Ananas oder einen Kaktus, und ging erst dann zu Strukturen und Landschaften über.

»Du hast wirklich ein ganz besonderes Händchen für diesen Pinsel, Alex, und ein gutes Auge für Farben«, lobte Ms Octavia ihn, während ihre Arme, mit verschiedenen Aufgaben beschäftigt, um sie herumhuschten. »Gemälde sind deine große Stärke. Ich glaube, du bist einer der vielversprechendsten Lehrlinge, die ich je hatte.« Sie nickte anerkennend, obwohl ihre Glubschaugen hinter der auf ihrer Alligatorenschnauze sitzenden Halbbrille mit Drahtgestell streng dreinblickten.

Mit ihren acht Armen konnte Ms Octavia riesige Gemälde und Kohlezeichnungen innerhalb kürzester Zeit erschaffen und erwartete auch von ihren Lehrlingen absolute Perfektion. Alex schien bei ihr jedoch einen Stein im Brett zu haben, denn sie lobte ihn sehr bereitwillig.

Angesichts all dieses Lobes war Alex sich sicher, dass man es ihm schon bald erlauben würde, mit seiner zusätzlichen Ausbildung zu beginnen. »Ich kann es kaum erwarten, mit dem magischen Kampftraining anzufangen«, sagte er eines Tages. »Glauben Sie, es wird schon bald so weit sein?«

Der seltsame Ausdruck auf Ms Octavias Gesicht ließ ihn verstummen. »Alles zu seiner Zeit.«

»Oh.« Alex wandte den Blick ab und steckte peinlich berührt die Hände in die Hosentaschen, entschlossen, diese Frage nie wieder zu stellen.

Auch Meghan mochte ihre Tutorin sehr: Ms Claire Morning. Ms Morning war eine große, wunderschöne Frau von ungefähr vierzig Jahren, mit langem, honigfarbenem Haar und warmem Hautton. Sie war es auch gewesen, die Meghan an ihrem ersten Tag auf ihrer Wandtafel für ein Pläuschchen besucht und ihr ihre erste Oboenlektion erteilt hatte. Claire Morning war voll des Lobes für ihren Schützling, und Meghan wuchs förmlich über sich hinaus und wurde im Lauf der Zeit immer selbstsicherer bei ihrer Musik. Doch sie spielte nicht nur für ihr Leben gern auf der Oboe und der Piccoloflöte, Meghan liebte auch das Singen und Tanzen, und ihre Stimme hatte einen so bezaubernden, melodiösen Klang, dass Menschen wie Kreaturen oft nicht anders konnten, als im Korridor vor dem Übungsraum innezuhalten, um ihrem Gesang zu lauschen.

»Mit einer Stimme wie dieser, Meghan«, verkündete Ms Morning ihr eines Morgens, nachdem drei Monate vergangen waren, »bin ich mir sicher, du bist bereit, mit dem magischen Kampftraining in deiner Kunst zu beginnen. Ich werde noch heute Nachmittag mit Mr Today darüber sprechen.«

Meghan strahlte übers ganze Gesicht. Sie hatte es nicht erwarten können, mit ihrer magischen Ausbildung zu beginnen, seit sie ihren Bruder am Tag ihres Wiedersehens hatte zaubern sehen. »Juhu!«, freute sie sich. »Ich war in letzter Zeit schon richtig ungeduldig. Damit bin ich die Erste in meiner Klasse, die mit dem Training beginnt, nicht wahr?« Sie grinste. »Alex wird so neidisch auf mich sein.«

Ms Morning lächelte. »Du verfügst über eine immense Begabung, genau wie dein Bruder. Er war damals auch der Erste in seiner Klasse, der mit dem magischen Training begann.« Ihre Stimme klang nachdenklicher. »Aber du solltest dir vielleicht Rat bei ihm holen, wie du vor deinen Freunden am besten mit deinen Erfolgen umgehst. Ich weiß, dass es recht schwer für ihn war, der Erste zu sein.«

»Wirklich?«, fragte Meghan. »Das hat er mir gar nicht erzählt.«

Ms Morning ließ sich an dem Pult neben Meghans nieder. »Das liegt daran, dass ihr alle nicht daran gewöhnt seid, euren Gefühlen Ausdruck zu verleihen – und nun, da es euch erlaubt ist, können sie manchmal furchtbar außer Kontrolle geraten. Ihr habt alle denselben stechenden Schmerz gespürt, nicht zu den Gewollten oder den Notwendigen zu gehören. Es ist kein Schmerz, der einfach so wieder verschwindet. Vielmehr kehrt er oft ohne Vorwarnung wieder zurück.«

Meghans Stimmung verdüsterte sich ein wenig. »Sie haben recht«, erwiderte sie leise. »Aber genau deshalb fühlt es sich ja so gut an, die Erste zu sein. So, als wäre ich wirklich … Sie wissen schon.« Sie errötete und fuhr mit der Spitze ihrer Sandale über den Marmorboden. »Als wäre ich wirklich etwas wert oder so.« Ihr Gesicht glühte förmlich.

Ms Morning tätschelte Meghans Schulter und hob das Kinn des Mädchens an. »Du *bist* etwas wert, zweifellos«, versicherte sie ihr sanft.

»Und warum …?«

»Weil es deinen Freunden einmal mehr das Gefühl geben wird, versagt zu haben.«

Meghan dachte lange darüber nach. Schließlich seufzte

sie tief und sagte, obwohl sie es eigentlich nicht wollte: »Vielleicht sollte ich dann noch warten, bis die anderen zu mir aufgeschlossen haben.«

Ms Morning lächelte warm. »Das ist sehr großzügig von dir, Meghan. Du bist eine wirklich reife junge Frau. Aber wir werden nicht auf sie warten. Unsere Kriegerinnen und Krieger brauchen dich, und sie brauchen dich jetzt. Du musst lernen, so viel du nur kannst, so schnell du nur kannst. Die anderen werden sich dir irgendwann anschließen – und vielleicht wird dein Erfolg sie ja sogar zu eigenen Erfolgen anspornen.« Ihr Lächeln blieb warm, aber über ihre Augen legte sich ein Schatten von … irgendetwas. War es Angst?

Meghan wagte nicht zu fragen, und nach einem Moment hatte sich der Schatten wieder verflüchtigt und Ms Morning fuhr so überzeugend fröhlich mit dem Unterricht fort, dass Meghan sich sicher war, dass sie sich das Ganze nur eingebildet hatte.

Nach ihrer Privatlektion verließ Meghan den Übungsraum ganz kribbelig vor Freude, aber auch ein wenig nervös, weil sie nicht wusste, wie Mr Today auf Ms Mornings Vorschlag reagieren würde. Sie beschloss, ihre Neuigkeiten für sich zu behalten, bis sie sich ganz sicher war, und vorerst nur mit Sean darüber zu sprechen. Hoffentlich, dachte sie, hatte er ein paar gute Ratschläge für sie. Mit diesem Entschluss gesellte sie sich in der letzten Unterrichtsstunde des Tages – die Schauspielwerkstatt war für alle verpflichtend – zu ihren Freunden.

Im Unterricht war Meghan jedoch so in Gedanken

versunken, dass Alex sie anstupsen musste, als sie an der Reihe war, und immer noch so durcheinander, dass sie ihren Text vergaß und ihre Szene völlig vermasselte, was Samheed wiederum so wütend machte, dass er sein Manuskript nach ihr warf.

Es traf sie mitten auf der Stirn – und Shakespeares *Der Kaufmann von Venedig* war so dick, dass es ziemlich wehtat.

»Hey!«, brüllte Meghan, schleuderte, ohne nachzudenken, ihr eigenes Manuskript nach Samheed und traf ihn mit voller Wucht am Hinterkopf, als er von der Bühne rauschen wollte.

»Hey, du kleine …« Samheed stürmte auf Meghan los, seine donnernden Stiefelschritte im ganzen Saal widerhallend.

Lani und Alex sprangen auf, noch bevor irgendjemand sonst bemerkte, was los war. Alex packte Samheed am Arm und riss ihn zurück, während Lani sich zwischen die spuckende Meghan und den knurrenden Samheed warf.

Wutentbrannt über Alex' Angriff riss Samheed sich aus dessen Griff los und verpasste ihm dabei einen so kräftigen Schlag aufs Auge, dass er Alex zu Boden schickte, womit er wiederum seine Klassenkameradinnen und -kameraden so sehr in Rage brachte, dass es einen Moment später auf der Bühne von fäusteschwingenden und sich gegenseitig hin und her schubsenden Dreizehnjährigen nur so wimmelte. Ihr Geschrei und Gebrüll schwoll immer stärker an, bis es eine so gewaltige

Lautstärke erreichte, dass ihr armer Tutor, der eher klein gewachsene Mr Appleblossom, sich nicht mehr anders zu helfen wusste, als auf einen Stuhl zu steigen und einen magischen Monolog zu rezitieren, der so sterbenslangweilig war, dass er nicht nur sämtliche Energie aus dem Raum saugte – woraufhin die gesamte Klasse schlaff auf der Bühne zusammenbrach –, sondern ein paar der Kleineren, unter ihnen auch Lani, in einen tiefen Schlaf sinken ließ.

»Oh weh, oh weh, ruf mir den guten Marcus her!«, bat Mr Appleblossom die Wandtafel mit seinem typisch reimenden Gedichtssingsang. Er rang die Hände und murmelte: »Und möglichst schnell, denn ich weiß ein noch aus nicht mehr …«

»Schon geschehen. Er kommt per Röhre.« Die Tafel bevorzugte den freien Vers.

Mr Today erschien sofort und betrachtete entsetzt die Szene, die sich ihm bot: zwanzig auf dem Boden liegende Lehrlinge, ihre Arme und Beine reglos über die Bühnenkante hängend oder mit allerletzter Kraft leicht hin- und herbaumelnd. »Gütiger Himmel!«, stieß er aus. »Gab es hier ein kleines Handgemenge, Sigfried?«

Mr Appleblossom ging murmelnd auf und ab, warf dramatisch die Hände in die Luft und schrie: »Oh, warum, warum, dies verschwenderische Weh? Bin ich der Sand, und sie die stürmische See?«

Mr Today hustete laut in seine Hand, was für alle in seiner Nähe jedoch eher wie ein Lachen klingen musste. Als er wieder sprechen konnte, lächelte er höflich. »Mein lieber, lieber Sigfried, dir bleibt wirklich kein Kummer erspart. Und ja, es ist wahr: Ähnliches passiert andernorts nur selten. Aber gewiss verstehst du besser als jeder andere den wesentlichen Kern des Theaters, dieses verzweifelte Bedürfnis nach Dramatik … nicht wahr?« Mr Today musste die Lippen zusammenpressen, um zu verhindern, dass sich ein mächtiges Grinsen darauf ausbreitete, da es natürlich sofort zu Gekicher geführt hätte, das, wie er wusste, in diesem speziellen Moment gar nicht gut gewesen wäre.

»Wohl wahr«, seufzte Mr Appleblossom, »die Bühne, sie fordert Tribut. Auch wenn ich mir wünscht', sie zügelten ihre Wut. Denn was, außer zaubern, könnte ich tun, um zu verhindern, der Wahn ergreift auch mich nun?« Er ließ schwer die Arme sinken und blickte Mr Today flehentlich an.

»Du hast das Richtige getan, Siggy.« Er wandte sich der Bühne zu. »Habt ihr das gehört, Lehrlinge? Ich möchte, dass ihr alle gründlich über euer Verhalten nachdenkt, denn nächstes Mal wird Mr Appleblossom nicht so freundlich sein, um euch Einhalt zu gebieten. Wenn ihr eure Streitigkeiten nicht auf vernünftige Art und Weise beilegen könnt, wird er nächstes Mal einen stechenden anstatt eines langweiligen Monologs anwenden, und dann wird es euch allen sehr leidtun, dass ihr es so weit habt kommen lassen. Haben wir uns verstanden?« Mr Today wartete nicht auf eine Antwort, da die Kinder ohnehin nicht in der Lage waren zu sprechen.

Er drehte sich wieder zu Mr Appleblossom um. »Wollen wir hoffen, dass dies für diese Klasse das letzte Mal war«, fügte er leise hinzu.

Mr Appleblossom seufzte erneut, aber diesmal war es ein deutlich entspannteres Seufzen, oder vielleicht stieß er auch nur die Luft aus, die er angehalten hatte. »Tausend, tausend Dank, mein Freund, etwas schuld' ich nun dir. Sehen wir uns später bei mir, auf ein …?«

»Tässchen Tee?«, unterbrach Mr Today ihn. »Natürlich, gerne. Lass sie einfach gehen, sobald die Wirkung des Zaubers nachlässt. Apropos, wie stark war der Zauber denn, den du benutzt hast? Ein vorübergehender, nehme ich an?«

»Nun … der Streit war recht heftig, du wirst verstehen. Eine Stunde, ungefähr, dann sollte er vergehen.«

»Gut, gut. Solltest du mich noch einmal brauchen, zögere bitte nicht, mich zu rufen.« Und dann, nachdem er Mr Appleblossom hastig die Hand geschüttelt hatte, verschwand Mr Today in der Röhre, bevor der Tutor einen weiteren sich reimenden Zweizeiler zum Besten geben konnte.

Als die Wirkung des Zaubers schließlich nachließ, erlangten die Kinder nach und nach wieder das Bewusstsein, die größeren schneller als die kleineren. Samheed war der Erste, da er für sein Alter bereits ziemlich kräftig und muskulös war. Er rappelte sich auf und ließ den Blick über die Szene schweifen. Als er Alex' rot und violett geschwollenes Gesicht sah, senkte er beschämt den Kopf. »Darf ich gehen?«, bat er Mr Appleblossom in niedergeschlagenem Tonfall.

Der Tutor, der irgendetwas in seine Unterlagen kritzelte, hielt nicht inne, sondern nickte nur steif, genau wie die Statuen in der Villa es immer taten. Als Samheed sich jedoch der Röhre näherte, drehte sich Mr Appleblossom noch einmal zu ihm um und warnte den Jungen:

»Deine Schauspielkunst, Samheed, kein Rivale erreicht,
doch ich sage dir eines, hier und jetzt gleich:
Beherrschst du nicht bald dein wildes Temperament,
meine Lektionen sind vorbei und du bist verbennt.«

Samheeds Gesicht glühte bei dem Tadel seines Privattutors, und doch konnte er nicht widerstehen, den kleinen Mann mit verwundertem Blick zu fragen: »Verbennt?«

Mr Appleblossom seufzte ungeduldig. »Nun gut, ›verbannt‹. Oh, bei meinen Sternen, ich hasse unreine.«

Samheed senkte erneut den Blick, trat in die Röhre und vollendete den Zweizeiler seines Lehrmeisters: »Bitte, entschuldigen Sie, Sir, die Schuld ist ganz meine.«

Als Samheed verschwunden war, tippte sich Mr Appleblossom einen nachdenklichen Moment lang mit dem Zeigefinger an die Lippen und setzte ein grimmiges Lächeln auf.

Samheeds erstes Geheimnis

Am darauffolgenden Abend, nachdem ihn alle wegen seines hässlichen Verhaltens ignoriert hatten, kam Samheed im Salon auf Alex zu. Er ließ sich sichtlich unbehaglich gegenüber von ihm auf der halbrunden Sitzbank am Tisch nieder, betrachtete Alex' Gesicht und runzelte die Stirn. »Na schön, Stowe. Tut mir leid wegen des blauen Auges«, sagte er, wenn auch ein wenig widerwillig.

Alex zuckte mit den Schultern, den Blick auf die Röhre gerichtet, weil er auf Meghan wartete.

Samheed kniff die Augen zusammen, als täte es ihm körperlich weh, die nächsten Worte auszusprechen. »Ich meine es ernst. Es ist nur … wenn ich wütend werde, dann … drehe ich irgendwie durch.«

Alex senkte den Blick zu Boden. »Schon gut«, erwiderte er mit kühler Stimme. »Es interessiert mich sowieso nicht. Außerdem weiß ich, dass du dich nur entschuldigst, damit Mr Appleblossom dich weiter unterrichtet. Ich hab gehört, was er gesagt hat. Du kannst manchmal ein echter Vollidiot sein. Und ich habe bestimmt keine Angst zurückzuschlagen, weißt du?«

Samheed, der einige Zentimeter größer und einige

Kilo schwerer war als Alex, versuchte, nicht spöttisch zu klingen. »Oh, ich weiß«, sagte er so ernst, wie er konnte. »Du kannst mir jetzt gleich eine verpassen, wenn du willst.«

Alex blickte zu ihm hinauf, einen misstrauischen Ausdruck auf dem Gesicht. »Wo wäre denn da der Spaß?«

»Für mich wäre es keiner, so viel ist sicher.«

»Ich hau dir lieber eine rein, wenn du nicht drauf gefasst bist.«

»Na«, erwiderte Samheed, »ich kann aber keine Garantie dafür übernehmen, wie ich auf einen unerwarteten Angriff reagieren werde. Ich würde dich vielleicht wieder schlagen, und dann fängt dieser ganze alberne Schlamassel von vorne an.«

»Das wäre wirklich bescheuert«, stimmte Alex ihm zu und entspannte seine Schultern ein wenig.

Samheed nickte. Er blickte zur Theke, verdrehte die Augen und schickte seinen Freund Will Blair mit einem Winken weg. Will funkelte ihn an, die Augen zu schmalen Schlitzen verengt.

»Was ist eigentlich mit dem los?«, fragte Alex. »Er ist so … knurrig.«

»Er ist gar nicht so übel, wenn man ihn erst mal näher kennt«, entgegnete Samheed, als hätte er das Gefühl, ihn verteidigen zu müssen.

»Ach ja?« Alex glaubte ihm nicht.

»Er ist nur … ich weiß auch nicht. Er schauspielert, schätze ich.«

»Sicher.«

»Ernsthaft. Das hat er jedenfalls gesagt, als ich ihn danach gefragt habe. Und er ist wirklich gut. Er hat ein paar unglaubliche Zauber drauf.«

»Na, und warum sollte er dann mit einem Frischling wie dir abhängen wollen? Kanntest du ihn schon in Quill oder so?«

»Ja. Er hat in meinem Komplex gewohnt, zwei Häuser weiter. Sein Vater ist der Quillitärgeneral.«

Alex war aufrichtig geschockt. »Du hast im Quillitärsektor gewohnt? Deine Eltern sind Gewollte? Auf dem Nachhauseweg nach der Schule bist du doch immer an dem Sektor vorbeigegangen.«

Samheeds Augen flackerten. »Ich war jeden Tag nach der Schule beim Quillitär, um mit meinem Vater zu lernen, um zu trainieren und mich vorzubereiten auf… Wie auch immer. Na, und wenn schon, dann waren meine Eltern eben Gewollte. Wills Eltern waren auch Gewollte. Verflucht, sogar Lanis Eltern waren Gewollte, und ihr Vater ist der Oberste Kommandeur! Aber du siehst ja selbst, was es ihr gebracht hat. Und sieh dich doch nur mal selbst an: Du bist ungewollt, deine Eltern sind Notwendige und dein böser Zwillingsbruder hat sich als Gewollter erwiesen. Es gibt kein Muster, Stowe.« Samheed spuckte bei seinen letzten Worten Gift und Galle.

»Mein Bruder ist nicht böse!«, protestierte Alex, ein wenig lauter, als er es beabsichtigt hatte. Hastig ließ er sich wieder auf seinen Platz zurücksinken und atmete tief durch.

»Klar. Natürlich ist er das nicht.«

»Was weißt du schon? Du bist genauso ungewollt wie ich.«

»Ich weiß so einiges«, tönte Samheed. »Und, nein, ich bin nicht genauso ungewollt wie du oder alle anderen hier«, fügte er hitzig hinzu. »Ich sollte mich dem Quillitär anschließen. Ich sollte ein Gewollter sein – Will Blairs Vater hat es mir selbst gesagt! Ich hatte nur einen winzigen Verstoß, und sie wollten darüber hinwegsehen. Aber dann hat mich eine Woche vor der Tilgung irgendjemand wegen was anderem, das ich gesagt habe, den Kommandeuren gemeldet.«

»Du lügst«, sagte Alex, völlig entsetzt. »Was war es denn für ein Verstoß?«

Samheed presste die Lippen zusammen. Sein Gesicht war knallrot vor Zorn, aber seine Antwort kam leise, ruhig. »Theatralische Prahlerei.«

Alex saß starr vor Schock da. »Du meinst … am letzten Schultag? Als du, Aaron und ich gemeinsam nach Hause gegangen sind?«

Samheed nickte.

»Aber es waren überhaupt keine Erwachsenen in der Nähe!«

Samheed starrte Alex nur an.

»Also wer …?«, begann Alex, wurde dann jedoch kreidebleich. »Nein …«, stieß er aus, »das glaub ich nicht.«

Samheed saß quälend still da, sein Blick vollkommen starr.

Alex ließ sich gegen die Rückenlehne zurücksinken und versuchte, das alles zu begreifen. Versuchte, sich daran zu erinnern, ob noch jemand anderer in der Nähe gewesen war, als sie an jenem Tag das Schulgelände verlassen hatten. »Woher weißt du das?«

»Wer soll es denn sonst gewesen sein, Alex? Du?«, schnaubte Samheed verächtlich.

Konnte es wahr sein? Alex senkte den Blick auf den Tisch und schüttelte langsam den Kopf. Nach einer Weile schaute er wieder auf und sah, dass Samheeds starre Miene ein wenig weicher geworden war. »Wenn das wirklich wahr ist, Samheed«, sagte Alex sanft, beinahe hilflos, »dann … tut es mir sehr leid.«

Samheed wandte rasch den Blick ab und biss sich auf die Unterlippe. Seine Augen glänzten, blieben jedoch hart. »Schon okay, Stowe«, sagte er schließlich. »Wenigstens sind wir nicht tot. Aber das bedeutet nicht, dass ich jemals vergessen werde, was dein mieser Bruder mir angetan hat.«

Die beiden Jungen saßen schweigend da, bis Meghan und Lani in den Salon kamen, sich neben Alex an den Tisch setzten und Samheed misstrauisch beäugten.

Samheed blickte auf. »Hey, hört mal, es tut mir leid, dass ich in der Schauspielwerkstatt diesen Streit vom Zaun gebrochen habe. Verzeiht ihr mir?«

Nun wandte Alex den Blick ab, während die beiden Mädchen mit heruntergeklappter Kinnlade dasaßen, bis Meghan schließlich als Erste murmelte: »Natürlich, Samheed«, und Lani echote: »Natürlich.«

Dann fingen sie alle hastig an, über ihre Hausaufgaben zu plaudern, in dem Versuch, dieses unangenehme

Thema so schnell wie möglich hinter sich zu lassen. Doch das nächste unangenehme Thema ließ nicht lange auf sich warten.

»Also, Leute, ich hab Neuigkeiten. Ich fange mit meinem magischen Kampftraining an«, verkündete Meghan mit leuchtenden Augen.

Lani kreischte und umarmte sie ganz fest. Samheed blieb vor Überraschung der Mund offen stehen und er versuchte gar nicht erst, seine finstere Miene zu verbergen. Alex hingegen grinste breit und versuchte seiner besten Freundin zuliebe, das niederschmetternde Gefühl in seinem Magen zu ignorieren.

Eine nach dem anderen, zum Kampftraining

Nach dem ersten Schock freute Alex sich wirklich für Meghan und war sich sicher, dass er ihr schon bald folgen würde. Schließlich war er nicht nur ein wahrer Musterschüler im Malen und Zeichnen, sondern hatte sich bereits zu Kohleskizzen und Bildhauerei weiterentwickelt, wofür er ebenfalls ein besonderes Talent zu haben schien. Die normalerweise so strenge Ms Octavia verlieh ihm stets nur Bestnoten und lobte ihn so überschwänglich, dass er immer ganz rot im Gesicht wurde. Obwohl er nur zwei Hände hatte – und keine acht Arme wie sie –, übertraf er regelmäßig ihre Erwartungen und erfüllte jede seiner Aufgaben ebenso schnell wie glanzvoll. Auch was sein Auge für Details anging, war er anderen in seinem Alter weit voraus.

»Wundervoll, und absolut akkurat«, rief Ms Octavia begeistert, als sie Alex' Kohleskizze des in der Ferne von Inseln gesprenkelten Meeres betrachtete.

»Perfekte primitive Kunst!«, lobte sie, als Alex ihr seine beeindruckende Replik der Statue von Hohepriesterin Justine aus dem Palast zeigte.

Angesichts all dieses Lobes wartete Alex jeden Tag voller Ungeduld auf seine Privatlektion, in der Hoffnung, dieselbe Neuigkeit zu erhalten, die Meghan bereits bekommen hatte: dass Ms Octavia noch heute mit Mr Today darüber sprechen würde, ihn endlich zum magischen Kampftraining zu schicken. Doch jeden Tag, nach der unbehaglichen Stille am Ende der Lektion, lobte sie ihn nur wieder für seine fantastischen Arbeiten und entließ ihn dann ohne ein weiteres Wort.

Schon bald darauf durfte auch Lani – und einen Monat nach ihr auch Samheed – mit dem magischen Kampftraining beginnen, womit Alex der Einzige in ihrer Freundesgruppe war, der sich noch keine der begehrten Kampfwesten verdient hatte, die die anderen stolz im Unterricht trugen. Ihre Gespräche wurden mit jedem Tag unbehaglicher. Alex neigte immer mehr dazu, allein vor sich hin zu brüten, anstatt seinen Schmerz über sein Versagen – denn als solches empfand er es – mit den anderen zu teilen.

Meghan war besonders rücksichtsvoll und achtete darauf, vor Alex nicht über ihr Kampftraining zu sprechen, aber hin und wieder konnte auch sie nicht anders, als voller Stolz einen Zauber zu demonstrieren. Sie war nun beispielsweise in der Lage, andere Personen oder Kreaturen mit ihrem Gesang in Trance zu versetzen oder jemanden mit einer hohen Melodie auf ihrer Piccoloflöte dazu zu bringen, sofort schreiend die Flucht zu ergreifen. Und wenn sie den Feuerschritt tanzte, spürte derjenige, auf den sie in diesem Moment ihren Fokus richtete, urplötzlich, wie seine Füße erst warm wurden, dann heiß und schließlich beinahe Brandblasen bekamen.

Auch Samheed lernte die magischen Monologe sehr schnell und hatte inzwischen verschiedene Darbietungsstile gemeistert, die jeweils unterschiedliche Wirkungen auf sein Gegenüber hatten. Sein Dolchzauber war am beeindruckendsten, denn wenn er ihn gegen jemanden einsetzte, sah und spürte derjenige, wie sich ein magischer Dolch in seine Brust bohrte, und fiel wie benommen zu Boden, obwohl ihm der Zauber gar keinen wirklichen Schaden zufügte. Außerdem beherrschte er den »Pferderuf«, bei dem ein unsichtbarer Hengst zu ihm kam und ihn hinbrachte, wohin er wollte. Samheed wandte diesen Zauber häufig draußen auf dem Rasen an – einmal hatte er sich auch in seinem Zimmer daran versucht und ein schreckliches Chaos angerichtet – und war sogar gelegentlich auf dem Hengst in den Wald ausgeritten. Er war jedoch stets schnell wieder auf das Anwesen zurückgekehrt, weil ihn jedes Mal etwas in Todesangst versetzt hatte – sei es ein großer, grauer Wolf oder Simber, denn offenbar verließ die geflügelte Gepardenstatue ihren Wachposten an der Eingangstür der Villa hin und wieder, um umherzustreifen und sich etwas zum Abendessen zu erjagen.

Meghan und sogar Samheed achteten jedoch darauf, keinen ihrer Zauber bei Alex anzuwenden, da er sich schließlich nicht wehren konnte.

Lani hingegen verwandelte sich, wenn man Alex fragte, in eine echte Nervensäge. Sie wollte ihn einfach nicht in Ruhe lassen und schien auch nicht zu verstehen, wie schrecklich Alex sich fühlte, weil ihn eine Zwölfjährige überflügelt hatte. Oder wie peinlich es ihm war, als sie zum Scherz in der Schauspielwerkstatt mithilfe eines Zaubers seinen Text änderte oder ihn beim Abendessen mit einem heimlichen Spruch in Tiefschlaf versetzte. Und heute hatte sie es beim Mittagessen schon wieder getan, woraufhin Alex mit dem Gesicht voll in seine Suppe geknallt war.

Er schreckte, Suppe spuckend, sofort wieder hoch. »Was … was hast du bloß für ein Problem?«, schrie er Lani an, als er wieder Herr seiner Sinne war. Er schnappte sich eine Serviette und wischte sich übers Gesicht, doch es hingen trotzdem noch Nudeln in seinen Haaren und an seiner Wange klebte ein kleines Stück Karotte.

Lani kicherte. Selbst Meghan musste ein Lächeln verstecken, während Samheed hämisch grinste.

Alex blickte auf sein verkleckertes Hemd hinunter und legte seine Serviette auf dem Tisch ab. Er erhob sich, schob seinen Stuhl an den Tisch zurück und verließ ohne ein weiteres Wort und ohne sich noch einmal umzusehen den Speisesaal.

Meghan riss erschrocken die Augen auf und wäre beinahe aufgesprungen und ihm nachgeeilt, aber Lani winkte ab. »Er spielt nur die beleidigte Leberwurst«, sagte sie.

»Du solltest dich bei ihm entschuldigen«, fand Meghan.

»Es war doch nur Spaß. Er kommt schon drüber weg.«

Lani entschuldigte sich tatsächlich nicht bei Alex, und er konnte es einfach nicht länger ertragen. Von jenem Tag an zog er sich immer mehr von den anderen zurück und nahm sämtliche Mahlzeiten in seinem Zimmer ein. Und als seine Freunde versuchten, ihn mithilfe der Wandtafeln zu rufen, schloss er sie aus, indem er Clive, seine eigene Tafel, permanent auf »Schhhh« schaltete.

Er verbrachte all seine Freizeit in seinem Zimmer, zeichnete und malte wie verrückt und versuchte verzweifelt, sich wenigstens so weit zu verbessern, um es unter die Anfänger beim Kampftraining zu schaffen. Spät am Abend, wenn ihm die Arme wehtaten und sich die Einsamkeit tief in sein Herz krallte, lag er im Bett und dachte an zu Hause. Und an Aaron. Und daran, was Samheed gesagt hatte. Es fiel Alex immer noch schwer, zu glauben, sein Bruder könnte wirklich einen Mitschüler angeschwärzt haben. Warum hätte Aaron so etwas tun sollen? Und so entschied Alex in vielen dieser Nächte, sich auf die Seite seines Bruders zu stellen, nicht auf die von Samheed. Schließlich kannte Alex seinen Bruder besser als jeder andere, nicht wahr? Außerdem wusste er aus Erfahrung, dass Aaron ebenfalls kreativ war – er war nur nie erwischt worden. Wenn Alex doch nur schon vor der Tilgung gewusst hätte, was es wirklich bedeutete, ungewollt zu sein, dann hätte er seinen Bruder sofort gemeldet, damit sie zusammenbleiben konnten.

»Oh Aaron«, seufzte er und fühlte sich so hilflos, weil er ihn nicht retten konnte. Alex vermisste Aaron ganz schrecklich, nun, da er sich so distanziert von seinen Freunden fühlte.

Und obwohl es nichts gab, das Alex und seinen Zwilling wieder zusammenbringen konnte, hatte er manchmal diese Ahnung – oder vielleicht war es eher ein Instinkt –, beinahe so, als könnte er Aarons Anwesenheit spüren und seine Gedanken hören. Es gab Alex das Gefühl, nicht mehr allein zu sein. Er fragte sich, was Aaron wohl gerade tat, wie sein Studium an der Universität der Gewollten verlief und worin er besonders gut war. Und er fragte sich, ob Aaron traurig war, genauso traurig wie er selbst manchmal.

»Nein, wahrscheinlich nicht«, sagte Alex. Er war so einsam, dass er vor Kurzem angefangen hatte, sich laut mit sich selbst zu unterhalten und sogar ernsthaft mit sich zu diskutieren. »Für Quiller ist es unmöglich, sich auch nur annähernd so traurig zu fühlen, wie wir es hier in Artimé sein können.«

»Allerdings glaubt er, ich sei tot. Das muss ihn doch traurig machen«, widersprach Alex sich selbst.

»Vergiss nicht, woher du kommst, Alex. Er hat dich vergessen, so, wie man es ihm beigebracht hat.«

Und trotzdem wurde Alex das Gefühl nicht los, dass Aaron doch anders war, weil sie seit der Geburt miteinander verbunden waren. Dass Aaron vielleicht, nur vielleicht, doch um ihn trauerte. Und so war Alex sich mit der Zeit immer sicherer, dass auch Aaron hierhergehörte, nach Artimé.

Parallele Lektionen

Aaron Stowe saß kerzengerade in dem heißen Klassenzimmer in der Universität der Gewollten – genauso wie er es seit mehr Monaten, als er sich zurückerinnern konnte, an jedem Tag getan hatte – und versuchte, den Schweiß mit schierer Willenskraft davon abzuhalten, von seiner Stirn zu rinnen und in seinen Augen zu brennen. Aber es war sinnlos. Mehrere Tropfen landeten auf den abgegriffenen Seiten des muffig riechenden Buches auf seinem Schreibtisch. Aber Aaron lernte trotzdem weiter, weil er wusste, dass er sich durch nichts vom wichtigsten Fach an der Universität ablenken lassen durfte: die Geschichte der Regierung von Quill, unterrichtet von den Kommandeurinnen und Kommandeuren persönlich.

»Quill ist das Land der Starken«, tönte Kommandeur Strang. »Die stärkste Gesellschaft, die es gibt. Wir werden gefürchtet, und dennoch sind wir stets auf einen Angriff derjenigen vorbereitet, die wollen, was wir haben.«

Die über zwanzig Studierende umfassende Klasse nickte energisch, da ihr Tutor dies während der Vorlesungen von ihnen erwartete.

Der Kommandeur fuhr fort: »Wie ihr von euren Eltern

und Lehrenden bereits wisst, ist das Land Quill fast ringsum von Feinden umgeben, abgesehen vom Großen See aus brodelndem Öl, der sich jenseits der Südmauer erstreckt.« Die halbe Klasse erschauderte bei der Erwähnung dieses tödlichen Ortes, aber alle Studierenden hielten den Blick weiter starr auf ihre Bücher gerichtet, wie man es ihnen beigebracht hatte.

Aaron überflog die abgenutzte Seite vor ihm, weil er mehr über diese Feinde wissen wollte, fand jedoch keine näheren Angaben. Er fragte sich, woher die Kommandeure wussten, dass diese anderen Länder sie angreifen wollten, da es seit fünfzig Jahren keinerlei Kommunikation mit irgendwem jenseits der Mauer von Quill gegeben hatte. Er war jedoch klug genug, nicht laut danach zu fragen. Wer einem Kommandeur eine Frage stellte, setzte damit nicht nur sein Ziel aufs Spiel, eines Tages selbst Kommandeur zu werden, sondern auch sein Leben.

»Und dennoch wächst Quill stetig zu einer immer größeren Macht heran, mit dem modernsten Fuhrpark an Panzern und Geländewagen und dem leistungsstärksten, intelligentesten Militär aller Königreiche weltweit!« Kommandeur Strang holte Luft und wischte sich mit einem Taschentuch die Stirn ab.

»Quill floriert, wenn die Starken überleben!«, brüllte die Klasse einstimmig, Aaron mit am lautesten, auch wenn er sich fragte, wie sie so durchschlagkräftig kämpfen konnten, wenn die Quillitärfahrzeuge ständig auf der Quill umschließenden Ringstraße liegen blieben und langsam zu rostigen, Qualm spuckenden Wracks verfielen. *Dank sei der Hohepriesterin, dass niemand unserem erbärmlichen Fuhrpark überlegen ist,* dachte Aaron.

»Unsere große, furchtlose Regentin, Hohepriesterin Justine, macht die Bevölkerung von Quill stetig um ein Vielfaches stärker, indem sie die Unfähigen unter uns konsequent liquidiert!«

Erneut brach, wie aufs Stichwort, lauter Jubel im Klassenzimmer aus. »Die höchste Ehre sei Hohepriesterin Justine! Möge sie das Land der Gewollten lange regieren! Mögen all unsere Feinde tausend Tode sterben!«

Aaron erstickte das Stechen in seiner Magengegend, indem er still sein tägliches Mantra aufsagte: *Ich bin stark! Möge Quill dank allem, was in mir steckt, florieren!*

An den Sonntagnachmittagen schwebte Mr Today förmlich durch Artimé, sein langes Gewand über das süß duftende Gras flatternd und der Saum nicht selten in die sanften Wellen des Meeres tauchend, wenn er an dem schmalen Strandstreifen entlangspazierte. Ihm hinterher trottete im Gänsemarsch die Gruppe der neuen Ungewollten, stets darauf erpicht, von dem alten Mann zu lernen, der jede Frage beantwortete, die den jungen Menschen einfiel, selbst diejenigen, die vielleicht offensichtlich erschienen.

»Erzählen Sie uns mehr über Quill«, bat jedes Mal einer von ihnen, denn ihr ehemaliges Zuhause war für alle noch immer das brennendste Thema. Obwohl die Kinder inzwischen einen weiteren Monat in Artimé verbracht hatten, wurden ihre Fragen zu Quill – und wie schrecklich es dort war – immer zahlreicher.

»Was, schon wieder?«, neckte Mr Today sie. »Aber vielleicht braucht ihr alle einfach regelmäßig etwas, das euch hilft, euch besser daran zu erinnern.«

Für Alex war es jede Woche das einzige Mal, dass er das Gefühl hatte, auf demselben Niveau zu sein wie alle anderen, und außerdem musste er in Mr Todays Gegenwart auch keinen von Lanis magischen Streichen fürchten. Alle Ungewollten, egal auf welchem Trainingsstand, waren gleichermaßen erstaunt über die ebenso eigentümlichen und düsteren Praktiken des Landes, nicht zuletzt weil es ihnen früher noch nicht einmal in den Sinn gekommen wäre, sie infrage zu stellen.

Meghan meldete sich zu Wort: »Mr Today, wenn Quill so mächtig ist, warum ist dort dann alles so verrostet und heruntergekommen?«

»Nun, Meghan«, antwortete er, schlenderte über den Rasen und ließ sich im Gras nieder, »höchstwahrscheinlich liegt es daran, dass Quill noch nicht herausgefunden hat, wie man Metallprodukte herstellt, dabei aber keinen Handel mehr mit anderen Ländern betreibt. Jedes Stück Metall in Quill ist mindestens fünfzig Jahre alt, genau wie sämtliche Fahrzeuge. Und das Öl, das sie benutzen, ist eine Mischung aus Regenwasser und Hühnerfett. Nicht ideal, meiner Meinung nach.« Die Ungewollten setzten sich rings um ihn.

»Und warum hat Justine aufgehört, mit anderen Ländern zu handeln?«

Der Magus presste die Lippen zusammen. »Hmm. Komplette Abschottung ist die Wurzel dieses Übels, vermute ich. Angst und Misstrauen Fremden gegenüber sind, so fürchte ich, ein Wesenszug vieler Menschen.

Justine will nicht, dass irgendwelche Außenstehenden nach Quill kommen und sich dort unters Volk mischen – wenn ständig Fremde kommen und gehen und mit Waren aus anderen Ländern handeln würden, würden sie sich wahrscheinlich auch mit den Menschen in Quill unterhalten und Justines Regierungsmethoden infrage stellen. Das will Justine um jeden Preis verhindern. Ihre Vorstellung von Macht ist es, Quill wie ein Marionettentheater zu regieren – alle tun nur das, was sie, die Puppenspielerin, verlangt.«

Die Kinder lächelten über die Vorstellung eines Marionettentheaters, denn inzwischen wussten sie alle, was Marionetten waren. Doch ihr Lächeln wich schon kurz darauf einer finsteren Miene, als ihnen bewusst wurde, dass sie selbst, genau wie ihre Eltern, die Marionetten gewesen waren.

»Mr Today«, fragte jemand, »warum ist das Tor nur von ihrer Seite aus verriegelt? Wenn Hohepriesterin Justine Ihnen so sehr vertraut, warum sperrt sie Sie dann aus Quill aus?«

»Ah. Nun, das ist nun einmal Justines Art, nicht wahr? Schutz *vor* allem, Kontrolle *über* alles. Niemand darf auch nur einen Blick hinter diese Mauer werfen, richtig? Nicht dass es irgendjemand in Quill wagen würde, sich unserem Tor auch nur zu nähern. Und was wäre, wenn eine Gruppe von Ungewollten auf dem Weg in den Tod eine Revolte anzetteln und die Liquidatoren überwältigen würde? Justine würde nicht wollen, dass dieser Tumult auf Quill übergreift. Glaubt mir, es war nicht meine Entscheidung, das Tor zu verriegeln. Und auch wenn ich nicht möchte, dass irgendjemand von euch nach Quill zurückkehrt, weil ich Angst habe, Artimé könnte dadurch entdeckt werden, will ich hier auch gewiss niemanden als Geisel halten.«

»Warum fordert niemand Hohepriesterin Justine heraus?«, wollte Alex wissen.

Mr Today lächelte reumütig. »Sie haben zu viel Angst, weil sie, natürlich, getötet werden würden. Außerdem wissen sie es schlicht nicht besser, mein Junge – ohne das Wissen, dass das Leben auch anders sein könnte, kann es niemals den Wunsch geben, etwas zu verändern. Ihr Geist ist zu betäubt, um so zu denken wie wir. Deshalb ist der Gedanke, Justine herauszufordern, für sie schlicht nicht möglich.«

Doch Alex hatte noch eine Frage. »Mr Today«, platzte er heraus, »warum fordern *Sie* Justine nicht heraus? Warum gehen Sie nicht nach Quill, übernehmen die Macht und bringen allen bei, so zu leben wie wir?«

Der alte Mann kratzte sich am Kopf und seufzte erschöpft. Er sah auf das Land Artimé hinaus, ließ den Blick über den Dschungel schweifen, das grasbewachsene Anwesen, die Villa. »Weil ich damit all das hier preisgeben würde. Weil Justine keine Bedrohung für uns darstellt, solange sie nichts von unserer Existenz weiß.«

Mr Today schaute die Kinder an, die sich noch dichter um ihn geschart hatten, um keines seiner Worte zu verpassen. »Weil ich nicht glaube, dass einen Krieg zu beginnen und zu verlangen, dass die Menschen von Quill unsere Lebensweise übernehmen, jemals funktionieren wird – sie sind in ihrer eigenen Denkweise zu festgefahren, um mit einer so abrupten Veränderung klarzukommen. Wenn Quill sich verändern soll, dann muss es zu seinen eigenen Bedingungen geschehen. Eines Tages …« Er seufzte tief und verstummte für einen Moment. »Justine ist eine alte Frau. Ich vermute, sie wird bald eines natürlichen Todes sterben. Vielleicht wird sich dann ja etwas ändern … und vielleicht sogar ohne einen Krieg. Darauf hoffe ich. Und *wenn* ich etwas in mir habe, dann Hoffnung.« Nach einem Augenblick fügte er sanfter hinzu: »Und vielleicht auch ein klein wenig Angst.«

Die Lehrlinge, still wie das Gras, auf dem sie saßen, hielten den Atem an, in der Hoffnung, Mr Today würde weitersprechen. Doch ihr Lehrmeister schien tief in Gedanken versunken zu sein.

Alex blickte aufs Meer hinaus. Wieder spürte er das vertraute Stechen der Einsamkeit, der Sehnsucht nach seinem Bruder. Er wünschte sich, ihm würde eine sichere Möglichkeit einfallen, Aaron zu erklären, wie er nach Artimé kommen konnte, ohne das Land vor ganz Quill zu enthüllen.

Nach einer Weile verstanden die meisten Ungewollten die lange, nachdenkliche Stille als Hinweis, die Gegend nun auf eigene Faust zu erkunden. Nur Lani blieb neben

Mr Today sitzen, mit einem Ausdruck tiefer Betroffenheit auf ihrem Gesicht.

»Mr Today?«, fragte sie.

Der alte Mann schreckte aus seinem Tagtraum hoch. »Ja, Lani?«

»Was, wenn der nächste Herrscher von Quill noch schlimmer ist als Justine?« Lanis Gesicht lief puterrot an, obwohl sie versuchte, beiläufig zu klingen. Sie wusste, wer der neue Herrscher sein würde.

Mr Today lächelte das Mädchen reuevoll an. »Die Zeit birgt Hoffnung für alle möglichen Eventualitäten. Wir sollten deinen Vater noch nicht endgültig aufgeben.«

Mr Today erhob sich, schüttelte das Gras und die Falten aus seinem Gewand, nickte Lani zu und setzte seinen Spaziergang allein fort.

Lani sank schwermütig ins Gras zurück und dachte darüber nach, was passieren würde, wenn doch ein Krieg zwischen Artimé und Quill ausbrechen würde. Sie war wild entschlossen, ihren Vater, den Thronfolger der Hohepriesterin – sollte sie ihm in der Schlacht jemals von Angesicht zu Angesicht gegenüberstehen – persönlich zu töten.

Der Geduldsfaden reißt

Meghan lehnte sich während der Schauspielwerkstatt zu Alex und flüsterte: »Was, glaubst du, hat Mr Today letzten Sonntag damit gemeint, es wäre nicht seine Entscheidung gewesen?«

»Hm?« Genervt sah Alex von dem aus Mr Appleblossoms Feder stammenden Manuskript *Perseus! Perseus!* auf. Er versuchte, seinen Text auswendig zu lernen. Mr Appleblossom wuselte auf der Bühne hin und her, murmelte auf seine typische reimende Art vor sich hin und gab den Schauspielerinnen und Schauspielern, die an der aktuellen Szene beteiligt waren, Regieanweisungen, während der Rest der Klasse im Zuschauerraum saß, ihnen zusah und im Skript mitlas. Lani und Samheed standen kostümiert auf der Bühne. *Und vermasseln ihre Szene total,* dachte Alex.

Meghan rollte mit den Augen. »Ich hab dich gefragt, was Mr Today damit gemeint haben könnte, dass es nicht seine Entscheidung war, das Tor auf der Quiller Seite zu verriegeln. Hat er nicht die absolute Kontrolle über Artimé und alle hier bestehenden Zauber? Könnte er nicht einfach einen Illusionszauber anwenden, mit dem …?«

Alex ließ das Skript absichtlich laut auf seinen Schoß fallen und schaute sie finster an. »Woher soll ich das wissen? Warum fragst du nicht deinen Magischen-Kampf-Tutor? Ich weiß schließlich so gut wie nichts über Magie, wie alle hier nicht müde werden, mich zu erinnern.«

Meghan zuckte zusammen und rückte wieder von ihm weg. »Mann, Alex!« Sie verzog säuerlich den Mund. »Niemand versucht, dir das noch extra unter die Nase zu reiben. Ehrlich. Warum fragst du Ms Octavia nicht einfach, warum sie dich noch nicht empfohlen hat?«

»Nein«, erwiderte Alex, ein wenig zu barsch. Er konnte sich noch gut an das letzte Mal erinnern, als er sie gefragt hatte – und dass er sich geschworen hatte, es nie wieder zu tun.

»Kommst du mit deinen Aufgaben denn gut voran?«

Alex durchbohrte Meghan förmlich mit seinem Blick. »Im Moment nicht«, antwortete er und griff wieder nach seinem Skript. Gleich kam sein Stichwort, und er wollte es nicht verpassen. Er erhob sich von seinem Platz und ging durch die Tür, die zum Requisitentisch hinter der Bühne führte, wo er sich ein Schwert und ein Paar geflügelter Sandalen schnappte und auf seinen Einsatz wartete.

Meghan folgte ihm, während Mr Appleblossom den anderen auf der Bühne neue Anweisungen gab. »Alex«, flüsterte sie in dem spärlich beleuchteten Bühnengang.

»Was denn noch?«

»Wir … alle … vor allem Lani …«

»… seid schrecklich zu mir? Ja, Meg, dessen bin ich mir durchaus bewusst.«

Alex' Worte waren eiskalt. Doch er ignorierte das Stechen in seinem Magen, das ihn ermahnte, nicht weiterzusprechen, und fügte hinzu: »Ihr müsst endlich mal erwachsen werden. Vor allem Lani.« Alex schlüpfte in die Sandalen und schnallte die Riemen ganz eng.

»Das hab ich nicht ...«

»Ich wünschte, du hättest auch einen Schhhh-Knopf! Und jetzt sei still! Mein Stichwort kommt gleich«, zischte Alex. Er wandte ihr den Rücken zu, um sich auf die Bühne zu konzentrieren, ein Glänzen in seinen Augen, das Schwert fest umklammert.

Meghan funkelte Alex' Rücken einen Moment lang wütend an, drehte sich dann um und stampfte zurück in den Zuschauerraum, während sie leise grummelte: »Wir müssen erwachsen werden? Wir müssen erwachsen werden?«

Auf sein Stichwort betrat Alex von links die Bühne. Mr Appleblossom wedelte sofort mit der Hand und sprach einen Zauber auf Alex' geflügelte Sandalen. Die weiß gefiederten Flügel begannen zu flattern, und Alex hob langsam vom Boden ab. Er konzentrierte sich darauf, das Gleichgewicht zu halten, während die Sandalen ihn zur Bühnenmitte trugen, wo Lani in einem Kostüm mit völlig überdimensioniertem Kopf lag und so tat, als würde sie schlafen.

Alex zückte sein Schwert, hielt es hoch und tönte mit finsterer Stimme: »Aha! Da bist du ja, Medusa – deine Schlangen verraten dich. Ich komme auf Geheiß von

König Polydektes, der deinen Kopf auf einem Silbertablett verlangt!« Alex, ein wenig unbesonnen und angespannt, improvisierte spontan: »Aber wie ich sehe, werde ich mehrere Tabletts brauchen, um ihn zu tragen.«

Lani funkelte ihn an, und Alex brüllte: »Nimm dies!«, während er sein Schwert mit solcher Wucht auf den oberen Teil von Lanis aufwendigem Kostümkopf herabsausen ließ, dass die ineinander verflochtenen Schlangen über die Bühne kullerten. Lani zitterte heftig. Ob sie es aus Angst vor dem Schwert tat oder ob es zu ihrer Darbietung gehörte, konnte Alex nicht mit Sicherheit sagen. Er grinste boshaft. Es fühlte sich gut an.

Mr Appleblossom stellte sich auf einen Stuhl und applaudierte begeistert, einen Bleistift und sein abgenutztes Manuskript unter den Arm geklemmt. »Bravo, Perseus! Brava, Medusa!« Er hielt inne, um sich etwas zu notieren, und murmelte dann: »Das ist es! Und jetzt der mitreißende Marsch von J. P. Sousa.« Er bedeutete den Blechbläsern, aufzuspielen.

Lani riss sich den Rest des Kostüms vom Leib, rappelte sich auf und blitzte Alex wutentbrannt an, ihr Haar dank des beinahe erstickenden Medusakopfes statisch aufgeladen. Mit einem Flackern in den Augen zeigte sie auf Alex. »Du hättest mir fast meinen richtigen Kopf abgehackt, Alex! Pass bloß auf, sonst ...«

Alex, der noch immer hilflos durch die Luft flog und darauf wartete, dass der abgelenkte Mr Appleblossom den Zauber seiner Sandalen löste, funkelte Lani genauso an und fauchte zurück: »Sonst tust du *was?*«

Lani murmelte leise etwas.

»Hör auf!«, brüllte Alex, aber es war zu spät. Sie hatte einen Zauber auf ihn losgelassen, während er in seinen fliegenden Sandalen in der Luft dümpelte. Er spürte, wie sich sein Körper zu Stein verhärtete und er nach vorne kippte, bis er kopfüber in der Luft stand. Die Sandalen flatterten wie wild, konnten sein versteinertes Gewicht jedoch nicht länger tragen. Er rauschte in die Tiefe, knallte auf die Bühne und zerbarst in tausend Teile. Die geflügelten Sandalen schossen durch den Raum, noch immer mit Alex' Füßen darin. »Nicht komisch«, brummte Alex' rechts auf der Bühne liegender Mund. »Überhaupt nicht komisch.«

Trotzdem lachten außer Alex alle schallend, auch dann noch, als Mr Appleblossom herbeieilte, um Alex wieder zusammenzusetzen, und alle zum Nachsitzen verdonnerte. Nachdem Alex wieder heil war – und aus Haut und Knochen statt Stein bestand –, klopfte Mr Appleblossom ihm auf den Rücken und gluckste fröhlich. »Du bist wieder so gut wie neu, mein Junge, keine Sorge. Vielleicht schreibe ich das Stück sogar um und nehme die Szene mit auf!«

Alex stöhnte. Es konnte wirklich kaum noch schlimmer kommen.

Ein großer Fehler

Das Wetter in Artimé war nur selten trüb und niemals zu kalt, auch wenn Mr Today hin und wieder ein wenig Regen einstreute oder ein aufregendes Gewitter heraufbeschwor, um für ein wenig Abwechslung zu sorgen und alle daran zu erinnern, wie sehr sie angenehmen Sonnenschein bevorzugten.

An dem Tag, an dem Alex seit genau sechs Monaten in Artimé lebte, wehte ein frischer Wind und die Blätter an den Bäumen leuchteten in wunderbarem Purpurrot. In der trockenen Wüstenlandschaft Quills gab es nie solches Wetter.

Alex war es leid, sich in seinem Zimmer vor seinen Freunden zu verstecken. Er wusste, dass er sich ihnen gegenüber wahrscheinlich ungerecht verhielt, aber im Augenblick konnte er sie einfach nicht ertragen. Sein Verstand schien ausschließlich mit der Tatsache beschäftigt, dass er noch immer nicht mit dem magischen Kampftraining begonnen hatte, und auch der Schmerz, weil er seinen Bruder vermisste, war stärker, als er zugeben wollte – was niemand sonst zu verstehen schien. Und so schlenderte er stets allein über das Anwesen und hielt sich von allen anderen fern. Er wagte sich sogar in den Dschungel, jeden Tag ein bisschen tiefer, zögerlich anfangs, aber mit jedem Versuch etwas mutiger. In dem Urwald lebten unzählige Kreaturen, die ihn jedoch größtenteils nur höflich grüßten und sich dann wieder um ihre eigenen Angelegenheiten kümmerten, Nüsse, Wurzeln und Beeren sammelten, ihre Beute jagten und ihre Jungen fütterten. Nur selten begegnete ihm etwas, das sich als wirklich furchterregend erwies, obwohl er bei mehreren Gelegenheiten einen mächtigen grauen Wolf umherstreifen sah, der sich im Unterholz versteckte oder sich auf den warmen Felsen in der Nähe des Meeresufers ausruhte. Es war beinahe, als würde der Wolf Alex beobachten, und der Junge hoffte inständig, er würde sich nicht in die nächste Mahlzeit des Tieres verwandeln. Der Wolf näherte sich Alex jedoch nie oder bedrohte ihn in irgendeiner Weise, deshalb fühlte Alex sich relativ sicher. Und heute war das Tier nirgends zu sehen.

Alex mochte die kühle Dunkelheit unter dem dichten Zelt der Baumkronen und freute sich, als er einen durch den Dschungel plätschernden, glitzernden Wasserlauf entdeckte. In Quill gab es nur einen einzigen brackigen Fluss, den die Notwendigen dazu nutzten, auf großen Holzflößen Ersatzteile zu den überall liegen gebliebenen Fahrzeugen zu transportieren und Milch und Eier auf dem Markt abzuliefern. Der Fluss hier in Artimé war klar und kalt, und Alex konnte hin und wieder Fischschwärme darin erkennen. An diesem besonders langweiligen Samstag schlenderte er am Ufer entlang, um zu sehen, wohin der Fluss führte, und fand sich nach einem recht ausgedehnten Spaziergang in einer Art Lagune wieder, die er noch nie zuvor gesehen hatte und in der er die Wellen sanft ans Ufer schwappen hörte. Als er die Büsche teilte, um aus dem Dschungel auf den Strand zu treten, hielt er jedoch abrupt inne – denn auf dem Wasser schaukelte ein großes, weißes Boot, das in der Sonne glänzte. In seinen Kunstbüchern hatte er zwar schon öfter Bilder von Booten gesehen, aber noch nie zuvor ein echtes.

»Wow«, stieß er aus und betrachtete die funkelnden goldenen Sitze und das schimmernde Chrom ringsum. »Da würden locker zwölf oder fünfzehn Leute reinpassen.«

Hätte er sicher ins Wasser waten und in das Boot klettern können, hätte er es getan. Mr Today hatte sie jedoch gewarnt, dass das Meer, wie jedes große Gewässer, voller fleischfressender Kreaturen war – Haie zum Beispiel –, und den Lehrlingen daher dringend empfohlen, nur in den geschützten Wassern der Bucht in der Nähe der Villa zu schwimmen.

Nicht deprimiert – oder verzweifelt – genug, deswegen ein Bein zu verlieren, beschränkte Alex sich deshalb darauf, das Boot vom Ufer aus zu bewundern. Es schien sich niemand darauf zu befinden, und als die sanften Wellen die Backbordseite des Bootes in seine Richtung drehten, sah er den in eleganten Lettern auf die Seite geschriebenen Namen. CLAIRE stand dort.

»Das ist ja eigenartig«, sagte Alex, lauter als zuvor.

»Eigenartig. Eigenartig. Eigenartig«, ahmten ihn drei Schnabelgeien in den Bäumen über ihm nach.

Alex hob den Blick. »Wer ist da?«

Die Schnabelgeien schauten sich um und zuckten mit den Schultern. »Wer ist da?«, fragten sie sich gegenseitig, bevor sie in kreischendes Gegacker ausbrachen.

Alex, der zurzeit etwas überempfindlich war, fragte sich sofort, ob sich die Kreaturen über ihn lustig machten, und beschloss, dass es wohl das Beste war, sich ohne ein weiteres Wort zu entfernen. Als er wieder aus dem Dschungel trat, war er überrascht, niemanden auf dem Anwesen zu sehen. Hatte er ein besonderes Abendessen oder eine Versammlung versäumt? Es kümmerte ihn jedoch nicht wirklich und er zuckte nur mit den Schultern. Er gewöhnte sich allmählich daran, ausgeschlossen zu werden. Langsam folgte er dem Ufer zurück zur Villa und schlüpfte durch die mächtige Vordertür ins Haus.

Der geflügelte Gepard knurrte ihn zur Begrüßung wütend an: »Warrrum bist du nicht auf deinem Zimmerrr?«

Alex wich erschrocken zurück, denn die Statue hatte ihn vorher noch nie persönlich angesprochen, wenn er gekommen oder gegangen war. »I-i-ich war spazieren, das ist alles!«

Florence, die andere Statue, schoss Simber einen glühenden Blick zu. »Alex«, sagte sie, und Alex erschrak erneut und wirbelte zu ihr herum. Er hatte sie noch nie zuvor sprechen gehört. »Es herrscht Ausgangssperre. Hast du vergessen, dass heute die halbjährliche Inspektion der Kommandeure stattfindet?«

»Wie? Was? Ich habe keine Ahnung, wovon du sprichst!«

»Eure Tafeln informieren euch bereits seit Wochen darüber! Außerdem haben euch eure Kampftrainer gestern noch einmal explizit gewarnt und euch entsprechende Anweisungen erteilt«, fügte Florence hinzu.

»Ich … habe keinen Kampftrainer«, erwiderte Alex und war überrascht, als er spürte, wie ihm heiße Tränen in die Augen traten. Er blinzelte sie hastig weg.

»Ah«, sagte Florence. Sie kniff die Augen zusammen. »Verstehe. Du bist das also.«

Simber fauchte Florence scharf an.

»Wer?« Alex war nun komplett verwirrt und hatte wirklich keine Ahnung, wovon die beiden eigentlich redeten.

»Geh einfach auf dein Zimmerrr. Und komm errrst wiederrr rrraus, wenn deine Tafel es dirrr sagt.« Der riesige steinerne Gepard wandte angewidert das Gesicht ab, und Alex fühlte sich noch schlimmer, weil er noch immer nicht wusste, warum die beiden so wütend auf ihn waren.

»Geh«, sagte Florence, »bevor ich ihm erlaube, dich zu fressen.«

Das ließ Alex sich nicht zweimal sagen. Er rannte so schnell er konnte die Treppe hinauf und sauste den Flur entlang zu seinem Zimmer. Er befand sich bereits auf halbem Weg dorthin, als ihm bewusst wurde, dass er auf dem Treppenabsatz aus dem Augenwinkel gerade einen Korridor bemerkt hatte, von dem er schwören konnte, er wäre am Tag zuvor noch nicht dagewesen. Aber jetzt war nicht der richtige Zeitpunkt, um der Sache nachzugehen.

Er huschte in sein Zimmer, deaktivierte die Stummschaltung seiner Wandtafel und ließ sich auf den dick gepolsterten Sessel fallen, nach seinem wilden Sprint die Marmortreppe hinauf ziemlich außer Atem. »Clive«, fragte er keuchend die Tafel, »was ist hier los?«

Clive tauchte mit finsterer Miene auf und gab ein mehrfaches »Ähem-hem« von sich, um sicherzugehen, dass seine Stimme ihn nicht im Stich ließ. »Oh, jetzt willst du also reden, ja? Du schaltest mich wochenlang stumm und ignorierst meine Nachrichten, und jetzt, wo du höchstwahrscheinlich alles kaputt gemacht hast, bittest du mich um Hilfe. Nun, ich bin nicht wirklich geneigt, deine Bitte zu erfüllen. Außerdem ist es zu spät. Marcus ist hier und – Junge, Junge, kriegst du Ärger! Ähem!«

Clives tadelnde Miene verschwand wieder, und auf dem Bildschirm leuchtete Mr Todays Gesicht auf. Er sah erschöpft und wütend aus, ganz anders, als es normalerweise die Art des ansonsten so freundlichen, humorvollen Magus war, und für einen Moment glaubte Alex, er könnte womöglich jemand anderes sein. Die weißen Haare des Mannes standen ihm wilder als je zuvor zu Berge, so, als hätte er erst vor Kurzem versucht, sie sich alle auf einmal auszureißen.

»Danke, Clive«, sagte Mr Today niedergeschlagen. »Aber es ist alles in Ordnung. Kein Grund zur Panik. Sie sind fort.«

Alex setzte sich auf seinem Sessel auf, als Mr Today ihn scharf anblickte, und ihn beschlich eine böse Vorahnung, beinahe so, als stünde der Weltuntergang kurz bevor. Alex hatte den Magus seit Wochen nicht mehr gesehen, weil er nicht mehr zu den sonntäglichen Plauderstündchen draußen auf dem Rasen erschienen war.

Mr Today betrachtete ihn für einen langen Moment, ohne noch etwas hinzuzufügen.

Alex schluckte schwer und wartete.

»Alex«, sagte der Magus schließlich matt, »bitte … bitte …« Er suchte nach den richtigen Worten. »Ich verlange wirklich nicht viel von euch. Also versuch einfach, meine wenigen Bitten zu respektieren. Und sei bitte aufmerksamer. Ich werde Clives Schhhh-Knopf bis auf Weiteres deaktivieren. Es wäre klug, wenn du dich darüber informieren würdest, was du in den vergangenen Wochen verpasst hast, damit du erkennst, in welch große Gefahr du uns alle gebracht hast.«

»Mr Today, es tut mir leid … Ich verstehe nicht …«

Mr Today seufzte. »Wenn hier die Inspektion durch die Kommandeurinnen und Kommandeure stattfindet, wende ich einen hochkomplizierten Zauber an, damit dieser Ort wieder genauso aussieht wie an jenem Tag, als auch du hier ankamst. Da Artimé stetig weiterwächst – und da ich nun einmal älter werde –, fällt es mir immer schwerer, diesen Zauber perfekt aufrechtzuerhalten und gleichzeitig weiterhin wie der Mann zu erscheinen, den sie zu sehen erwarten. Es erfordert immense Konzentration, deshalb müssen sich währenddessen alle in der Villa auf- und absolut still verhalten. Bitte, Alex, ich weiß, es ist letztlich unabwendbar, aber ich bin … noch nicht … bereit …« Er schüttelte den Kopf, um seine Gedanken wieder zu ordnen. »Hör bitte auf mich, Alex. Ich verlasse mich auf dich – bitte, enttäusch mich nicht. Gute Nacht.«

Alex starrte dem Magus mit offenem Mund hinterher, als dieser wieder von seiner Tafel verschwunden war. Irgendetwas tief in seinem Inneren – tiefer, als er es je für möglich gehalten hätte – bebte plötzlich heftig und zerbrach in winzige Splitter, die sich scharf in seinen Magen bohrten.

Geheimnisse und geheime Orte

Am nächsten Morgen wussten alle in Artimé, dass Alex Stowe schuld daran gewesen war, dass sie beinahe entdeckt und getötet worden wären. Wahrscheinlich wäre Alex – oder irgendjemand sonst –, solange er sich in der Welt von Artimé aufhielt, nie von den Kommandeuren entdeckt worden, die nichts weiter als die trostlose Szenerie sahen, die auch die Ungewollten selbst zunächst erblickt hatten, als sie vor sechs Monaten durch das schwarze Eisentor getreten waren. Doch Mr Today neigte für gewöhnlich nicht dazu, irgendein Risiko einzugehen, wenn es darum ging, seine Welt zu beschützen, und es gehörte seit der Entstehung von Artimé zu den üblichen Vorsichtsmaßnahmen während der zweimal pro Jahr stattfindenden Inspektion, eine generelle Ausgangssperre zu verhängen und alle auf ihre durch Magie verborgenen Zimmer zu schicken.

Mr Today war, trotz seiner Kreativität, ein Mann der Ordnung, und es war ihm am liebsten, wenn an diesem Tag alle an ihrem Platz waren, statt nach Belieben durch die Gegend zu streifen. Denn was, wenn der Zauber doch brach? Was, wenn im Salon oder im Theater ein chaotischer Streit ausbrach? Oder wenn ein Lehrling in den Dschungel davonspazierte, dort angefallen wurde und Mr Today nicht abkömmlich war, um die Situation wieder in Ordnung zu bringen? Nein, es war am besten für alle, wenn er wusste, wo sich jeder einzelne Lehrling und alle im Haus lebenden Kreaturen aufhielten und sie während der nervenaufreibenden halbtägigen Inspektion sicher an ihrem Platz waren.

Und genau deshalb waren all die Menschen und Kreaturen, die sich an diese Anweisungen hielten, auch sehr böse auf jeden, der es nicht tat. Daher konnte, als es die Runde machte, dass offenbar Alex Stowe derjenige gewesen war, der sich ihrem beliebten, treuen Anführer widersetzt und sie alle in Gefahr gebracht hatte … nun, es konnte so gut wie niemand auch nur einen Funken Mitgefühl für Alex aufbringen.

Meghan, die schon seit längerer Zeit wütend auf ihn war, versuchte dennoch, ihren Zorn hinunterzuschlucken, als sie sich beim Mittagessen mit ihm unterhielt. Auch Lani blickte ihn immer wieder voller Mitleid in ihren seelenvollen blauen Augen an. Doch Alex schämte sich so furchtbar angesichts all der harschen Blicke, der auf ihn zeigenden Finger und des hinter vorgehaltenen Händen versteckten Geflüsters, dass er sich bei der ersten Gelegenheit, die sich ihm bot, aus dem Speisesaal schlich, sich für den Rest des Tages in seinem Zimmer einschloss und seine Privatlektion mit Ms Octavia ebenso schwänzte wie die Schauspielwerkstatt bei Mr Appleblossom, obwohl er damit seinen Auftritt als eine der Hauptfiguren in *Perseus! Perseus!* verpasste.

Er verkroch sich in sein Schlafzimmer, schloss die Tür, um Clives endloses Gequassel wenigstens ein wenig zu dämpfen, kuschelte sich auf dem Bett zusammen und machte die Augen ganz fest zu, um die Kopfschmerzen auszublenden, von denen ihm der Schädel dröhnte.

Er atmete langsam ein und aus und wünschte sich mit aller Kraft, er könnte einfach wieder nach Quill zurückkehren, wo er überhaupt keine Erwartungen oder Träume, Hoffnungen, Fantasie oder Verantwortung gehabt hätte. Wo er einfach nur sein konnte. Ohne dass irgendjemand böse auf ihn war. Wo er nicht der Einzige war, der völlig versagte. In Quill wäre er von Leuten umgeben, deren Vorstellung von Erfolg es war, jeden Tag aufzustehen und Mais zu pflücken oder die verrosteten, unkreativen kastenartigen Busse und Quillitärpanzer zu reparieren und sich endlos – hirnlos – auf einen Tag vorzubereiten, der niemals kommen würde. Mit anderen Worten: Alex hatte das Gefühl, einmal mehr ungewollt zu sein.

Er musste an seinen Bruder denken, und es tat nur umso mehr weh. »Aaron würde es verstehen. Aaron wäre für mich da«, sagte er, als wollte er jemanden herausfordern, ihm zu widersprechen. »Ich wünschte nur … er wüsste wenigstens … dass ich noch lebe.«

Der andere Alex in ihm antwortete nicht.

Schließlich fiel er in einen unruhigen Schlaf. Er ahnte nicht, dass die Erwachsenen, während er schlief, ganz in der Nähe ein geheimes Treffen abhielten, in einem sehr großen Büro am Ende des meist unsichtbaren Korridors.

Mr Todays Büro

Mr Today erhob sich hinter seinem Schreibtisch, als die beiden Damen eintrafen. »Hallo, Claire, Octavia«, begrüßte er sie.

Octavia schüttelte ihm mit einem ihrer geschmeidigen Tentakel die Hand, während Claire ihm einen Kuss auf die Wange gab. »Du siehst heute Abend schon etwas weniger ausgezehrt aus«, bemerkte sie.

Der alte Magus raufte sich abwesend das zerzauste Haar. »Die Gefahr ist gebannt«, erwiderte er, aber seine Stimme klang düster. »Doch das ändert nichts an der Situation an sich. Es war furchtbar knapp, und ich bin mir nicht sicher, wie oft ich diese Besuche noch durchstehe, ohne dass die Kommandeurinnen und Kommandeure Verdacht schöpfen. Ich könnte schwören, ich hätte ein Kräuseln am Rand des Ölsees gesehen, als Alex dort draußen umherspazierte.« Er strich sich mit den Fingern übers Haar und versuchte es zu glätten. »Octavia, was gibt es Neues?«

Octavia umklammerte die Armlehnen eines Stuhls und glitt auf die Sitzfläche. Ihre Tentakel bewegten sich sehr geschmeidig, und sie kratzte sich mit einem von ihnen nachdenklich an ihrer langen Alligatorenschnauze, während sie mit einem anderen ihre Brille zurechtrückte und die restlichen Arme wie ein Rüschenrock um ihren Stuhl baumelten und sich sanft hin- und herwiegten, als trieben sie im Wasser. »Nun, Marcus, du weißt ja, wie ich darüber denke. Der Junge wird immer verzweifelter – ich kann es in seinen Zeichnungen sehen. Er ist schlichtweg brillant und hätte schon vor Monaten mit dem magischen Kampftraining beginnen sollen. Er hat heute seine Privatlektion geschwänzt, weißt du …?« Sie schnalzte hinter ihren riesigen Zähnen mit der Zunge und schüttelte langsam den Kopf. »Ich bin mir nicht sicher, ob wir das Richtige tun, wenn wir ihn weiter fernhalten.«

»Claire?«

Claire seufzte. »Auch ich bin mir in dieser Frage mit jedem Tag unsicherer. Gunnar hat ihn tief im Dschungel entdeckt, bevor die Kommandeure eintrafen. Er ist ihm am Bach entlang den ganzen Weg bis zu der Bucht gefolgt, in der das Boot vor Anker liegt. Alex verbringt all seine Zeit allein – und ganz offen gesagt, kann ich ihm deswegen keinen Vorwurf machen. Alle sind wütend auf ihn, und er fühlt sich einfach schrecklich, weil er inzwischen als Einziger noch nicht am magischen Kampftraining teilnimmt. Es macht alles nur noch schlimmer.«

Mr Today schüttelte den Kopf und sank auf seinem Stuhl zurück. »Oh, oh, oh«, murmelte er leise, »was soll ich tun? Ich habe Angst, dass Alex, sobald er mit dem Training beginnt, seine magischen Kräfte dazu nutzen wird, seinen Bruder zu finden. Das mächtige Band, das zwischen Zwillingen existiert … Es ist ein gewaltiges Risiko, das wir im Augenblick wirklich nicht gebrauchen können, vor allem nicht jetzt, wo Justine mit Wohlwollen, aber auch sehr wachsam auf Aaron blickt.« Er legte beide Zeigefinger auf seine Lippen, schloss die Augen und dachte angestrengt nach. Mehrere Minuten lang schwieg er. Als er die Augen wieder aufmachte, waren sie feucht. »Wie sehr ich mir doch wünschte, ich hätte Justine davon überzeugen können, beide Zwillinge zu liquidieren, aber sie wollte nichts davon hören«, murmelte er. »Der gewollte Zwilling hatte nicht einen einzigen Verstoß. Nicht einmal ansatzweise. Und wenn noch nicht einmal Alex Aaron dazu bringen konnte, im Matsch zu malen, dann bin ich mir zwar nicht sicher, ob Aaron uns hier von sonderlich großem Nutzen gewesen wäre, aber wir sähen uns, wenn Alex es geschafft hätte, jetzt wenigstens nicht diesem potenziellen Problem gegenüber.«

»Marcus«, erwiderte Octavia, »wir müssen dafür sorgen, dass der Junge seinen Bruder vergisst – indem wir ihn so schnell wie möglich mit dem Training ablenken. Seinen Geist beschäftigen, damit er keine Zeit mehr hat, an Aaron zu denken. Wie schwer kann das schon sein? Bei anderen Geschwistern funktioniert es schließlich schon seit Jahren ohne Probleme.«

Mr Todays Augen verengten sich zu schmalen Schlitzen. Er blickte zu Claire, dann wieder zurück zu Octavia. Als er sprach, tat er es mit ernster, gedämpfter Stimme.

»Du musst verstehen, meine Liebe, dass sich die Sache bei Zwillingen vollkommen anders verhält. Zwischen ihnen besteht ein Band. Eine Loyalität, die alle anderen übersteigt.«

Claire blickte auf ihre im Schoß gefalteten Hände hinunter.

Octavia schloss die Lippen über ihren Zähnen, verschränkte mehrere Arme vor der Brust und zog die Stirn in Falten. »Dann sagst du also, es wäre unvermeidbar? Das Band zwischen den Zwillingen ist so stark, dass Alex niemals aufgeben wird?«

»Das glaube ich, ja.«

»Er besitzt die nötigen Fähigkeiten, um irgendwann selbst dahinterzukommen, wie gewisse Zauber funktionieren, mit oder ohne Ausbildung«, murmelte Octavia und schüttelte ihren langen Kopf. »Wie lange noch, bevor es beginnt?«

»Das kann ich nicht sagen«, erwiderte Mr Today. »Aber ich habe ein ungutes Gefühl. Ich weiß nicht, was es ist, aber irgendetwas braut sich zusammen. Sigfried hat mir von verdächtigem Verhalten einiger seiner Lehrlinge berichtet. Kostüme verschwinden, es kommt zu Streitereien. Irgendetwas ist hier los.«

»Was?«

»Das weiß ich noch nicht. Aber wir müssen auf der Hut sein, für Artimé. Uns steht möglicherweise Ärger ins Haus.«

Octavia schnappte wütend mit ihrem Maul in die Luft. »Dann erweisen wir Alex einen sehr schlechten Dienst, wenn wir ihn zwingen, verletzbar zu bleiben – und nicht in der Lage, sich selbst zu schützen.«

Mr Today betrachtete Octavia für einen Moment und wandte sich dann Ms Morning zu. »Claire?«

Claire, die während des gesamten Gesprächs nervös auf ihrer Unterlippe herumgekaut hatte, schloss für einen Moment die Augen und öffnete sie dann langsam wieder. »Es gibt noch eine andere Möglichkeit, Alex dazu zu bringen, Aaron zu vergessen«, sagte sie leise.

»Du weißt, dass ich das nicht tun werde.«

»Nun, dann … stimme ich Octavia zu«, sagte sie schließlich.

Mr Today ließ den Kopf in die Hände sinken, holte tief Luft und blickte dann wieder auf. Seine Augen wirkten furchtbar erschöpft. »Damit wäre es beschlossen. Octavia, fang sofort mit dem Training des Jungen an. Und Claire …«

»Ja?«

Die beiden wechselten einen kummervollen, verständigen Blick.

»Ich fürchte, nun ist es doch so weit gekommen: Es ist Zeit. Bereite unsere Kriegerinnen und Krieger auf die Schlacht vor.«

So ist das bei Zwillingen

Alex warf sich im Schlaf unruhig hin und her. Die Angst hatte sich so tief in seinem Unterbewusstsein festgekrallt, dass sie sich zu furchteinflößenden Albträumen auswuchs. Er träumte, wie Lani und Meghan ihn neckten und mit dem Finger auf ihn zeigten; von einem zutiefst von ihm enttäuschten Mr Today; davon, wie sich das Meer in den Großen See aus brodelndem Öl zurückverwandelte und ihn ganz Artimé im Gänsemarsch ans Ufer trieb; wie sie ihn schließlich hineinstießen, während er Todesschreie ausstieß.

Er träumte von Quill, nur dass in seinen Träumen statt der tristen Farblosigkeit und der simplen Zweckmäßigkeit alles – von der einzigen Straße, die das Land umschloss, über die verrostenden, schrottreifen Quillitärfahrzeuge, die seit fünfzig Jahren zu Ausbildungszwecken benutzt wurden, bis hin zu dem Quadranten, auf dem Getreide angebaut und Nutztiere gezüchtet wurden – viel heller leuchtete als früher. Alles war in bunten Farben gestrichen und den Kindern war es erlaubt, zu lachen und mit Stöcken zu spielen. Aaron und er teilten sich immer noch ein winziges Zimmer, nur dass sie bis tief in die Nacht miteinander flüstern und lachen durften, die Sätze des anderen beendeten und einander erzählten, wovon sie geträumt hatten, anstatt alles für sich zu behalten und darüber nachzugrübeln.

Und Alex träumte, Aaron würde um ihn trauern. Dass Aaron ihn vermisste, genauso, wie auch er sich nach seinem Bruder sehnte. Er träumte, sie wären wieder vereint und Aaron wäre so außer sich vor Freude, seinen Bruder wiederzusehen, dass er einen Arm um Alex schlang und ihm sagte, wie furchtbar leid es ihm tue, dass er ein Ungewollter war, und dass sich das Ganze als schrecklicher Fehler erwiesen habe, sie jedoch geglaubt hatten, es wäre zu spät, weil Alex tot sei.

In dem Traum konnte Aaron nicht glauben, dass es ein magisches Land gab, in dem Hunderte von Ungewollten lebten, und Alex überzeugte ihn davon, mit ihm zu kommen, damit er es mit eigenen Augen sah. Und als Aaron es sah, wollte er gar nicht wieder gehen.

Es war ein glücklicher Traum, bei dem Alex – auch wenn es ihm natürlich nicht bewusst war – im Schlaf leise lächelte. In dem Traum freute er sich so sehr, dass sein Bruder wusste, dass er noch am Leben war. Und als er Aaron schließlich widerwillig nach Quill zurückbrachte, flüsterte er seinem Bruder aufgeregt zu: »Versprich mir, dass du es niemandem erzählst – niemandem. Vielleicht kannst du beim nächsten Mal ja für immer bei mir bleiben!«

»Ich werde es niemandem erzählen«, erwiderte Aaron. »Das verspreche ich. Aber du musst bald wiederkommen!«

Dann winkten sie einander zum Abschied voller Glück und Zufriedenheit zu, und Alex wandte sich ab, um nach Artimé zurückzukehren. Bevor er jedoch durch das Tor trat, blickte er noch ein letztes Mal über seine Schulter zurück – und ihm blieb das Herz stehen. Anstelle seines geliebten Zwillingsbruders Aaron blickte er in das finstere Gesicht von Hohepriesterin Justine.

»ALEX!«

Alex schreckte aus dem Schlaf hoch und schrie: »Nein!«

»ALEX! Bitte, zwing mich nicht, durch deine Schlafzimmertür zu brüllen. Meine Stimme ist noch sehr empfindlich, nachdem ich sie wochenlang kaum benutzt habe.«

»Clive? Bist du das?« Einen Moment lang wusste Alex nicht, wo er war.

»Junge, Junge«, sagte Clive und klang, als würde er dabei die Augen verdrehen.

Alex kletterte aus dem Bett und öffnete die Tür zum Wohnzimmer. »Warum schreist du mich denn so an? Es ist sieben Uhr morgens, verflucht noch mal.«

»Ms Octavia will mit dir reden. Und, liebe Güte, zieh dir wenigstens ein Hemd an. Ich bringe sie zu dir, sobald du fertig bist.«

Alex stöhnte, als die Erinnerungen an den Tag zuvor wieder auf ihn einströmten. Noch mehr Ärger, dachte er, weil er gestern seine Lektion geschwänzt hatte. Er streifte sich ein T-Shirt über, schlüpfte in seine Shorts und wartete atemlos vor der Wandtafel. »Okay«, sagte er dann.

Ms Octavia erschien sofort. »Hallo, Alex«, begrüßte sie ihn und blickte ihn über ihre lange Schnauze hinweg an.

Alex nickte. »Hi, Ms Octavia«, murmelte er und wartete.

»Ich habe dich gestern vermisst. Warst du krank?«

»N-n-nicht direkt, Ma'am.«

»Verstehe.« Sie rückte ihre Brille zurecht. »Nun, aber heute kommst du doch, oder?«

»J-ja, Ma'am.«

»Gut. Wir beginnen heute nämlich mit deinem magischen Kampftraining, und ich möchte wirklich nicht, dass du es verpasst. Ich freue mich darauf, dich später zu sehen.« Sie nickte knapp, verblasste dann auf dem schwarzen Bildschirm und ließ Alex mit vor Staunen offen stehendem Mund zurück.

Clive tauchte wieder auf und schenkte Alex ein herablassendes Grinsen. »Na, das wird auch langsam Zeit.«

Alex blickte ihn finster an. »Halt die Klappe, Clive.«

Er duschte, zog sich an und ging zum Unterricht, während er ein wenig verwundert noch einmal über seine Träume nachdachte, bevor er sie in die dunkelste Ecke seines Gedächtnisses schob.

Zur selben Zeit, nur wenige Kilometer entfernt, tat ein Junge, der genauso aussah wie Alex, exakt dasselbe.

Aaron, der Gewollte

Als der Summer ertönte, verließ Aaron Stowe sein winziges, graues Wohnheimzimmer an der Universität der Gewollten und trat in den Korridor hinaus, im selben Moment wie ein Dutzend anderer Studierender. Sie gingen Schulter an Schulter zum Frühstück in die Cafeteria und verspeisten in höflichem Schweigen ihren Haferbrei. Plaudern war während der Mahlzeiten nicht erlaubt, deshalb aßen die Studierenden schnell und gingen dann zu ihren jeweiligen Tagesaufgaben über.

Die meisten anderen verschwanden in ihre Klassenzimmer, um mit ihrer Grundausbildung fortzufahren. Aaron hatte jedoch durch herausragende Leistungen geglänzt und war befördert worden. Er verließ das Gebäude, als gerade ein eckiger, rostroter Quillitärjeep vorfuhr. Als Aaron die schmale Straße erreichte, die Quill umschloss, stieß das Fahrzeug eine ätzende, nach verbranntem Hühnerfett stinkende, schwarze Rauchwolke aus. Er stieg ein und nickte dem Fahrer zu.

Das Fahrzeug röhrte und stotterte an Regierungsgebäuden und der neuen Favoritenfarm – Aarons Schöpfung – vorbei, auf der besonders hochwertige, außergewöhnliche Früchte, Getreide und Tiere für die exklusiven Mahlzeiten der Hohepriesterin, der Kommandeurinnen und Kommandeure und des Quillitärs gezüchtet wurden. Die Stacheldrahtdecke warf gitterartige Schatten auf den Boden, die sich fast exakt mit den Reihen der Nutzpflanzen deckten. »Sieht alles gut aus«, bemerkte Aaron mit einem Anflug von Befriedigung.

Aaron galt als sehr vielversprechend und hatte in seiner Klasse nicht nur die höchste Intelligenz, sondern auch bereits Anzeichen großer Stärke bewiesen. Daher war er dafür ausgewählt worden, vom Obersten Kommandeur Haluki – einem schlanken Mann mit gräulichem Haar, der nach der Hohepriesterin der Zweite in der Befehlskette war – sowie von Kommandeur Strang – einem jungen Mann von zwanzig Jahren, der sich bereits als sehr kompetent erwiesen hatte – persönlich ausgebildet zu werden. Genau wie Strang seinerzeit war Aaron Stowe ein sehr ernster Junge, still und seiner Aufgabe, der Hohepriesterin von Quill um jeden Preis zu dienen, vollkommen verschrieben. Er war das Paradebeispiel eines Jungen, der eines Tages zu einem gefährlich mächtigen Mann heranwachsen würde.

Das Fahrzeug klapperte und ächzte den kurvigen Hügel hinauf zum Palast der Hohepriesterin, denn am heutigen Tag würde Aaron belohnt werden. Erstens für seine ausgezeichnete Arbeit, weil er eine Lösung für das Rindfleischproblem gefunden hatte, zweitens für seine allgemeine Weitsicht bei der Entwicklung der Favoritenfarm, und drittens für das von ihm ausgearbeitete Programm für einen besonders ertragreichen Betrieb der Farm. Es war eine seiner Aufgaben im Mathematikunterricht gewesen, und da sämtliche Arbeiten der Studierenden an der Universität von den Kommandeuren geprüft wurden, hatte es nicht lange gedauert, bis Kommandeur Strang Aarons Talent in geschäftlichen Dingen erkannt hatte. Und geschäftliche Dinge lagen auch Hohepriesterin Justine sehr am Herzen. Vor allem, weil sie stets von diesen Geschäften profitierte.

Es war Aarons Idee gewesen, die Farm nach demselben Prinzip zu behandeln wie die Menschen in Quill, und die Nutztiere in drei Kategorien einzuteilen: Gewollte, Notwendige und Ungewollte. Die qualitativ hochwertigsten Tiere wurden für die Favoritenfarm aussortiert, zur Zucht verwendet und gemästet, während das minderwertigere Vieh in die Gemeindefarm gebracht und dort für den Verzehr durch die Notwendigen gehalten wurde. Es war außerdem Aarons Idee gewesen, das Quillitär auf die Gemeindefarm zu entsenden, um auch die qualitativ hochwertigsten Feldfrüchte auf die Favoritenfarm zu verpflanzen.

Nun, da der Betrieb der Favoritenfarm vollkommen problemlos lief und die Umstellung abgeschlossen war, hatte man Aaron in den Palast eingeladen, um mit den Kommandeurinnen und Kommandeuren sowie Hohepriesterin Justine persönlich zu Mittag zu essen. Es war eine unglaubliche Ehre. Aaron freute sich darüber, schon so früh in seiner Ausbildung eine solche Leistung erbracht zu haben, aber natürlich lächelte er noch nicht einmal, als er von der Neuigkeit erfuhr. Quill gehörte seine ganze Loyalität, und da seine Eltern Notwendige waren, hatte er das Gefühl, sich besonders anstrengen zu müssen, um den Kommandeuren zu beweisen, dass er von höchster Qualität und seines Titels als Gewollter würdig war.

All diese Gedanken und noch mehr wirbelten während der holprigen Fahrt zum Palast durch seinen Kopf – der Weg bergauf verlangte dem Fahrzeug alles ab –, doch es gab auch einen Moment, in dem sich die lästige Erinnerung an einen Traum, den er in letzter Zeit des Öfteren gehabt hatte, erneut in seinem Hinterkopf regte.

Es machte ihm mehr Angst, als er sich selbst eingestehen wollte. Bislang hatte er geglaubt, es wäre ihm schon in sehr jungen Jahren gelungen, Träume komplett aus seinem Geist zu verbannen, nachdem er gelernt hatte, dass sie falsch waren. Doch seit der letzten Tilgung war er häufig zu Tode erschrocken und von schrecklichen Schuldgefühlen geplagt aus dem Schlaf hochgeschreckt, weil er nicht nur etwas geträumt hatte, sondern weil dieses Etwas sein Bruder Alex gewesen war. Ein halbes Jahr war vergangen, seit Alex liquidiert worden war, und Aaron gab zu, dass er sich damals für mindestens eine Stunde ein wenig schlecht gefühlt hatte – bis seine Mutter ihn gemahnt hatte, alles zu vergessen. Und nachdem er am Tag nach der Tilgung sein Studium an der Universität begonnen hatte – nun, danach war es ihm nicht mehr schwergefallen, Alex zu vergessen. Tatsächlich kam es nur ganz selten vor, dass Aaron überhaupt an seinen Zwillingsbruder dachte, und selbst bei diesen seltenen Gelegenheiten war Alex nicht mehr als eine dieser blassen, verschwommenen Erinnerungen, bei denen man sich stets fragte: Ist das wirklich passiert?

Doch Aaron hütete sich, irgendjemandem von diesen Träumen zu erzählen. Nun, da er für einen so jungen Studenten ein so hohes Ansehen genoss, würde es ihm garantiert als Zeichen der Schwäche ausgelegt werden und seine Karriere sofort beenden, wenn er es jemandem gestehen würde. Er erschauderte allein bei dem Gedanken daran.

Dann kam das Fahrzeug endlich stotternd am Eingang des Palastes zum Stehen. Aaron richtete seine Gedanken sofort wieder auf Quills wirtschaftliche Angelegenheiten und sein Mittagessen mit der Elite. Er verdrängte die lästigen Erinnerungen und marschierte mit schnellen, selbstbewussten Schritten auf die Quilliärwachen an der Palasttür zu.

»Deine Genehmigung, bitte.«

Aaron zog ein zusammengefaltetes Dokument aus seiner Jackentasche und reichte es der Wache.

»Passwort?«

»Quill floriert, wenn die Starken überleben.«

»Die Kommandeure erwarten dich«, sagte die Wache. Der Mann öffnete die knarrende Tür und Aaron trat ein.

Die Kommandeure Haluki und Strang standen in der spärlich beleuchteten Eingangshalle. »Guten Tag, Aaron«, begrüßte Haluki ihn und begutachtete den Jungen mit geübtem Auge von Kopf bis Fuß. »Du bist zum ersten Mal hier. Muss ich dich daran erinnern, dass du mit niemandem über diesen Besuch sprechen darfst?«

»Das ist nicht nötig, Sir, aber ich danke Ihnen trotzdem.«

»Sehr gut. Folge mir.« Ohne ein weiteres Wort wandte Haluki sich ab und marschierte zackig einen dunklen steinernen Korridor hinunter. Aaron hastete ihm hinterher, den Blick starr geradeaus gerichtet, während Strang die Nachhut bildete.

Sie betraten einen Raum mit einem langen Tisch, um den ein Dutzend Stühle standen. Drei Frauen und ein Mann saßen am hinteren Ende des Tisches und unterhielten sich leise, die Köpfe zusammengesteckt. Zwei der Frauen konnten nicht älter als zwanzig sein, und auch der Mann wirkte noch recht jung. Aarons Blick huschte flüchtig zu einer Ansammlung von Topfpflanzen in der Ecke des Raumes, bevor er hastig wieder woanders hinschaute. Er behielt den leeren Ausdruck im Gesicht, frei von jeder Überraschung beim Anblick des Grüns im Inneren des Gebäudes.

»Guten Tag, Kommandeure«, grüßte Strang die vier am Tisch. Es folgte ein Austausch weiterer höflicher Begrüßungen. »Das ist der junge Aaron Stowe, der Entwickler des Favoritenfarmprogramms.«

»Sei gegrüßt, Aaron Stowe«, kam die emotionslose Erwiderung, obwohl Aaron ihnen allen in seinem halben Jahr an der Universität bereits das eine oder andere Mal begegnet war.

»Guten Tag, Kommandeurinnen, Kommandeur«, entgegnete er.

Aaron, Haluki und Strang gesellten sich zu den anderen vier, die ihre Unterhaltung wieder aufnahmen, an den Tisch. Aaron setzte sich an den Rand und betrachtete seine auf dem Tisch gefalteten Hände. Er war erfüllt von Ehrfurcht, dass es ihm erlaubt war, zuzuhören, wie die Kommandeurinnen und Kommandeure neuere und seit Längerem bestehende Probleme bezüglich der Qualität der Quillitärfahrzeuge und der aktuellen Situation in Sachen Wasserknappheit diskutierten. Als sich die Tür erneut öffnete, traten zwei Quillitärwachen ein, gefolgt von der statuenhaften Hohepriesterin Justine. Ihr folgten zwei weitere Wachen, blieben jedoch an der Tür stehen.

Alle sprangen abrupt auf und drehten sich zu der Frau um. Aaron schluckte schwer – er war ihr noch nie zuvor so nahe gewesen. Er senkte den Kopf, wie es sich gehörte, allerdings erst, nachdem er einen Blick auf ihr markantes Gesicht geworfen hatte, in dem sich Falten um ihre brennenden schwarzen Augen und ihren verkniffenen Mund in ihre Haut schnitten. Ihr Haar trug sie offen, wie immer, weiße, natürlich wirkende Strähnen in das Silber gemalt. Ihr Gewand, eine farblose, fließende Robe, war von einem schwarzen Umhang verdeckt, der schwer auf ihren Schultern ruhte.

Direkt nach Hohepriesterin Justine erschien eine kleine Entourage aus Bediensteten, die einen quietschenden Wagen schoben, auf dem das Mittagessen transportiert wurde.

Schließlich verneigten sich Aaron und die Kommandeure tief vor ihrer imposanten Herrscherin.

Justine blickte sich mit leicht nach oben gezogener Augenbraue um. Bei Aaron hielt sie inne, und ihr abschätzender Blick schien Gefallen an dem Jungen zu finden. »Der junge Mr Stowe, wie ich annehme«, zerschnitt ihre kräftige Stimme die Stille.

»Für immer zu Euren Diensten, Madam Hohepriesterin«, murmelte Aaron, wie man es ihm beigebracht hatte. »Mögen Quills Feinde tausend Tode sterben.«

Sie hielt ihm ihre Hand hin, ihre langen Finger schlaff ausgestreckt. Aaron umschloss ihre Hand mit seiner und neigte den Kopf ganz tief darüber, wie man ihn angewiesen hatte. Die Finger der Hohepriesterin waren kalt wie Stacheldraht in einer frostigen Nacht.

Das magische Kampftraining

Ms Octavia saß hinter ihrem Pult, als Alex ins Zimmer schlurfte, die Halbbrille gefährlich auf ihrer Schnauze balancierend, ihre Arme mit einem halben Dutzend unzusammenhängender Aktivitäten beschäftigt.

Unsicher blieb er kurz hinter der Tür stehen, beschämt, weil er am Tag zuvor den Unterricht geschwänzt hatte. Er sah zu, wie die Oktogatorin mit einem Arm etwas auf ein Blatt Papier auf ihrem Pult kritzelte und mit einem anderen etwas auf die Tafel hinter ihr schrieb, während ein dritter neben ihr auf einer Staffelei malte. Als sie Alex' Anwesenheit bemerkte, unterbrach sie all ihre Aktivitäten und lächelte ihn an.

»Komm rein«, forderte sie ihn auf. »Setz dich.«

Alex trat zu ihr an den Schreibtisch und ließ sich auf dem Stuhl neben ihr nieder.

»Fühlst du dich heute besser?«, erkundigte Ms Octavia sich.

»Ich – ja.«

»Ich mache mir ein bisschen Sorgen um dich.« Ihr Lächeln verblasste und ihre Stimme nahm einen ernsteren Unterton an. »Würdest du gerne darüber sprechen, was dich in letzter Zeit so bedrückt hat, Alex?«

Alex lief knallrot an und rutschte auf seinem Sitz hin und her. »Ich … ähm …«

Ms Octavia wartete geduldig. Schließlich tätschelte sie ihm die Schulter. »Schon gut. Lass uns stattdessen über das magische Kampftraining sprechen. Ich bin mir sicher, du freust dich genauso sehr wie ich, dass es endlich losgeht.«

Alex stieß ein erleichtertes Seufzen aus. »Ja, Ma'am.«

»Und wahrscheinlich fragst du dich auch, warum ich dich so lange davon abgehalten habe. Es muss ja die reinste Folter für dich gewesen sein.«

»Na ja …« Alex schaute auf seine Schuhe hinunter. »Es schien den anderen jedenfalls Riesenspaß zu machen, mich mit ihren Zauberstreichen aufzuziehen.« Er meinte damit vor allem Lani. »Ich dachte, ich muss ja ziemlich mies in allem sein, wenn ich so lange nicht zugelassen werde.«

Ms Octavia schloss die Augen und seufzte tief. Als sie sie wieder öffnete, blickte sie zur Tür des Klassenzimmers und nickte. »Komm herein, Marcus.«

Alex drehte sich auf seinem Stuhl um. Mr Today betrat den Raum und schloss die Tür hinter sich. »Ich fürchte, ich bin derjenige, der schuld ist an all deinen Schwierigkeiten, Alex«, gestand er.

Alex wusste nicht, was er sagen sollte. Alles, was ihm dazu einfiel, war: »Oh.«

»Ich möchte nicht, dass du Ms Octavia deswegen Vorwürfe machst, da sie nur meine Anweisungen befolgt hat.« Mr Today legte die Finger auf Ms Octavias Tischkante, setzte sich jedoch nicht. »Alles, was ich dir im Augenblick sagen kann, ist: Ich habe dich zurückgehalten, weil ich glaubte, ich würde dich und Artimé dadurch schützen, aber ich habe mich geirrt, mein Junge. Du verfügst über unvergleichbare Gaben. Ich freue mich schon sehr darauf, deine Fortschritte mitzuerleben.«

»Ich – danke, Sir.« Alex hätte wirklich gerne gewusst, wie es irgendjemanden schützen sollte, ihn vom Kampftraining abzuhalten, aber er traute sich nicht, danach zu fragen.

Mr Today nickte, und obwohl seine Augen matt wirkten, war auch ein leichtes Funkeln darin zu erkennen. »Und jetzt mach dich an die Arbeit.« Er lächelte und verließ das Zimmer.

Alex blinzelte verdutzt.

»Na, damit wäre das ja geklärt, nicht wahr?«, bemerkte Ms Octavia hastig. »Dann machen wir uns wohl wirklich besser an die Arbeit, oder?«

Alex nickte energisch, und ein fettes Grinsen breitete sich auf seinem Gesicht aus, als Ms Octavia eine Kampfweste aus dem Klassenzimmerschrank holte. Sie reichte sie ihm. »Herzlichen Glückwunsch«, sagte sie, und ihr Lächeln war zahnreich und aufrichtig.

Alex streifte die Weste über. »Danke«, erwiderte er, seine Kehle zu zugeschnürt, um noch mehr zu sagen. *Endlich,* dachte er. *Endlich.*

»Zunächst einmal«, begann Ms Octavia, »werden wir

über die Grundlagen der Magie sprechen.« Sie öffnete eine Schublade und holte eine Handvoll gewöhnlicher Künstlerutensilien heraus: einen Pinsel, einen Bleistift, einen Radierer, mehrere Büroklammern und ein Stück Kreide.

Alex sah zu, wie sie alles auf dem Tisch ausbreitete.

Sie griff nach einer der Büroklammern, bog sie auseinander und formte sie zu einer Art Dreieck, wobei sich die beiden Enden überkreuzten und ein Stück hervorragten. Mit ihren anderen Armen tat sie dasselbe mit den restlichen Büroklammern. »Alles, was wir hier in Artimé erschaffen, enthält bereits ein wenig Magie, Alex. Darum liegt die Grundlage für die Verwandlung dieser Utensilien in Waffen in deinem Geist und deiner Konzentrationsfähigkeit, mit der du diese Objekte dazu bringst, das zu tun, was sie tun sollen.«

Sie reichte Alex fünf der umgeformten Büroklammern und behielt fünf für sich selbst. »In dieser Form nennen wir die Klammern Fächerclips«, erklärte sie ihm.

Alex verstand schon bald, warum.

Ms Octavia glitt um das Pult herum und zog einen ihrer Arme zurück, als wollte sie einen Baseball werfen. »Im Augenblick konzentriere ich mich auf dieses Bild an der Wand gegenüber. Genau genommen auf die Mitte – dort soll mein Wurf landen.« Sie schleuderte die Handvoll Fächerclips auf einmal von sich, und alle fünf sausten auf die Mitte des Porträts zu. In allerletzter Sekunde fächerten sie sich jedoch auseinander, bogen zu den Rändern des Bildes ab und bohrten sich glatt durch den Holzrahmen und in die Wand.

»Cool«, hauchte Alex beeindruckt.

Ms Octavia zeigte ihm ein zahnreiches Grinsen, wurde dann jedoch wieder ernst. »Dein Geist muss in der Lage sein, sich auf die Mitte deines Ziels zu konzentrieren, Alex – und du musst darauf vertrauen, dass die Fächerclips die Ränder selbst finden werden. Wenn du nicht an die Clips glaubst, fächern sie sich nicht richtig auf und erfüllen ihre Aufgabe nicht korrekt. Deshalb ist es äußerst wichtig, die Ruhe und einen klaren Kopf zu bewahren, wenn du diese Gegenstände als Waffen einsetzt, damit dein Angriff von Erfolg gekrönt ist.«

Alex nickte, die Fächerclips in seiner Hand bereits feucht von nervösem Schweiß. »Darf ich es versuchen?«

»Unbedingt. Schieß los.«

Alex holte mit seinem linken Arm aus, konzentrierte sich auf die Mitte des Porträts und führte den Wurf dann mit aller Kraft aus.

Die Fächerclips knallten in die Mitte des Porträts und landeten dann klirrend auf dem Boden.

Alex machte ein enttäuschtes Gesicht.

Ms Octavia lächelte. »Wäre es dir schon beim ersten Mal gelungen, wärst du der Allererste in der Geschichte von Artimé gewesen. Versuch es noch einmal! Und konzentrier dich diesmal darauf, präzise zu werfen statt kraftvoll. Die Klammern verfügen über die magische Kraft, ihr Ziel zu finden – und wir wollen schließlich nicht, dass du dir schon an deinem ersten Tag den Arm auskugelst.« Sie kicherte, als Alex zur Wand eilte, um seine Clips vom Boden aufzuheben.

Sein zweiter Versuch endete damit, dass eine der Klammern perfekt in die obere linke Ecke des Porträts abbog, während der Rest erneut nutzlos zu Boden fiel.

»Gut gemacht«, lobte Ms Octavia ihn. »Ich habe eine Theorie, dass Linkshänder die Wurfzauber schneller beherrschen als Rechtshänder. Dieser spezielle Zauber ist immer eine gute Wahl für den Anfang, und du hast bewiesen, dass meine Theorie durchaus stichhaltig ist, mein Junge!«

»Danke!«, erwiderte Alex, nicht ganz so begeistert von seinem Fortschritt, wie seine Tutorin es zu sein schien, auch wenn er sich trotzdem freute, dass er endlich die Chance bekam, seine Kunst als Waffe einzusetzen.

»Allerdings«, warnte Ms Octavia ihn, »ist mit Fächerclips nicht zu spaßen. Sie können tödlich sein – oder zumindest ernsten Schaden anrichten, wenn der Zauber von einem verbalen Element begleitet wird. Fürs Erste beschränken wir uns aber auf die wortlose Variante. Versuch es noch mal.«

Alex konzentrierte sich und warf die Clips erneut, dann noch einmal, und noch einmal. Als sich ihre Trainingsstunde dem Ende zuneigte, war es ihm fünfmal in Folge gelungen, die Fächerclips in den Rändern des Porträts zu versenken.

»Und jetzt«, forderte Ms Octavia ihn auf, »wirf sie auf mich.«

»Was? Nein, das kann ich nicht!«

»Doch, kannst du«, erwiderte sie ruhig. »Ich vertraue dir. Du schaffst das. Ich will, dass du siehst, was die Klammern tun, wenn du einem lebendigen Gegner gegenüberstehst.«

»Aber ...«

»Alex, das ist ein Befehl.« Ms Octavia richtete sich vor der Wand zu ihrer vollen Größe auf und vergewisserte sich, dass all ihre Arme an ihren Seiten herabhingen und nicht durch die Luft schwebten, wie sie es manchmal taten, wenn sie sich auf etwas konzentrierte.

Alex zögerte und starrte seine Tutorin hilflos an. »Wie könnte ich ...? Was, wenn irgendetwas schiefgeht?«

Ms Octavia blickte Alex fest in die Augen. »Alex, ich kann gar nicht in Worte fassen, wie entscheidend es ist, dass du deine Angst überwindest. Denn eines Tages – vermutlich eher früher als später – wirst du kämpfen müssen. Es ist meine Aufgabe, dich darauf vorzubereiten. Also, konzentrier dich, nimm dein Ziel ins Visier und wirf! Jetzt sofort!«

Ihre strenge Stimme dröhnte in Alex' Ohren. Schließlich nickte er, zog seinen Arm zurück, fokussierte ihre Körpermitte und nahm seine ganze Konzentration zusammen. Dann schleuderte er die Fächerclips von sich und sie sausten im Verbund durch die Luft. Im letztmöglichen Moment fächerten sie sich jedoch auseinander, fanden ihr Ziel und blieben fest darin stecken.

Ms Octavia zuckte noch nicht einmal mit der Wimper. »Gut gemacht. Siehst du? Ich stecke fest. Die Fächerclips haben sich durch meine Kleidung gebohrt und mich an der Wand festgepinnt, meine Haut aber nicht verletzt. Du hast mich erfolgreich davon abgehalten, mich zu bewegen, dich anzugreifen oder weiterzukämpfen, bis es mir gelingt, mich wieder aus ihren Krallen zu befreien.«

Alex, der die ganze Zeit die Luft angehalten hatte, seufzte erleichtert. Er wischte sich mit dem Handrücken den Schweiß von der Stirn.

»Freilassen«, befahl Ms Octavia den Fächerclips, und sie fielen zu Boden. Sie trat von der Wand weg und sammelte die Klammern wieder ein.

»Dann«, dachte Alex laut, »muss der Gegner also vor einer Wand stehen, damit der Zauber funktioniert? Das ist nicht sonderlich praktisch.«

»Es muss nicht unbedingt eine Wand sein. Ein Baum tut's auch. Aber es gibt noch andere Möglichkeiten, die Klammern zu lenken.« Sie lehnte sich verschwörerisch zu ihm. »Deine Freunde haben das bei ihrem Training wahrscheinlich noch nicht behandelt, da sie zuerst ihre eigenen Fokuszauber lernen, aber ich werde es dir verraten, wenn du mir versprichst, es gegen niemanden außer einem echten Feind einzusetzen.«

Alex' Augen weiteten sich. Er nickte. »Ich verspreche es.«

Ms Octavia grinste. »Befindet sich dein Ziel auf offenem Gebiet, lautet das verbale Element des Zaubers ›Extraschwung!‹ Du sprichst das Wort aus, wenn du die Klammern abfeuerst. Sie fächern sich dann zwar wie üblich auseinander, fliegen aber weiter und zerren deinen Gegner so weit wie nötig mit sich, bis sie etwas Solides finden, an dem sie ihn festpinnen können.«

»Heiliger Strohsack!«, stieß Alex mit leuchtenden Augen aus.

»Das kannst du laut sagen. Manchmal kann man unterwegs sogar noch ein oder zwei weitere Gegner einsammeln, dann werden alle Ziele übereinandergestapelt! Es ist wirklich lustig anzuschauen«, freute sie sich. »Aber du musst aufpassen, dass keiner deiner Freunde in der Schussbahn hinter deinem Feind steht, sonst könnte es ihn oder sie auch erwischen.«

»Wow!«, staunte Alex. »Was können die Dinger sonst noch?« Er hielt die Fächerclips in der Hand und betrachtete sie mit neuer Bewunderung.

»Nun«, antwortete Ms Octavia und wurde wieder ernst, »wie ich bereits sagte, können sie ernste Verletzungen verursachen oder sogar töten. Aber dafür muss man das verbale Element kennen.«

»Und das wäre?«, wollte Alex wissen.

Ms Octavia zögerte. Sie presste ihre breiten Lippen zusammen und versteckte all ihre Zähne. »Ich glaube, du bist noch nicht bereit dafür. Es ist ein Zauber der höheren Klasse – ein bisschen zu gefährlich in den Händen eines Neulings.«

Alex nickte, auch wenn er sehr enttäuscht war. »Ich verstehe«, sagte er. Er war einfach nur dankbar, dass er überhaupt irgendwelche Zauber erlernen durfte. Dennoch begann sein Verstand sofort zu rattern, und er fragte sich, wie diese mächtigen Worte wohl lauten mochten.

Lektionen und Warnungen

Alex flog förmlich durch die ersten Wochen seines magischen Kampftrainings, wild entschlossen, die anderen einzuholen. Wann immer er nicht im Unterricht oder beim Training war, wo er lernte, sich selbst unsichtbar zu malen, schlagkräftige Gedichtzauber studierte oder Kreideumrisse zeichnete, mit denen man eine Zielperson auf unbestimmte Zeit in einer fixen Position erstarren lassen konnte, hielt er sich in seinem Zimmer auf, um all das Gelernte zu üben. Er kam oft zu spät zu den Lektionen und ging früher, um mit niemandem reden zu müssen. Auch die meisten Mahlzeiten nahm er in seinem Zimmer ein, weil er seine Verärgerung über Lani, die ihn weiter mit ihren Streichen traktierte, noch immer nicht verbergen konnte. Er antwortete nicht auf die Nachrichten, die seine Freunde ihm über seine Wandtafel schickten, obwohl Clive all diese Nachrichten natürlich recht lautstark überbrachte. Alex wünschte sich sehnlichst, er hätte seinen Schhhh-Knopf wieder zurück.

Und so kam es, dass Alex sich nach der Inspektion der Kommandeure fast komplett von seinen Freunden abwandte. Dennoch vermisste er die Momente der Kameradschaft, die er mit den anderen teilte, wenn sie ihn nicht gerade auslachten oder sich über ihn empörten. Deshalb beschloss Alex eines Morgens, zum Essen doch in den Speisesaal hinunterzugehen.

»Warum antwortest du nicht auf unsere Nachrichten?«, wollte Lani beim Frühstück wissen und zog einen dramatischen Schmollmund.

»Ja, warum?«, fragte auch Meghan.

Alex stellte sein Essen auf den Tisch und setzte sich schwerfällig hin. Er war es leid, angebrüllt zu werden. Er schaute zu Samheed, der nur eine Augenbraue hochzog und sich einen weiteren Löffel Marmelade für seinen Toast nahm.

»Hallo, Samheed«, grüßte Alex ihn demonstrativ.

»Awex.« Samheeds Mund war zu voll, um mehr zu sagen.

»Wir wollten nicht mit dir schimpfen, wir haben nur … Wir haben uns nur Sorgen gemacht, weil du dich kaum noch hast blicken lassen«, sagte Lani.

»Ich hab mir keine Sorgen gemacht«, widersprach Samheed ihr, nachdem er geschluckt hatte. »Ihr habt euch Sorgen gemacht.«

»Ich meinte ja auch Meg und mich.« Lani warf Samheed einen wütenden Blick zu.

»Ich hab mir auch keine Sorgen gemacht«, verkündete Meghan. »Na ja, keine großen zumindest.«

Lani lief knallrot an und lümmelte sich auf ihrem Stuhl zurück. »Na schön: *Ich* hab mir Sorgen gemacht.«

»Na, dann legt endlich los«, forderte Alex sie heraus. »Staucht mich zusammen, dann haben wir es hinter uns.«

»Meinst du wegen der Sache mit der Inspektion?«, fragte Meghan. »Ist doch längst vorbei. Es redet kaum noch jemand darüber.«

»Ja, klar. Und warum sitzt Ms Morning dann da drüben und durchbohrt mich förmlich mit ihrem Blick?«

Meghan drehte sich zu ihrer Musiktutorin um und winkte ihr zu. Ms Morning schreckte hoch und blinzelte heftig, doch dann breitete sich ein freundliches, beinahe verlegenes Lächeln auf ihrem Gesicht aus, während sie Meghan zunickte. »Siehst du, Alex? Sie hat dich überhaupt nicht angeguckt.«

Alex zuckte mit den Schultern und wollte gerade etwas erwidern, als die riesige Wandtafel im Speisesaal zum Leben erwachte und Oscar – denn das war sein Name – verkündete: »Achtung, Lehrlinge. Bitte begebt euch heute Morgen ins Theater anstatt zu eurer ersten Lektion.« Die Ankündigung war in Stereo überall in der Villa erschallt. Oscar verschmolz wieder mit dem Bildschirm, auf dem seine Worte noch einmal in großen Neonbuchstaben aufleuchteten, damit sie auch die Aufmerksamkeit der weniger wachsamen Lehrlinge erregten.

»Oh, schau mal, Alex«, sagte Samheed. »Sie schreiben jetzt alles extrabunt, damit du nichts mehr verpasst.«

An einem gewöhnlichen Tag, wenn Alex in besserer Stimmung gewesen wäre, hätte er darüber gelacht oder mit einer ebenso spitzen Retourkutsche geantwortet. Aber Alex hatte seit über einem Monat keinen gewöhnlichen Tag mehr erlebt. Und obwohl er ganz begeistert von seinen ersten Wochen des Kampftrainings war, tat es ihm immer noch weh, dass Lani ihn weiter mit ihren Zaubern von den Füßen holte, obwohl er sie gebeten hatte, damit aufzuhören. Und er fühlte sich noch immer ganz schrecklich, weil er bei der Inspektion der Kommandeure eine Beinahekatastrophe verursacht hatte. Und er war noch immer sehr einsam und vermisste Aaron unheimlich. Und wahrscheinlich brauchte er einfach ein paar tröstende Worte, aber keiner seiner Freunde schien noch bereit zu sein, sie ihm zu schenken, nachdem er sie so vor den Kopf gestoßen hatte. Und an diesem speziellen Morgen hatte er auch wirklich keinen Nerv für Samheeds Sarkasmus, da Clive – der sich vor Lachen nicht mehr eingekriegt hatte, als Alex mehrmals nacheinander kläglich bei dem Versuch gescheitert war, einen Unsichtbarkeits-Pinselzauber bei sich selbst anzuwenden – ihn bereits mit einer vollen Dosis Häme versorgt hatte.

Und deshalb schob Alex, anstatt ihn einfach zu ignorieren, seinen Stuhl zurück, lehnte sich zu Samheed und ballte die Fäuste auf dem Tisch, einen wilden Ausdruck in seinen Augen. »Nicht lustig, Burkesh.«

»Mann, Alex. Das war doch nur ein Witz.«

»Ich hab allmählich genug von euren verfluchten Witzen«, erwiderte er.

»Mach dich mal locker, Kumpel«, sagte Samheed und schob seinen Stuhl ebenfalls langsam zurück. Er wusste, dass Alex es nicht wirklich mit ihm aufnehmen konnte, und wollte ihm nicht noch mal ins Gesicht schlagen müssen.

»Ich? *Ich* soll mich locker machen? Oh, du traust dich was.« Alex ging langsam um den Tisch herum auf Samheed zu.

Lani erhob sich. »Ich erledige ihn für dich, Sam!« Sie begann, eine Beschwörung zu murmeln.

Alex wirbelte zu ihr herum. »Und du! Eines Tages, und zwar schon bald, wird es dir sehr leidtun, dass du ...« Er verstummte, als Lani über seinen Kopf zeigte, ein Kreischen ausstieß, mitten im Zauber erstarrte und zu Boden fiel. Der ganze Speisesaal brach in Gebrüll und verängstigte Schreie aus.

»Was... wer...?« Alex blickte sich hastig um, um zu sehen, was passiert war.

Samheed, einen schockierten Ausdruck auf dem Gesicht, zeigte nach oben und tauchte dann unter einen nahen Tisch, während Meghan sich taumelnd von ihrem Stuhl erhob und sich so schnell sie konnte in Sicherheit brachte.

Alex hob den Blick. Die mächtigen Hinterpfoten des großen, geflügelten Geparden rauschten blitzschnell auf ihren Tisch herab und hatten ihn schon beinahe erreicht. Alex machte einen Hechtsprung zur Seite und wurde beinahe durch den Saal geschleudert, als ihn die Flügelspitze des Geparden am Rücken streifte.

Simber landete anmutig auf dem Tisch, schlug jedoch so kräftig mit den Flügeln, dass der Luftstoß die Teetassen von ihren Untertellern fegte. »Das rrreicht!«, brüllte er und blickte zu Lani. »Sparrrt euch eurrre Zauberrr fürrr eurrre Feinde auf!«

Nach einem Moment völliger Stille legte das riesige Raubtier elegant die Flügel an, wendete vorsichtig zwischen den Tischen und schritt dann anmutig durch den Speisesaal, den Flur hinunter und zurück zum Eingang, wo es auf seinen Sockel sprang und wieder seinen üblichen Platz einnahm.

Ms Morning eilte an ihren Tisch, half Lani, sich aufzusetzen, und vergewisserte sich, dass Alex nicht verletzt war. Samheed kroch wieder unter dem Tisch hervor und klopfte sich ab, während auch Meghan mit aufgerissenen Augen zu ihnen zurückkehrte. Im Raum war es vollkommen still, als die vier Freunde nur dastanden und einander anstarrten. Lani war noch immer ein wenig blass und zittrig, ansonsten jedoch unversehrt … zumindest, wenn man außer Acht ließ, dass die anderen noch tage-, wenn nicht gar jahrelang mit dem Finger auf sie zeigen und sie auslachen würden, weil sie dafür gesorgt hatte, dass Simber der Geduldsfaden gerissen war.

Den vieren war der Appetit vergangen, und sie wandten sich ohne weiteres Aufheben ab und gingen zu den Röhren hinüber, bevor sie sich einen Sekundenbruchteil später im Theater wiedertrafen. Es war nicht nötig, noch einmal zu erwähnen, was passiert war. Eine von ihnen wünschte sich, es für immer vergessen zu können, während ein anderer hoffte, er würde sich für immer an den Moment erinnern, in dem die furchterregendste Kreatur in Artimé zu seiner Verteidigung geeilt war. Doch vor allem wünschte Alex sich sehnlichst, dass es den Beginn neuer, glücklicherer Zeiten bedeutete.

Er kaute auf seiner Unterlippe herum, weil er sehr wohl wusste, dass er selbst ein entscheidender Grund dafür war, dass die Dinge im Augenblick nicht besonders gut liefen. Er hatte ein schlechtes Gewissen wegen seines Ausbruchs vorhin. Verlegen schaute er zu Lani. Er musste sich wirklich besser in den Griff kriegen. »Tut mir leid, Leute«, sagte er, als sie zu ihren Plätzen gingen. »Ich war in letzter Zeit ein ziemlicher Vollidiot.«

Meghan lächelte, und Samheed boxte ihn ganz leicht gegen die Schulter. Lani nickte nur und hielt den Blick auf den Boden gerichtet. »Schon okay«, murmelte sie nach einer Weile.

Die Plätze im Theater füllten sich rasch, und es war Gemurmel in der Menge zu hören, wobei die eine Hälfte die dramatische Szene im Speisesaal diskutierte, während die andere sich fragte, was wohl so wichtig sein konnte, dass es nach einer solchen Großversammlung mit sämtlichen Kreaturen, Lehrlingen, Tutorinnen und Tutoren, Familien und sogar den kleineren Kindern verlangte. Auch Simber und Florence erschienen recht abrupt und bauten sich in ihrer vollen Größe und Eleganz im hinteren Teil des Raumes auf, wobei Meghan sich wunderte, wie sie überhaupt in die Röhren gepasst hatten. Als Mr Today jedoch entschlossenen Schrittes die Bühne betrat, verflogen all diese Gedanken ebenso wie das Gemurmel der Menge.

Die meisten Kreaturen saßen vorne, da sie kleiner waren als die Menschen. Die geflügelten Wesen schwebten unter der Decke, einschließlich Jim, der mit langsamen Flügelschlägen auf und ab hüpfte wie ein Jo-Jo. Jedes Mal, wenn er seine mächtigen Flügel nach unten schwang, stieg er an die Decke empor, bei jeder Flügelbewegung nach oben sank er mehrere Meter abwärts, manchmal so tief, dass die unter ihm Sitzenden hin und wieder nervös nach oben schauten, um sicherzugehen, dass er nicht abstürzen und sie in gefiederte Pfannkuchen verwandeln würde.

»Guten Morgen«, begrüßte Mr Today die Versammelten. Seine Zuschauer schwiegen. Selbst die Schnabelgeien bissen sich auf die Zunge, wann immer Mr Today zu sprechen begann, was ihnen gewiss sehr schwerfiel, vor allem, wenn sich ihnen wie in diesem Fall ein so großes Publikum geboten hätte.

»Danke, dass ihr alle so kurzfristig erschienen seid. Wobei mir wieder einfällt: Hat irgendjemand Alex Stowe gesehen? Wie bitte? Oh, er ist hier? Wundervoll!« Der Magus kicherte fröhlich und lächelte in Alex' Richtung, woraufhin auch die Menge zu lachen begann, recht erleichtert darüber, dass Mr Today zu Scherzen aufgelegt zu sein schien. Alex lief knallrot an und grinste widerwillig, was sich als das Beste erwies, was er hatte tun können, denn es nahm eine gewaltige Menge Druck von ihm. Später, als er noch einmal über diesen Moment nachdachte, war er sogar dankbar für so viel Aufmerksamkeit.

»Doch ich möchte nun zum eigentlichen Punkt kommen – und zu der Aufgabe, die möglicherweise vor uns liegt«, fuhr Mr Today in ernstem Tonfall fort. »Zunächst einmal: Ich möchte euch gewiss keine Angst einjagen. Wir haben alle gelernt, dass es in Quill genügend Angst vor dem Unbekannten gibt, um uns alle noch Jahre später wegen nichts und wieder nichts in schiere Panik zu versetzen. Vielmehr habe ich euch heute Morgen alle hier versammelt, weil ich nichts vor euch verstecken will.« Er hielt inne und ließ den Blick über die Menge schweifen.

»Wie ich bereits in den vergangenen Jahren immer wieder deutlich gemacht habe, habe ich Grund zu der Annahme, dass wir irgendwann entdeckt werden könnten. Jede und jeder von euch weiß das – ich habe nie versucht, es vor euch zu verheimlichen. Und auch wenn Artimé ein magischer Ort ist, wurde er doch von meinen alles andere als unfehlbaren menschlichen Händen erschaffen. Darum habe ich euch auch niemals Perfektion, absolute Sicherheit und völlige Abschirmung versprochen, und das werde ich auch weiterhin nicht tun.

Ich trete heute mit nicht viel mehr als einer Ahnung vor euch, einer Vermutung, dass uns die Menschen von Quill schon bald entdecken werden, irgendwann vor der Ankunft des nächsten Jahrgangs Ungewollter in ein paar Monaten – und ja, ›irgendwann‹ könnte kommende Woche bedeuten oder den Tag der nächsten Tilgung, auch wenn ich glaube, dass es eher früher als später passieren wird.« Eine Woge des Flüsterns schwappte von einer Seite des Theaters zur anderen.

»Ihr fragt euch vielleicht, was dann passieren wird.

Ich habe darauf keine Antwort. Vielleicht gar nichts. Es ist jedoch wahrscheinlicher, dass Hohepriesterin Justine und ihre Kommandeurinnen und Kommandeure so wutentbrannt sein werden, dass sie vor nichts haltmachen werden, um uns zu töten.«

In der auf diese Worte folgenden Stille verfiel niemand in Panik. Jeder und jede Einzelne in der Menge wusste, dass sie sich die ganze Zeit darauf vorbereitet hatten, dass dieser Tag kommen würde. Und auch wenn keiner von ihnen wollte, dass es passierte, wussten alle, worin der Sinn und Zweck des magischen Kampftrainings bestand, und sie kannten die Gefahren, denen sie sich möglicherweise ausgesetzt sehen würden. Und da die meisten Menschen im Saal dem Tod schon einmal ins Auge geblickt hatten, war dies kein so großer Schock für sie, wie es ansonsten womöglich der Fall gewesen wäre.

»Und deshalb«, fuhr Mr Today fort, »beginnen wir heute ganz gezielt mit den Vorbereitungen und werden weitere Gruppenlektionen abhalten, damit wir alle besser verstehen, welche Vorteile es mit sich bringt, wenn wir als Krieger *gemeinsam* kämpfen, statt jeder für sich allein und mit einem eigenen Plan. Außerdem werden wir die Lektionen zur Anwendung von Zaubersprüchen verdoppeln und euch die Gelegenheit bieten, eigene Zauber zu erschaffen. Ihr werdet während dieser Lektionen auch reichlich Zeit zum Üben bekommen.

Bitte denkt daran, dass ich euch zwar nicht vorschreiben will, wie ihr zu kämpfen habt, da wir alle mit unseren eigenen Methoden und Gefühlen an diese Sache herangehen, aber ich persönlich folge dennoch dem Grundsatz, im Kampf ausschließlich auf nicht tödliche Waffen sowie meine Kreativität und Erfindungsgabe zurückzugreifen. Einige von euch werden es als Unrecht empfinden, einen anderen Menschen zu töten, ganz gleich, aus welchem Grund oder ob er seinerseits schon einmal versucht hat, euch zu töten. Ihr werdet zweifellos andere Mittel und Wege finden, um euch selbst zu schützen und jene in eurer Nähe.

Andere von euch toben hingegen noch immer vor Wut und Verachtung für das, was die gehirngewaschenen Menschen in Quill euch angetan haben, und sie werden gewiss nicht zögern, dasselbe Urteil über sie zu vollstrecken, das sie einst über euch verhängten – oder zumindest das Urteil, dessen Vollstreckung sie nicht verhindert haben. Euch bitte ich nur, schon jetzt über euer zukünftiges Handeln und eure Motivation nachzudenken, damit ihr euch eurer Entscheidungen wirklich sicher seid. Ich möchte nicht, dass irgendjemand hier für den Rest seines oder ihres Lebens mit einer überstürzten Wahl leben muss.« Mr Today senkte für einen Moment den Kopf und sprach dann mit kraftvoller Stimme weiter.

»Seid versichert, meine lieben Mit-Artiméerinnen und -Artiméer, dass es mehr bedarf als Stärke und Intelligenz, um eine Schlacht zu gewinnen – es bedarf der Kreativität, vielfältiger Fähigkeiten und gesunden Menschenverstands, und Artimé strotzt nur so vor alldem! Lasst uns von nun an zusammenarbeiten, alle gemeinsam, um unsere Kreativität und unsere Talente auf die bestmögliche Weise auszuschöpfen. Um noch stärker und selbstbewusster zu werden. Um jeder Herausforderung, die sich uns stellt, mit Vernunft und Würde zu begegnen.

Meine größte Hoffnung«, schloss er, »ist es, dass meine Ahnung mich trügt. Aber falls nicht, werden wir vorbereitet sein.« Mr Today faltete die Hände und senkte leicht den Kopf. Die Menschen von Artimé zögerten kurz, brachen dann jedoch in gemeinsame Jubelrufe und Applaus für ihren geliebten Anführer aus.

In dem Tumult schien niemand zu bemerken, dass sich Will Blair und Samheed heimlich zu den Röhren davonstahlen.

Gemeinsam in Aktion

Samheed war der Letzte, der in der Bibliothek der magischen Künste eintraf. Er ließ sich auf den Stuhl neben Lani plumpsen, die ganz vertieft über ein großes, kunstvoll verziertes Zauberbuch gebeugt saß. Alex und Meghan arbeiteten gemeinsam mit buntem Origamipapier, folgten zunächst den Anleitungen, die sie in der Gruppenlektion des Kampftrainings erhalten hatten, und ließen dann ihre eigene Kreativität einfließen. Alex war entschlossen, die anderen in seinen Privatlektionen nicht nur einzuholen, sondern sich auch einen Namen zu machen, indem er einen einzigartigen Zauber erschuf, der wirklich funktionierte und richtig nützlich war.

»Süß«, bemerkte Samheed sarkastisch. Er legte seine Skripte vor sich auf dem Tisch ab und betrachtete die darauf verstreut liegenden dreidimensionalen Papiertiere genauer. Er schnappte sich eines von ihnen: ein grüner Drache, nicht größer als seine Handfläche. »Was sollen die noch gleich können?«

»Tja, der hier scheint gar nichts zu können«, murmelte Meghan grübelnd. »Ich komme einfach nicht dahinter.

Das Ding fliegt nur im Kreis, bis ihm irgendwann die Luft ausgeht. Wozu soll das gut sein?«

Samheed versuchte, den Drachen wie einen Papierflieger segeln zu lassen. Und tatsächlich: Er kreiste über dem Tisch, schlug ein paarmal unbeholfen mit den Flügeln und stürzte dann in einer Bruchlandung ab. »Was ist denn los, Alex? Ist das nicht deine Spezialität?«

»Ich versuch's ja«, brummte Alex. »Allerdings hab ich einen ganz entscheidenden Nachteil, wie du weißt.«

»Wieder diese alte Leier«, stöhnte Samheed. »Mit dieser Einstellung wirst du uns niemals einholen.«

Alex schnitt eine fiese Grimasse.

»Hört auf, alle beide. Wir sollen zusammenarbeiten, schon vergessen?« Meghan klang ziemlich frustriert und verärgert.

Lani hob den Blick, ein wenig verblüfft. »Oh, du bist auch hier«, sagte sie tonlos zu Samheed, aber der war zu sehr damit beschäftigt, Alex' Arbeit zu begutachten. Sie warf Alex einen flüchtigen Blick zu und vergrub die Nase dann sofort wieder in ihrem Buch.

Alex hob den Drachen auf und drehte ihn vorsichtig in seinen Händen hin und her, während er im Kopf noch einmal jede einzelne der präzisen Faltanleitungen durchging und sie mit dem Drachen verglich. Er schüttelte den Kopf. »Wir haben ihn richtig gefaltet«, murmelte er. »Also warum …?«

Samheed runzelte die Stirn. »Na ja, er hat keine Augen«, bemerkte er. »Wie soll er ohne Augen sehen, wo er hinfliegt?«

»Das ist das Lächerlichste…«, begann Alex, verstummte dann jedoch. Mürrisch nahm er eine Handvoll Buntstifte aus seinem Kunstmäppchen. »Na schön. Augen.« Er skizzierte gekonnt zwei Augen und malte sie aus, indem er dem Drachen leuchtend gelbe Iris und große schwarze Pupillen schenkte. »So – damit er nachts besser sehen kann«, verkündete er dann trocken.

Er ließ den Drachen erneut fliegen, und das Papiertier kreiste genau wie zuvor. Diesmal landete es jedoch geschmeidig vor Alex auf dem Tisch, blinzelte einmal und blickte zu ihm hinauf. »Oh, hallo«, sagte Alex zu dem Drachen, bevor er wieder zu seinen Freunden aufschaute. »Das hat zumindest bei der Landung geholfen.«

Meghan grinste. »Er ist so niedlich! Ich will ihn behalten.«

Samheed rollte mit den Augen und schnaubte laut, womit er auch Lani wieder in die Gegenwart zurückholte. Sie blinzelte, betrachtete das Durcheinander aus Papieren und Origami-Tieren auf dem Tisch und sah neugierig zu, wie Alex erneut etwas auf den Drachen zeichnete.

»Eine Zunge.« Alex' eigene Zunge lugte beim Zeichnen aus seinem Mundwinkel hervor. »Und Feuer, natürlich«, sagte er, nachdem er grellorange Flammen im Maul des Drachen hinzugefügt hatte. Als er fertig war, ließ er den Drachen wieder fliegen. Er kreiste genau wie zuvor, landete geschmeidig vor Alex und spuckte eine Flamme aus seinem Maul, die die Härchen auf Alex' Arm versengte. »Autsch!«, schrie er.

Samheed und Meghan lachten, während Alex überrascht seinen Arm ausschüttelte.

Lani, die immer noch aufmerksam zuschaute, sagte mit gelangweilter Miene: »Du musst ihm sagen, wo er hinfliegen soll, du Tölpel.« Sie hatte das Wort von Earl unten im Salon übernommen, der es häufig benutzte. »Sonst kommt er immer wieder zu dir zurück.«

Meghan klatschte sich eine Hand auf die Stirn. »Argh, natürlich! Du hast vollkommen recht, Lani.«

»M-hm.« Lani nickte geistesabwesend und widmete sich bereits wieder ihrer Lektüre.

Alex hob den Drachen hoch und blickte sich in der Bibliothek um. »Greif die Statue an!«, sagte er dann und schickte ihn wieder in die Luft.

Diesmal flatterte der Drache kräftig mit den Flügeln, flog zu der Statue und sauste so schnell durch den Raum, dass die Kinder nichts als einen grünen Streifen sehen konnten. Als er sein Ziel erreichte, spuckte er zischende Flammen, die über den Körper der Statue züngelten, bevor der Drache selbst in einem kleinen Feuerball explodierte und zu Boden fiel.

Die Statue, ein mürrisch dreinblickendes Vogelstraußweibchen, öffnete die Augen und funkelte Alex wütend an. »Ich muss doch sehr *bitten!*«, empörte sie sich.

»Oh – tut mir leid«, entschuldigte Alex sich hastig. »Ich dachte, du wärst eine von den, ähm, nicht-lebendigen.«

»Wir sind *alle* lebendig, vielen herzlichen Dank. Ein paar von uns ziehen es nur vor, diese Tatsache einem

Haufen ungezogener, unzuverlässiger, mit Zaubern um sich werfender Kinder nicht zu offenbaren.«

»Kommt nicht wieder vor«, versicherte Alex mit verlegenem Lächeln.

»Natürlich«, grummelte die Vogelstraußdame. Sie streckte vorsichtig ihr angewinkeltes Bein aus, als hätte sie schon seit sehr langer Zeit in dieser Position gestanden, und humpelte dann davon, um hinter einem hohen Bücherregal Schutz zu suchen.

Der Drache war inzwischen komplett verbrannt und hatte ein kleines Aschehäuflein auf dem Boden hinterlassen. Samheed fegte die Überreste auf seine Hand und warf sie in den Mülleimer. »Nicht übel, Stowe«, lobte er. »Kannst du eine ganze Armee von denen erschaffen?«

»Na klar – jetzt weiß ich ja, wie.«

Meghan fing Alex' Blick ein und schaute dann bedeutungsvoll zu Lani.

»Oh!«, sagte Alex. »Ich meine natürlich, dank Lani.«

»Hm?«, machte Lani, sah ihn an und blinzelte mit ihren langen Wimpern.

Alex erwiderte ihren Blick für einen Moment, schaute dann jedoch schnell wieder weg. »Hi. Ich meine, danke. Vergiss es«, sagte er, plötzlich furchtbar verlegen. Insgeheim fragte er sich jedoch, wann Lani aufgehört hatte, sich wie ein kleines Kind zu verhalten – und auch so auszusehen.

Dann fiel sein Blick auf ihr Buch.

»Worüber liest du da eigentlich?«, fragte er.

Sie blätterte die vergoldete Seite um. »Tödliche Zauber«, antwortete sie.

»Ernsthaft? Wow.« Er versuchte sich vorzustellen, wie Lani jemanden tötete. Er dachte einen Moment darüber nach und kniff die Augen zusammen. »Du willst sie doch nicht an mir üben, oder?«

Lani lachte. »Kommt drauf an«, erwiderte sie. Sie sagte ihm nicht, dass das Buch nicht wirklich Mordzauber enthielt, sondern nur theoretische Abhandlungen über das Thema, verfasst von Leuten, deren Namen sie noch nie zuvor gehört hatte. »Ich schätze, du solltest lieber nett zu mir sein.«

Alex spürte, wie ihm die Hitze ins Gesicht stieg, während Lani grinsend zusah, wie er ins Schwitzen geriet. »Okay«, erwiderte er betont heiter, packte dann hastig seine Sachen zusammen und ging.

Aufgeholt

Am Ende der Woche waren sämtliche Lehrlinge bereit, mit dem praktischen Training ihrer Kampfmethoden zu beginnen. Die Gruppenlektion fand draußen auf dem Rasen statt, und zu den rund einhundert jugendlichen Lehrlingen gesellten sich rund einhundert Erwachsene sowie Tutorinnen und Tutoren, unter ihnen auch Sean Ranger und viele andere frischgebackene Absolventen. Geleitet wurde das Training an diesem Tag von keiner anderen als Florence höchstpersönlich. Die mächtige Frau aus ebenholzfarbenem Stein schwebte so anmutig über den Rasen, dass die Kinder sich selbst wieder daran erinnern mussten, wie schwer die Statue in Wahrheit war. Sie zogen die Zehenspitzen ein, wenn Florence an ihnen vorbeikam, nur für den Fall.

»Lehrlinge, stellt euch mit dem Rücken zum Wasser auf«, dröhnte sie. »Gelehrte, entfernt euch zwanzig Schritte und stellt euch den Lehrlingen gegenüber.«

Die Gelehrten zückten verrostete Schilde, die aussahen wie die Ausrüstung, die das Quillitär wahrscheinlich bei einem Angriff verwenden würde.

»Wo haben sie die denn her?«, flüsterte Alex Samheed zu.

»Gestohlen vielleicht?«, vermutete der. »Oder einfach im Unterricht gebastelt?«

»Gestohlen? Wie denn?«

»Na ja, ›gestohlen‹ ist vielleicht nicht das richtige Wort«, erwiderte Samheed irritiert. »Ich dachte nur, jemand hätte sich vielleicht unsichtbar gemacht, sich mitten in der Nacht ins Quillitärlager geschlichen, die Schilde ebenfalls unsichtbar gezaubert und sie stibitzt. Es ist allerdings wahrscheinlicher, dass sie hier angefertigt wurden.«

Florence warf den beiden Jungen einen vernichtenden Blick zu. »Lehrlinge! Macht euch feuerbereit! Fünf Salven!«

Alex holte hastig fünf neu erschaffene Waffen aus seiner Tasche und ging in Kampfstellung. »Wie sollte überhaupt jemand hier rauskommen?«, flüsterte er, als Florence die Reihe abging, um die Waffen zu begutachten. »Einfach das Tor öffnen?«

»Nee«, flüsterte Samheed zurück, »das würde nicht funktionieren. Es ist von außen verriegelt.«

»Wie dann?«

»Keine Ahnung.« Samheed klang genervt. »Warum fragst du mich das? Ich weiß überhaupt nichts darüber.« Er schaute sich unbehaglich um.

»Ruhe!«, donnerte Florence. »Lehrlinge! Fünf Salven. Auf drei.«

Alex biss sich auf die Unterlippe und bereitete sich darauf vor, seinen ersten Origamidrachen abzufeuern. Als Florence »Drei!« brüllte, flüsterte Alex dem Drachen zu: »Greif Gegner Nummer eins an!«

Vor lauter Aufregung warf er den Drachen jedoch ein wenig zu kräftig in die Höhe. Der kleine Kerl taumelte wie wild durch die Luft und schoss in einem Sturzflug zu Boden, aus dem er sich nicht mehr retten konnte. Er knallte auf den Rasen, explodierte in einem kleinen Feuerball und erlosch zischend. »Verflixt«, grummelte Alex, als Samheeds Drache sein Ziel perfekt traf.

»Auch der Wurf ist eine Kunst für sich, Alex«, ermahnte Florence ihn.

Alex versuchte es erneut, während weitere kleine Explosionen in der Reihe zu hören waren. Einige trafen ihr Ziel, andere verfehlten es jämmerlich. Bei seinem zweiten Versuch klappte es zwar besser, aber auch diesmal erreichte er die zwanzig Schritte entfernte Gelehrte nicht. »Verflixt!«, fluchte er erneut.

Er gab die Origamimethode auf und zog stattdessen einen Farbspritzpinsel hervor. Er hielt ihn am Griff fest, zog den Arm über den Kopf zurück, kippte dann mit einem kräftigen Schwung sein Handgelenk nach vorne und schickte einen Schauer aus brauner Farbe in Richtung der ihm gegenüberstehenden Gelehrten. Als die Farbe ihr Ziel traf, spritzte sie über das Schild der Gelehrten und kroch sofort ihren Arm hinauf, wodurch der komplette Körper der Frau innerhalb weniger Sekunden in eine Schicht aus magischer Farbe getaucht war. Tatsächlich sah sie aus, als wäre sie von einer knusprigen Schokoladenhülle bedeckt, in die man am liebsten hineinbeißen würde.

»Ja!«, rief Alex freudig aus. Die Gelehrte ihm gegenüber stand wie erstarrt da. Er blickte die Reihe hinunter und sah, wie auch die anderen Lehrlinge ihre Kunst auf die bereitwilligen Erwachsenen losließen und Zauber sprachen. Alex beobachtete, wie Lani hallende Worte der Zerstörung auf ihren Kampfpartner abfeuerte und sich dabei langsam ein verängstigter Ausdruck auf dem Gesicht des erwachsenen Mannes ausbreitete. Er begann zu schluchzen, wandte sich dann voller Entsetzen ab und rannte auf den Dschungel zu.

Während Samheed seinem Partner mit chaotischen Regieanweisungen befahl, wie ein Verrückter hin und her zu rennen, wobei er mit anderen Erwachsenen zusammenstieß und auch Alex' erstarrte schokoladige Gelehrte umwarf, zog Meghan ihre Piccoloflöte hervor und ließ ihre Partnerin mit einer Melodie in Schlaf sinken. Und so ging es weiter, die ganze Reihe entlang.

Schließlich klatschte Florence in die Hände – das Geräusch glich einem Donnergrollen. Die Wirkung sämtlicher Zauber verpuffte sofort, und die Gelehrten rappelten sich wieder vom Boden auf und gingen auf ihre Plätze zurück, ein wohlwollendes Grinsen auf ihren Gesichtern. »Nicht schlecht, nicht schlecht«, lobte Florence. »Fürs erste Mal jedenfalls. Wir üben noch ein paar Runden. Lehrlinge, bitte helft diesmal den anderen, sobald ihr eure eigenen Gelehrten außer Gefecht gesetzt habt. Wir sind ein Team, und Zusammenarbeit beschert den größten Lohn bei geringstem Energieaufwand.« Die Statue blickte an beiden Reihen hinauf und hinunter. »Und versucht es diesmal mit anderen Zaubern«, wies sie die Lehrlinge an.

Lani holte eine Handvoll Fächerclips aus ihrer Hosentasche. Meghan steckte ihre Piccoloflöte wieder weg und brachte sich für einen Feuerschritt in Position. Samheed zog einen langen schwarzen Stift aus seiner Weste, und Alex formte aus Ton eine kleine Kugel zwischen Daumen und Zeigefinger, bereit, seine eigene magische Schöpfung zu testen. Auf Florence' Zeichen hin griffen die Lehrlinge alle gleichzeitig an, selbstbewusster als zuvor – und alle konnten spätestens nach dem dritten Versuch einen Erfolg verbuchen. Sämtliche Gelehrte waren außer Gefecht gesetzt.

»Wir sind unglaublich«, sagte Meghan stolz, während ihr Kampfpartner schreiend davonlief, weil seine Füße unerträglich heiß glühten.

»Ja!«, stimmte Alex ihr zu. Seine Tonkugel hatte sich in Fesseln verwandelt und die Hand- und Fußgelenke seiner Gegnerin am Boden festgemacht.

»Wirklich nicht übel«, fand auch Lani, während ihr Gegenüber versuchte, sich aus dem Griff der Fächerclips zu befreien, die den Schild mit Leichtigkeit durchbohrt und die Kleider des Gelehrten an einem nahen Baum festgepinnt hatten. »Bei vielen gewöhnlichen Zaubern besteht die Möglichkeit, sie als tödliche Version einzusetzen, weißt du?«, flüsterte sie dem neben ihr stehenden Samheed zu. »Ich hab viel darüber gelesen.«

»Ich wünschte, wir würden jetzt schon mehr darüber lernen«, erwiderte er ungeduldig, während Florence sämtliche Zauber wieder löste und die Gelehrten erneut auf ihre Plätze zurückkehrten.

»Sehr gut«, lobte die Statue. »Noch eine Runde, dann sind wir für heute fertig. Ich möchte, dass ihr für die nächste Lektion alle mit selbst erschaffenen Zaubern zurückkehrt. Aber denkt daran: nichts Tödliches!« Sie hielt inne und blickte die Lehrlinge vielsagend an. »Die sparen wir uns für ein andermal auf.«

Samheeds Magen schlug Purzelbäume vor freudiger Erwartung.

Der (beinahe) streng geheime Korridor

Nach wochenlangem intensiven Kampftraining war Alex eines Abends so erschöpft, dass er sofort nach dem Essen tief und fest einschlief. Es war bereits spät in der Nacht, als er aus dem Schlaf hochschreckte, in Schweiß gebadet. Er hatte geträumt, mal wieder. Denselben Traum von Aaron, der sich am Ende auch diesmal in einen Albtraum verwandelt hatte, als Alex sich noch einmal zu seinem Bruder umschaute – genau wie immer. Jedes Mal verwandelte Aaron sich dann in Hohepriesterin Justine, die böse lachte und sich mit einem rostigen Dreizack auf Alex stürzte. Alex wachte jedes Mal auf, kurz bevor die Hohepriesterin ihn aufspießte.

Und wann immer er aus diesem verstörenden Albtraum erwachte, konnte er hinterher nicht mehr einschlafen. Deshalb wandelte er stattdessen durch die Korridore oder holte sich in der Küche einen Happen zu essen, in dem Versuch, den Traum zu vergessen. Manchmal begegnete er dabei anderen Leuten, aber für gewöhnlich war so spät – abgesehen von den nachtaktiven Kreaturen – kaum jemand auf den Beinen.

In dieser speziellen Albtraumnacht – Alex war satt und zufrieden und hatte sämtliche Gedanken an den Albtraum erfolgreich aus seinem Kopf verbannt – beschloss er, den neuen Korridor, der ihn schon seit Wochen verlockte, genauer unter die Lupe zu nehmen.

Er sah nie jemanden hineingehen oder herauskommen, und niemand sonst schien ihn auch nur zu bemerken. Alex wagte es daher nicht, den Gang zu erkunden, wenn jemand in der Nähe war, weil es für die anderen Lehrlinge sonst so ausgesehen hätte, als ginge er durch eine scheinbar solide Spiegelwand.

Er warf einen Blick über seine Schulter, um sich zu vergewissern, dass niemand in der Nähe war, schlüpfte lautlos in den Korridor und bewegte sich auf Zehenspitzen weiter. Der Gang unterschied sich deutlich von den anderen in der Villa. Er war viel kürzer und breiter, und anstatt eines weichen Teppichbodens waren in diesem Korridor dicke, glänzende Mahagonidielen verlegt. Außerdem zierten ihn aus demselben Holz geschnitzte Säulen, während an den Wänden Gemälde in warmen Farben hingen, die dem Korridor eine sehr behagliche Atmosphäre verliehen.

Alex passierte zwei Bogentüren auf jeder Seite, die jedoch keinerlei Hinweise darauf gaben, was sich in den vier Zimmern dahinter verbarg. Außerdem waren sie abgeschlossen. Während er weiter den Flur hinunterging, näherte er sich einer Art Salon, der sich auf beiden Seiten weit über die Breite des Korridors hinaus erstreckte. Er blieb unsicher stehen. Direkt vor ihm, über einem Sofa, befand sich ein riesiges Fenster mit Blick auf den Rasen. Alex konnte die Sterne funkeln sehen und erblickte die schattigen Bäume des Dschungels in der Ferne.

Ein Stück voraus, zu seiner Rechten, erkannte er vage einen Raum mit Geräten und Instrumenten, einer Wandtafel, einer Röhre und einer Küchenzeile.

Vor ihm zu seiner Linken befand sich offenbar ein Büro mit Schreibtisch. Alex konnte nicht mit Sicherheit sagen, ob sich jemand in dem Raum aufhielt, aber darin sah es ziemlich finster aus. Er ging langsam näher, um sich ein genaueres Bild zu verschaffen. An einer Garderobe in der Ecke hing ein mehrfarbiges Gewand, das ihn an die Gewänder erinnerte, die Mr Today oft trug. Alex' Herz begann schneller zu schlagen – dies war todsicher Mr Todays Büro, und bestimmt war es Lehrlingen nicht gestattet, sich darin umzusehen. Was es nur umso verlockender machte.

Alex schaute genauer hin und erkannte hinter dem Schreibtisch eine Reihe von Wandtafeln, auf denen verschiedene Szenen flimmerten, auch wenn Alex nicht recht ausmachen konnte, worum es sich dabei handelte.

Die Bilder waren allesamt recht dunkel, und nach einem Moment kam Alex zu dem Schluss, dass es sich um Szenen von draußen handeln musste.

Seine Atmung beschleunigte sich, als er sich noch näher heranschlich. Er blickte erneut über seine Schultern zurück, und als er niemanden sah, huschte er schnell zu dem Raum – und knallte sofort gegen etwas Hartes, woraufhin er, von einem lauten Klirren begleitet, zu

Boden ging. Seine Nase und Stirn pochten vor Schmerzen. »Verflucht!«, schimpfte er und rieb sich die Nase. »Autsch.«

Als der stechende Schmerz ein wenig nachgelassen hatte, schniefte Alex tapfer und streckte vorsichtig tastend eine Hand aus, bis sie auf etwas Kühles und Glattes traf. »Glas«, murmelte er. »Was für ein gemeiner Trick!« Er folgte der gläsernen Wand bis zum Ende und musste zu seiner Enttäuschung feststellen, dass sie die komplette Breite des Flurs einnahm und er nicht an ihr vorbei in eins der offenen Zimmer an den Seiten oder den gemütlich aussehenden Salon direkt voraus gelangen konnte.

Er hielt sich behutsam seine schmerzende Nase, schob sich so dicht wie möglich an Mr Todays Büro heran und versuchte, die Infotafeln genauer zu erkennen. »Was zur …?«, murmelte er, völlig verdutzt.

»Na so was, Stowe. Du hast also auch den Weg hierher gefunden?«

Alex erschrak so heftig, dass ihm die Luft im Hals stecken blieb und er erneut mit einem lauten Schlag gegen das Glas knallte, diesmal jedoch glücklicherweise nur mit der Schulter. Er wirbelte herum – und dann klappte ihm überrascht die Kinnlade herunter.

Samheeds zweites Geheimnis

Alex stieß seinen angehaltenen Atem aus und grinste zittrig. »Was tust *du* hier?«

»Ich könnte dich dasselbe fragen.«

Samheed stand keine fünf Meter entfernt stocksteif vor ihm, einen finsteren Ausdruck auf seinem Gesicht. »Hab ich dir Angst eingejagt? Du bist vor Schreck jedenfalls fast an die Decke gegangen.«

»Mann, Sam. Musste das sein?« Alex rappelte sich wieder auf und klopfte mit grimmiger Miene seinen Schlafanzug ab.

»Ich hab ja versucht, mich vorher bemerkbar zu machen, aber du hast mit der Nase so tief in der Glaswand gesteckt, dass du wahrscheinlich nicht einmal einen Panzer gehört hättest, selbst wenn er direkt an dir vorbeigerollt wäre. Warst du noch nie vorher hier?«

»Na ja, ich kann den Korridor schon seit ein paar Wochen sehen«, erwiderte er und erinnerte sich an das erste Mal zurück – am Tag der Inspektion. »Aber es waren immer irgendwelche Leute in der Nähe, deshalb hatte ich vor heute Nacht nie Gelegenheit, ihn zu erkunden.«

»Tagsüber ist es hier aber besser«, sagte Samheed.

»Warum?«

»Weil man dann Quill besser sehen kann.«

»Man kann … was?«

»Und«, fügte Samheed hinzu, »manchmal ist die Glaswand verschwunden.«

»Dann warst du also schon mal da drin? Und was meinst du denn damit, man könne Quill besser sehen? Durch das Fenster?«

»Nein, nicht durch das Fenster. Und ja, ich war da drin. Na ja … erst zweimal. Aber auf diesen Wandtafeln – und ich nehme an, dass du *sie* grade so angestarrt hast – sieht man Livebilder aus Quill.«

»Live…« Alex war fassungslos.

»Du weißt schon – Bilder davon, was in Quill jetzt gerade passiert. So, als würdest du aus dem Fenster schauen und es sehen.«

»Woher weißt du das?«

Samheed grinste selbstgefällig. »Weil ich schon so einiges gesehen habe«, antwortete er. »Hohepriesterin Justine, die Kommandeurinnen und Kommandeure, wie das Quillitär Rüstungen und Waffen herstellt … Und …« Er unterbrach sich und presste die Lippen zusammen.

»Und was?«

»Nichts. Vergiss es. Nur irgendwelche durch die Gegend spazierende Leute, die Äcker, die Baumschule, ein paar Regierungsgebäude, den Palast … solche Sachen eben.«

Alex wandte sich ab und blickte wieder in Mr Todays Büro. »Machst du Witze?«

»Ehrlich, Stowe, ich hab es langsam satt, dass du nie ein Wort von dem glaubst, was ich sage. Ist wirklich ziemlich nervig.«

»Na ja«, entgegnete Alex, »du warst bisher schließlich nicht besonders vertrauenswürdig, oder?« Aber er war nicht in der Stimmung zu streiten, und da Samheed ihn ohnehin ignorierte, drehte er sich wieder zu der Glaswand um. Sie beschlug von seinem Atem. »Hast du jemals gesehen … du weißt schon. Hast du mal deine Eltern gesehen oder so?« Alex' Tonfall klang beiläufig, so, als würde er gar nicht wirklich das fragen, wovon Samheed wusste, dass er es fragte. Trotzdem war beiden genau klar, was er meinte, auch wenn es keiner von ihnen offen aussprechen würde.

»Ich war nur zweimal nah genug, um überhaupt irgendwas zu sehen«, antwortete Samheed, als würde das alles erklären.

Alex traute sich nicht recht, noch einmal zu fragen.

Samheed blickte über seine Schulter. »Was bist du überhaupt so spät noch auf?«

»I-ich hatte einen Albtraum«, gestand Alex, und sein Gesicht lief vor Schuldgefühlen knallrot an, weil es schon das zweite Mal innerhalb von zwei Minuten war, dass er an Aaron dachte. »Hab mir ein Glas Milch und was zu essen geholt. Und dann beschlossen, mir diesen Korridor endlich mal genauer anzuschauen …« Er verstummte. »Was ist mit dir?«

Jetzt war Samheed an der Reihe zu erröten. »Meine Tür lässt mich nicht rein. Ich war grade auf dem Weg nach unten in den Speisesaal, um dort die Röhre zu benutzen, als ich dich gesehen hab.«

Alex schnaubte spöttisch. »Was hast du denn diesmal angestellt?«

»Ich hab ihr gesagt, sie soll aufhören, immer so nervtötend fröhlich zu sein, weil es mich in den Wahnsinn treibt.«

»Na, kein Wunder«, erwiderte Alex. »Von mir aus kannst du meine Röhre benutzen.«

»Danke.«

Die beiden Jungen schlenderten zurück zum Balkon, unterhielten sich jedoch leiser, als sie sich ihm näherten, lugten dann vorsichtig um die Ecke und passten auf, dass kein Teil ihres Körpers aus dem unsichtbaren Gang auftauchte, bevor sie sich ganz sicher waren, dass niemand in der Nähe war. Dann verließen sie gemeinsam den Korridor.

»Übrigens, eins hab ich mich immer gefragt«, sagte Samheed. »Was sehen andere eigentlich an der Wand, hinter der sich der geheime Korridor versteckt?«

»Einen riesigen Spiegel«, antwortete Alex.

»Ah, das ergibt Sinn.« Sie setzten ihren Weg zum Korridor der Jungen fort. »Einmal hab ich auf dem Balkon auf Lani gewartet, und als sie kam, hat sie mir erklärt, ich hätte Tinte am Mund. Ich hab sie gefragt, wo, und sie hat mich angeguckt, als wäre ich bescheuert, auf den geheimen Korridor gezeigt und gesagt: ›Na, schau doch einfach in den Spiegel, du Tölpel.‹«

Alex lachte leise. »Und was dann?«

»Ich hab auf die Uhr geguckt und gesagt: ›Wir kommen zu spät!‹«

Alex' Tür trällerte eine übertrieben fröhliche Begrüßung, als sie sich ihr näherten. Samheed rollte mit den Augen, als die Tür aufschwang, biss sich jedoch auf die Zunge. Er sah sich für einen Moment in Alex' Zimmer um, bevor er in die Röhre stieg. »Hey, Alex, falls du dir das … diese Sache irgendwann mal genauer anschauen willst«, er warf Clive einen Seitenblick zu, »dann wäre morgen ein guter Tag dafür. Gegen Mittag.«

Alex nickte. »Danke.«

»Du solltest dir allerdings keine allzu großen Hoffnungen machen.« Samheed kniff die Augen zusammen, betrachtete Alex' Gesicht für einen Moment und verschwand dann.

Alex stand da und starrte auf die leere Stelle, an der Samheed eben noch gestanden hatte. »Dafür ist es zu spät«, murmelte er.

Verteidigung

In diesen Tagen traf man Lani nur selten ohne ein Buch an. Sie schien immer irgendetwas zu lesen, sei es bei den Mahlzeiten oder wenn sie über den Rasen oder durch die Villa schlenderte. Und auch wenn sie beim Gehen und Lesen bisher nie irgendwo dagegengeknallt war, passierte es am Ende doch: Als sie auf dem Weg zum Frühstück den Mädchenkorridor verließ, tauchte jemand wie aus dem Nichts vor ihr auf und sie prallte aus vollem Lauf mit ihm zusammen. Ihr flog das Buch aus den Händen, segelte über das Balkongeländer und sorgte unten für ein ziemliches Durcheinander.

»Hey, pass doch auf, du Wicht!« Es war Will Blair.

Lani rappelte sich wieder auf und lugte über das Geländer. »Tut mir leid!«, rief sie nach unten, aber falls das Buch irgendjemanden erwischt hatte, war er oder sie inzwischen weitergegangen. Sie drehte sich wieder zu Will um, ihre Augen funkelten. »Warum musst du immer so unhöflich sein?«

Will, ein drahtiger Junge von sechzehn Jahren, knurrte: »Warum musst du so eine Zicke sein?«

Lani rauschte schnaubend vor Wut die Treppe hinunter. Unten angekommen, blickte sie noch einmal über ihre Schulter, um zu sehen, ob Will ihr gefolgt war, aber in der Flut aus Menschen und Kreaturen, die alle zum Frühstück strömten, konnte sie ihn nicht mehr entdecken. Lani rollte mit den Augen und schnappte sich ihr Buch, das jemand freundlicherweise auf einen der Tische im Flur gelegt hatte, damit nicht alle darauf herumtrampelten. Sie schlug es auf und las weiter, während sie ihren Weg in den Speisesaal fortsetzte, wo sie sich an ihrem üblichen Tisch zu den anderen gesellte.

»Du bist heute Morgen spät dran«, bemerkte Meghan, als Lani sich neben Samheed niederließ. Samheed und Alex hatten nach ihrem nächtlichen Ausflug noch ganz verschlafene Augen und aßen schweigend. Meghan hingegen war so fröhlich wie immer.

»Dieser Will Blair«, grummelte Lani, »hat mich umgerannt und mir dann die Schuld dafür gegeben.«

»Hast du gelesen?«, fragte Meghan.

»Na ja, schon, aber er ist urplötzlich aus dem Nichts aufgetaucht, nur deshalb bin ich mit ihm zusammengeprallt.«

Samheed hielt mitten im Kauen inne, drehte sich zu Lani um, schluckte und sagte: »Wie meinst du das: Er ist aus dem Nichts aufgetaucht? Hast du vor dem Jungenkorridor gestanden oder so?«

»Na, das wäre nun wirklich ein dummer Platz, um rumzustehen, oder? Glaubst du nicht, ich wüsste es besser?« Lani verdrehte genervt die Augen und nahm sich eins der mit Gelee gefüllten Teilchen aus dem Korb in der Tischmitte.

»Bei dir weiß man nie«, erwiderte Samheed, nicht sonderlich freundlich. Er blickte zu Alex, aber der schien in seine eigenen Gedanken versunken zu sein und beachtete die anderen gar nicht.

Lanis Augen blitzten, aber sie biss sich auf die Zunge. Ihr ging Simbers energische Ermahnung im Speisesaal vor einigen Wochen immer noch ziemlich nach.

Meghan blickte sich um. »Wo ist er? Ich sehe ihn nirgends.«

»Er ist nicht mit nach unten gekommen«, antwortete Lani, den Mund voller Gebäck.

»Er ist gar nicht so schlimm, wie ihr glaubt«, sagte Samheed. »Er schauspielert nur.«

Die beiden Mädchen prusteten vor Lachen und rissen Alex aus seiner Trance.

»Hmm? Was ist?«, fragte er. Er warf einen Blick auf die Uhr an der Wand und leerte den Rest seiner Milch dann in einem einzigen Riesenschluck.

»Oh, nicht so wichtig«, sagte Lani. Sie verspeiste ihr Gebäckstück, wischte sich den Mund mit ihrer Serviette ab und schob ihren Stuhl zurück. »Dann wollen wir mal.«

Das Gruppentraining auf dem Rasen war auf zwei Stunden jeden Morgen und jeden Nachmittag erweitert worden. Jeden Tag schienen noch mehr erwachsene Ungewollte und Kreaturen aus der Villa daran teilzunehmen. Einige wollten ein wenig an ihren Kampftechniken feilen, während andere neugierig waren, was für magische Waffen die Neuen erschaffen hatten.

Heute wies Florence die Teilnehmer an, sich ins Gras zu setzen, da es sich bei dem ersten Teil der Lektion um einen Vortrag handelte. Die vier Freunde saßen zwei und zwei hintereinander und unterhielten sich über die neuen magischen Objekte, die sie mitgebracht hatten. Als alle saßen, trat Claire Morning vor.

»Unseren heutigen Vortrag«, donnerte Florence, »wird Ms Morning halten.«

Während die Versammelten höflich applaudierten, jubelte Meghan begeistert, denn die musikalische Ms Morning war ihre Lieblingstutorin.

Alex lehnte sich zu Samheed. »Wenn wir eine ganze Stunde Musikunterricht ertragen müssen, explodiert mir vermutlich der Schädel.«

»In dem Fall: Her mit der Musik!«, murmelte Samheed.

Alex schnitt eine Grimasse, um zu verstecken, wie sehr ihn die Bemerkung traf. »Was auch immer.« Er kam einfach nicht dahinter, wie Samheed tickte.

Lani brachte die beiden mit einem Piksen zwischen die Rippen zum Schweigen, als Ms Morning zu sprechen begann.

»In den nächsten vier Tagen werden wir an unseren Verteidigungstechniken arbeiten«, verkündete sie. »Verteidigungsmaßnahmen sind für alle in Artimé von entscheidender Bedeutung, denn falls wir uns jemals im Krieg befinden sollten, werden wir uns gegen Menschen zur Wehr setzen müssen, die mit vollkommen anderen Waffen kämpfen als unsere eigenen.«

Samheed hatte einen ernsten Ausdruck auf dem Gesicht, als ihm bewusst wurde, dass er inzwischen bereits Experte im Umgang mit Quiller Waffen hätte sein können. Er stupste Alex mit dem Ellenbogen in die Seite und flüsterte: »Verteidigung? Wir müssen lernen, zu kämpfen und zu töten. Das ist unsere einzige Chance, das Quillitär zu besiegen.«

Alex zog die Stirn in Falten. »Ich … weiß nicht so recht …«

Ms Morning fuhr fort: »Wer kann mir ein Beispiel für eine Verteidigungstechnik nennen?« Sie blickte in die Gruppe der Lehrlinge. »Meine Herren?«, fragte sie und sah Alex und Samheed direkt an, die noch immer miteinander flüsterten.

»Sie hat euch erwischt«, raunte Lani ihnen amüsiert zu.

»Und Lani«, fügte Ms Morning hinzu. »Ihr drei kommt bitte nach vorne.«

Alex und Samheed kicherten höhnisch über Lanis überraschte Miene, während sie zu der Tutorin nach vorne gingen.

»Lani, du bist der Feind und stehst mit deinen Waffen hier hinten. Du darfst keine Magie anwenden, verstanden?«

Lani nickte und tat, als würde sie eine Waffe hochhalten.

Ms Morning drehte sich zu den Jungs um, die beide ein wenig erröteten, weil sie plötzlich im Zentrum der Aufmerksamkeit standen. »Auf mein Zeichen hin wird

Lani euch angreifen. Ihr solltet euch bereits verschiedene Möglichkeiten zurechtlegen, wie ihr darauf reagieren wollt. Aber vergesst nicht, dass wir im Augenblick ausschließlich Verteidigungstechniken trainieren, also greift sie bitte nicht mit einem magischen Objekt an. Noch Fragen?«

»Ja«, antwortete Alex. »Über welche Art von Waffen verfügt das Quillitär eigentlich?«

»Eine ausgezeichnete Frage. Wer kennt die Antwort?«

»Messer«, sagte Samheed. »Und Schilde auch.«

»Total verrostete Metalldinger«, lachte jemand.

»Oooh, und Katapulte«, rief jemand anderes.

»Stöcke und Steine … und Beleidigungen«, ergänzte ein anderer.

»Schusswaffen«, sagte Lani. Das Wort hallte in der Luft wider.

Die Menge verstummte.

»Ja, über ein paar Schusswaffen verfügen sie auch«, bestätigte Ms Morning ernst. »Und auch wenn sie nicht besonders leistungsstark sind, können sie doch einigen Schaden anrichten.«

»Es handelt sich dabei größtenteils um Luftpistolen oder -gewehre«, fügte Lani mit einer gewissen Autorität in der Stimme hinzu, die einige womöglich infrage gestellt hätten. »Damit könnte man höchstens Vögel, Kaninsel oder kleine Biebops töten. Die Kommandeurinnen und Kommandeure verfügen jedoch über andere Handfeuerwaffen. Und die sind auch für Menschen und größere Kreaturen tödlich.«

Nach einer langen Stille, während die Versammelten nervöse Blicke tauschten, nickte Ms Morning. »Danke, Miss Haluki.« Sie wandte sich den dreien zu. »Bereit?«

Alex und Samheed hatten Lani die ganze Zeit angestarrt, weil sie nichts von den Waffen der Kommandeure gewusst hatten, aber nun richteten sie ihre Aufmerksamkeit wieder auf Ms Morning. Lani drehte sich zu ihren Gegnern um, und die drei nickte einander zu. »Bereit.«

»Dann los!«

Lani stürmte auf die Jungen zu, und Alex zog sofort einen Pinsel aus seiner Hosentasche und wedelte damit vor seinem Körper herum, während Samheed eine Beschwörung flüsterte.

Innerhalb von Sekunden hatte Alex sich unsichtbar gemalt, und Samheed sprang in die Höhe und blieb einen Moment in der Luft stehen, bevor er wie vom Blitz getroffen in Richtung Dschungel davonschoss. Lani blieb, wo sie war, zielte mit einer eingebildeten Pistole auf Samheed und sagte: »Peng!« Sie drehte sich um und überlegte, wie sie Alex finden sollte. Die Zuschauer murmelten untereinander, während Lani das saftig grüne Gras betrachtete.

Sie machte fünf Schritte vorwärts, kam sich jedoch ein wenig albern dabei vor, weil sie keine Ahnung hatte, welche Richtung die richtige war. Dann entdeckte sie plötzlich zwei Abdrücke im Gras. Sie stürmte vorwärts, als sich die Abdrücke bewegten, streckte den Arm aus und bekam etwas Unsichtbares zu fassen. Es befreite sich jedoch sofort wieder aus ihrem Griff, und sie konnte

Alex' triumphierendes Lachen hören, als er den Fußweg erreichte und ihr keine Anhaltspunkte mehr lieferte, wo er sich befand. Sie drehte sich schulterzuckend zu Ms Morning um. »Ich schätze, ich gebe auf«, sagte sie mit einem leichten Grinsen.

Das Publikum brach in tosenden Applaus für die Vorführenden aus, während Samheed in Windeseile zurückkehrte. Auch Lani begann zu klatschen, bis sie eine sanfte Hand auf ihrer Schulter spürte. Sie drehte sich um, sah jedoch niemanden.

»Du warst großartig«, flüsterte Alex ihr ins Ohr. Ihr Haar roch nach Mango. Er drückte ihre Schulter, und obwohl er selbst nicht wirklich wusste, warum – auch wenn es natürlich am Adrenalin nach der Jagd liegen konnte, oder an seiner Angst vor den Pistolen der Kommandeure, oder an dem unglaublichen Gefühl, für all diese Leute unsichtbar zu sein, oder möglicherweise auch an dem Kontrast zwischen Lanis leuchtend blauen Augen und ihrem glänzenden schwarzen Haar –, fühlte sich Alex plötzlich unglaublich wagemutig, zog Lani ein wenig näher zu sich heran und drückte einen Kuss auf ihre weiche Wange.

Lani erstarrte. »Was … tust du denn da?«

Alex lachte leise, während alle anderen nach ihm zu suchen begannen. »Ich muss weg«, sagte er nur.

Lani lief knallrot an, als sie spürte, wie Alex' Hand wieder von ihrer Schulter verschwand. Sie drehte sich mit dem Rücken zur Menge und tat, als würde sie ebenfalls nach ihm suchen. Doch alles, woran sie denken konnte, war, dass der Junge mit den freundlichen braunen Augen, den sie im Bus aus Quill kennengelernt hatte, der Junge, den sie mit Zaubern bombardiert hatte in dem Versuch, seine Aufmerksamkeit zu erregen, der Junge, der sie praktisch nicht bemerkte, wenn Meghan dabei war – dieser Junge hatte sie gerade geküsst, mitten auf die Wange.

Kurz darauf, als der Applaus der Zuschauer verebbte und Samheed seinen Platz wieder eingenommen hatte, war das Geräusch einer Sprühdose zu hören, und Alex war dank einer ordentlichen Ladung Sichtbarspray wieder komplett zu sehen. Er stolzierte an seinen Platz neben Samheed zurück, ein albernes Grinsen im Gesicht, während das Publikum erneut Beifall klatschte. Er beäugte Lani von der Seite und zwinkerte ihr heimlich zu, als er sich setzte.

Lanis Gesicht begann erneut zu glühen. Sie richtete ihre Aufmerksamkeit wieder auf Ms Morning und hatte alle Mühe, dem Drang zu widerstehen, die warme Stelle auf ihrer Wange zu berühren, während sie ziemlich überzeugend so tat, als wäre sie völlig gebannt von den Vorführungen der restlichen Lektion.

Ein Blick nach Quill

Nach dem Training schlich sich Alex, dem der Kopf nun von ganz anderen Dingen schwirrte als von Lani, unbemerkt davon, während die anderen zum Mittagessen gingen. Er eilte die Marmortreppe hinauf und schlüpfte, nachdem er sich vergewissert hatte, dass niemand in der Nähe war, vorsichtig in den geheimen Korridor. Er huschte zielstrebig den Flur hinunter zu Mr Todays Büro, da er wusste, dass der Magus dienstags stets zusammen mit den Lehrlingen zu Mittag aß.

Als er die Stelle der Glaswand erreichte, streckte er die Arme aus, um nicht erneut dagegenzuprallen, doch als er sich vorsichtig vorwärtstastete, erkannte er, dass die Wand heute nicht an ihrem Platz stand. »Was für ein Glück«, murmelte er leise.

Er betrat wachsam das Büro, die Ohren gespitzt, und starrte auf die Reihe der Wandtafeln hinter dem Schreibtisch.

Die drei linken zeigten verschiedene Orte in Artimé und wechselten etwa alle zehn Sekunden von einer Szene zur nächsten. Alex wartete, bis der Speisesaal zu sehen war, in dem er Mr Today entdeckte, der fröhlich durch den Raum schlenderte und hier und da an einem Tisch stehen blieb, um zu plaudern.

Die sechs restlichen Tafeln zeigten bewegte Bilder von Quill. Alex war entsetzt, wie grau und trostlos es aussah – so viel schlimmer als in seiner Erinnerung. Er blickte gebannt von einer Wandtafel zur anderen. Eine von ihnen zeigte sich wiederholende Ansichten der vier Quadranten, in denen sich die Wohngebiete und Farmen befanden. Alex gab sich alle Mühe, das Haus seiner Eltern zwischen den endlosen Reihen und Säulen zu entdecken, aber die Bilder wechselten viel zu schnell, um es zu finden.

Stattdessen beobachtete er für eine Weile das Quillitärgelände. Soldaten und Offiziere marschierten mechanisch, ihre Gesichter ausdruckslos. Einige von ihnen arbeiteten an Panzern und verschiedenen Fahrzeugen, während andere in einem fensterlosen, mit rostigen Metallteilen und ein paar Schneidewerkzeugen gefüllten Raum schufteten. Wieder andere gossen sehr behutsam eine Flüssigkeit aus einem eingedellten Blecheimer in den Motor eines Fahrzeugs und achteten gewissenhaft darauf, nicht einen wertvollen Tropfen davon zu verschütten.

Über die letzten beiden Bildschirme flackerten Aufnahmen der Regierungsgebäude und vom Palast der Hohepriesterin. Alex' Herz begann zu flattern, als er auf einer der Tafeln das Universitätsgelände erkannte, und er wartete nervös, dass das Bild wechselte, in der Hoffnung auf den unwahrscheinlichen Zufall, einen Blick auf

Aaron erhaschen zu können. *Ich möchte ihn nur einmal sehen,* dachte er. *Wissen, dass es ihm gut geht.*

Doch obwohl er viele andere Universitätsstudierende sah, die steif beim Mittagessen saßen, entdeckte er seinen Bruder nirgends. Enttäuscht wandte er sich dem Palast zu und betrachtete mit zusammengekniffenen Augen einen kleinen Konferenzraum, in dem Kommandeurinnen und Kommandeure versammelt waren, bevor die Einstellung zu Hohepriesterin Justine persönlich wechselte, die allein in ihrem Büro war. Alex zog eine finstere Miene und wandte sich wieder der Universitätstafel zu, auf der das Bild von der Cafeteria zu einem leeren Wohnheimzimmer und anschließend zu einem Unterrichtsraum wechselte.

Er schüttelte traurig den Kopf. Die Szenen aus Quill deprimierten ihn nicht nur, sie gaben ihm auch das Gefühl, Aaron ganz nahe zu sein, ohne ihn wirklich sehen zu können, was seine Enttäuschung nur umso schlimmer machte.

Als er es gerade aufgeben und zum Mittagessen gehen wollte, warf er einen letzten Blick auf den Universitätsbildschirm. Dort, in dem zuvor noch leeren Wohnheimzimmer, trat in diesem Moment ein dunkelhaariger Junge durch die Tür. Alex' Herz machte einen Satz – war er es? *Dreh dich um und schau hierher,* flehte er stumm, doch er wusste instinktiv – ob es nun an der Art lag, wie der Junge seine Jacke auszog oder beiläufig seinen Quillitärhaarschnitt glattstrich –, dass es Aaron *war.*

Alex zupfte nervös an seinem Hemdkragen herum,

während er seinen Bruder dabei beobachtete, wie er seine Jacke aufhängte, beinahe so, als würde er die Hand durch die Wand geradewegs zu Alex ausstrecken. Er berührte mit zitternden Fingern den Bildschirm und sah Aaron an. »So ernst«, flüsterte er.

Dann wechselte die Szene wieder zur Cafeteria. Alex riss den Kopf hoch und schaute nervös auf die Uhr, wohl wissend, dass er von hier verschwinden musste, bevor Mr Today auftauchte. Aber er konnte nicht gehen. Zwanzig Sekunden später kehrte das Wohnheimzimmer wieder zurück, in dem Aaron nun ausgestreckt auf dem Bett lag und an die Decke starrte, die Hände hinter dem Kopf. Für jeden außer Alex hätte Aarons Miene vermutlich ausdruckslos gewirkt, doch für Alex sah Aarons Gesicht aus wie die aufgewühlte See.

Als die Szene sich erneut veränderte, zwang Alex sich schließlich zu gehen, auch wenn er ein kleines Stück von sich selbst zurückließ, bei seinem Bruder. Er ging in den Speisesaal hinunter, sein Kopf von Gedanken an Aaron erfüllt. *Warum er? Warum beobachtete Mr Today ausgerechnet Aarons Zimmer? Könnte es vielleicht nur ein Zufall sein?*

Alex nahm gar nicht wahr, dass er an Ms Octavia vorbeiging und sie ihm ein Hallo zurief. Und er bemerkte auch nicht, wie Lani ihm heimliche Seitenblicke zuwarf, der Ausdruck in ihren Augen mit jeder Sekunde, die er sie ignorierte, immer verletzter. Und er sah auch nicht, dass Mr Today ihn aufmerksam beobachtete, tiefe Besorgnis auf seinem Gesicht.

Für den Rest des Tages nahm Alex niemanden wirklich wahr. Das Einzige, was ihm schmerzhaft bewusst war, war die einsame Frage, die rhythmisch in seinem Kopf widerhallte:

Wie?

Wie?

Als Alex im Salon eintraf, lümmelten Meghan und Lani bereits auf dem langen Sofa, ihre Füße auf dem Couchtisch abgelegt. Er war die letzten zwei Tage völlig in seinen Gedanken verloren gewesen und hatte sich verzweifelt gewünscht, mehr über Aaron zu erfahren. Das Einschlafen fiel ihm schwer, und wenn er schlief, quälte ihn nun ein anderer Traum. Nachdem er an die schreckliche Hoffnungslosigkeit von Quill erinnert worden war, wollte er nicht mehr dorthin zurückkehren. Es wäre sicherer und weiser, dachte er, stattdessen Aaron zu retten und ihn nach Artimé zu bringen. Außerdem glaubte Alex inzwischen, Mr Today – der so viel über jede und jeden Einzelnen in Artimé zu wissen schien – würde Aaron nur beobachten, weil auch sein Bruder in Wahrheit ein Ungewollter hätte sein sollen.

Alex, furchtbar müde, grunzte den Mädchen zur Begrüßung nur zu und gähnte. Er ließ sich gegenüber von ihnen auf die Couch fallen, schloss die Augen und fragte sich, ob Mr Today wusste, dass auch Aaron Bilder in den Matsch gemalt hatte.

Es war ein weiterer heißer, trockener Sommer im Quadranten, in dem Jahr, als Alex und Aaron zehn waren. Und es war einer dieser Tage, an dem der Staub bei jedem Schritt in einer Wolke aufstob, um die Füße wehte und Schuhe und Beine mit einer dünnen Schicht aus Schmutz bedeckte, ganz gleich, wo man ging. Später an diesem Nachmittag, als Alex und Aaron ein Loch in ihrem winzigen Hinterhof gruben, um den nicht verwertbaren Abfall der Woche darin zu verscharren, begann es jedoch zu regnen. Die rissige Erde schluckte das Wasser, und insgeheim waren Alex und Aaron beide sehr froh, da es ihrem Haushalt in dieser Woche nicht nur zusätzliches Wasser bescherte, es erleichterte ihnen auch das Graben.

Alex hatte den Spaten in der Hand – er übernahm nun stets die härtere Aufgabe, seit er wusste, dass er zu den Ungewollten gehören würde. Aaron stand mit dem Abfalleimer neben ihm und wies ihn auf die Ungenauigkeit seiner Arbeit hin.

»Das ist nicht einheitlich«, bemängelte Aaron.

»Spielt keine Rolle«, grummelte Alex, zog die schwere Schaufel aus dem Loch und stach die scharfe Kante in den Matsch. Er lehnte sich auf den Griff, um sich eine Pause zu gönnen und abzuwarten, während der Regen langsam den harten Untergrund aufweichte.

»Es spielt *eine Rolle«, beharrte Aaron ruhig.*

Alex beobachtete, wie die Regenrinnsale über das nicht ganz ebenerdige Quadrat ihres Hinterhofs flossen. Er zog den Spaten wieder aus dem Matsch und betrachtete den Abdruck, den er hinterlassen hatte. Und dann, indem er die Kante des Spatens in verschiedene Richtungen über die Erde bewegte, erschuf er ein Dreieck. Und unter dem Dreieck fügte er ein Rechteck hinzu. »Schau mal«, flüsterte er, »das ist unser Haus.«

»Hör auf, sonst melde ich dich.«

»Was hätte das denn für einen Sinn?«, fragte Alex nüchtern. »Ich bin sowieso schon ungewollt.«

Aaron runzelte die Stirn, betrachtete dann erneut die Matschzeichnung und neigte den Kopf hin und her. »Was? Ich sehe kein …«

»Kein echtes Haus«, seufzte Alex. »Aber siehst du denn nicht, dass es aussieht wie unser Haus?«

Der Regen ließ die Ränder der Zeichnung verschwimmen, während Aaron verdutzt den Kopf schüttelte.

Alex blickte über seine Schulter. Es war niemand zu sehen. Er schnappte sich den Eimer mit den Essensresten, entnahm ihm einen Hühnerknochen und hielt Aaron den Spaten hin. »Hier, halt mal. Und schau mir zu.« Aaron nahm ihm die Schaufel ab, und Alex ging in die Hocke und malte ein weiteres Dreieck mit einem Rechteck darunter. »Siehst du?«

Aaron bewegte nervös die Augen hin und her. »Es ist …«, begann er, aber es war, als würde er so angestrengt darüber nachdenken, was er vor sich im Matsch sah – und darüber, dass er eigentlich überhaupt nicht darüber nachdenken sollte –, dass er nicht gleichzeitig denken und sprechen konnte. Dann ging Aaron ebenfalls in die Hocke, als könnte er sich selbst schützen, wenn er sich kleiner machte. Der Griff des Spatens lehnte an seinem feuchten Hals und seinem vom Regen durchnässten Hemdkragen.

Alex warf seinem Bruder einen Seitenblick zu. Er drehte den Knochen in seinen Fingern hin und her und hielt ihn Aaron dann auf seiner offenen Handfläche hin. Der Regen prasselte auf seinen Unterarm, schnitt sich förmlich durch die Luft.

Langsam blickte Aaron sich in alle Richtungen um, legte dann seine Hand über den einst so unschuldigen Hühnerknochen, der nun die Macht besaß, über seine Zukunft und sein Schicksal zu entscheiden. Zitternd ließ er ihn in den Matsch sinken. Mit hastiger Hand versuchte er, Alex' Haus nachzuahmen, das inzwischen überspült und wieder verschwunden war.

Alex beobachtete seinen Bruder einen Moment lang und hatte alle Mühe, vor Aufregung und Angst nicht schneller zu atmen. Er erhob sich wieder, kippte den Abfalleimer in das Loch aus und begann, den Matsch mit einem Schuh darüberzuschieben und es wieder zu füllen.

Aaron, wie in Trance, wischte den Schlamm mit seiner linken Hand glatt und malte mit der rechten ein weiteres Haus. Es sah schon fast nach etwas aus, als die Jungen hinter sich plötzlich das Quetschen von Schritten hörten.

»Jungs«, sagte Mr Stowe mit tiefer, kalter Stimme. Er kam näher, während Aaron hektisch den Knochen in Richtung des Lochs warf und sich in der Hocke zu ihrem Vater umdrehte, den Spaten in der Hand.

Alex starrte auf den Knochen, der vor seinen Füßen gelandet war. Er hörte auf, Erde ins Loch zu schieben, wohl wissend, dass es ihm nicht helfen würde, die Beweise zu verstecken. Er drehte sich langsam um, der leere Eimer schaukelte in seiner Hand, während schwere Regentropfen darauftrommelten.

Mr Stowe blickte starr auf den Boden, wo Aarons Haus langsam verschwamm. Er sah Aaron an, dann Alex, dann wieder Aaron. »Alex«, sagte er zu Aaron, »gib deinem Bruder die Schaufel und komm mit mir.« Seine Stimme klang schrecklich leise.

Aarons Augen blitzten verstört, doch er hatte sich schnell wieder im Griff. Er reichte Alex den Spaten und folgte ihrem Vater ins Haus.

»Und Aaron«, sagte Mr Stowe, dem nicht bewusst war, dass er in Wahrheit mit Alex sprach, »bring die Arbeit deines Bruders zu Ende.«

Was Mr Stowe nicht sah, als er ins Haus ging, waren der Funken Hoffnung und der flehende Blick, ihn nicht zu verraten, den Aaron seinem Bruder über die Schulter hinweg zuwarf. Ebenso wenig, wie er als Erwiderung den Ausdruck der Ungläubigkeit bemerkte, begleitet von einem beiläufigen, gleichgültigen Schulterzucken von Alex, dem ohnehin bereits Ungewollten. Alex drehte seinem Bruder den Rücken zu und schippte langsam und auf methodische Weise das Loch zu, genauso, wie er es immer tat.

Es war das Schlürfen von Milchshakes durch Strohhalme, das Alex weckte. Er schlug die Augen auf, starrte zu einer ihm nicht vertraute Decke hinauf und versuchte, sich zu erinnern, wo er war.

»Nett geschlummert?« Meghan grinste.

Alex setzte sich auf und schüttelte sich den Schlaf aus

dem Hirn. »Ja«, murmelte er, »hab ich tatsächlich. Ich hab in den letzten paar Nächten nicht besonders gut geschlafen.« Er rieb sich die Augen. »Wo ist Sam?«

Meghan zuckte mit den Schultern. »Bibliothek, vielleicht?«

Lani starrte an die Wand und sagte nichts.

»Lani?«, fragte Alex. »Ist alles okay?«

Sie starrte weiter an die Wand und sagte noch weniger als nichts, falls das überhaupt möglich war.

Meghan zog eine Augenbraue hoch. »Hmm«, murmelte sie. »Was hast du jetzt wieder angestellt, Alex?«

»Ich schwöre, ich hab – gar nichts!«

Lani schlürfte den letzten Rest ihres Milchshakes. Laut.

Meghan blickte zwischen den beiden hin und her und erhob sich dann langsam und ein wenig unbehaglich von der Couch. »Ich … schau mal, wo Samheed ist«, murmelte sie vorsichtig. »Bin gleich wieder da.« Sie eilte zu Earl hinüber, warf jedoch mehrmals einen Blick über ihre Schulter zurück.

»Lani, ich …«, begann Alex.

Lani setzte sich auf, wandte sich ihm zu und brachte ihn mit ihrem bohrenden Blick zum Schweigen. Sie atmete drei- oder viermal ganz tief durch, ihre Augen funkelnd. Schließlich sagte sie: »Du kannst nicht einfach ein Mädchen auf die Wange küssen und sie dann drei Tage lang ignorieren.«

Alex klappte die Kinnlade herunter. Er lief knallrot an.

»Tu das nie wieder!«

»Äh …« Alex stieß einen geflüsterten Fluch aus, vergrub sein glühendes Gesicht in den Händen und versuchte, sich irgendetwas einfallen zu lassen, was er darauf erwidern konnte. Schließlich seufzte er tief, schaute auf und warf Lani einen hilflosen Blick zu.

»Ich hab gesagt, tu das nie wieder.« Lanis Stimme wurde lauter.

»Okay! Okay, werde ich nicht. Es … tut mir leid. Ich … Moment mal kurz.« Er neigte den Kopf zur Seite. »Meinst du, ich soll … du weißt schon. Das Erste nie wieder tun? Oder ich soll, ähm, dich nicht ignorieren?«

Meghan kehrte zurück und räusperte sich extralaut, als sie sich ihnen näherte.

Lani bedachte Alex mit einem Augenrollen und lächelte Meghan strahlend an. »Kommt Samheed heute Abend runter?«

»Später vielleicht, hat er gesagt. Er arbeitet mit Will Blair an irgendeinem Kunstprojekt in der Bibliothek.« Die beiden Mädchen verzogen das Gesicht bei der Erwähnung von Wills Namen.

Alex saß regungslos da, nicht ganz sicher, ob es ihm erlaubt war zu sprechen. Doch wie sich herausstellte, musste er das auch gar nicht, da Meghan und Lani mit einem Mal sehr redselig zu sein schienen.

»Und woran arbeitet er?«

»Irgend so ein Zeichending. Dreide, hat er es genannt, glaube ich. Alex, weißt du, was Dreide ist?«

Alex räusperte sich. »Äh, was?«

Lani neigte den Kopf zur Seite. »Meinst du 3-D? Wie in dreidimensional?«

»Ja, das ist es, glaube ich. Er will eine Schranktür an die Wand in seinem Zimmer malen, aber als 3-D-Tür, die in ein richtiges Zimmer führt, in dem man dann ganz normal ein- und ausgehen kann. Es soll ein Verteidigungszauber sein – um sich zu verstecken, schätze ich.«

»Aber wie soll man andere davon abhalten, auch in das Zimmer zu kommen, wenn man erst mal drin ist?«, fragte Alex fasziniert.

»Das hab ich mich auch gefragt«, erwiderte Meghan. »Nur Mr Today kann das.«

Lani strich sich das Haar hinters Ohr und wühlte in ihrer Büchertasche herum. »Wartet mal kurz«, sagte sie. »Ich weiß, ich hab irgendwo was gelesen …«

Alex kam plötzlich der Gedanke, dass Lanis Ohr so ziemlich perfekt war. Er musste wieder daran denken, wie er ihr etwas in genau dieses Ohr geflüstert hatte, bevor er sie geküsst hatte, und errötete prompt erneut.

Meghan, die Alex genau beobachtete, rollte mit den Augen. *Ahh, jetzt verstehe ich, was hier los ist,* dachte sie. *Au weia.* Sie hustete leise. »Ich versuche immer noch, dahinterzusteigen, wie Simber und Florence damals ins Theater gelangen konnten. Sie sind viel zu groß, um in die Röhre zu passen, aber sie ist der einzige Weg dorthin.«

Lani zog ein Buch hervor. »Oh, das ist gar nicht so rätselhaft, Meg. Ich hab mich bis eben dasselbe gefragt. Und wahrscheinlich würde Alex es besser hinkriegen als du oder ich. Oder Samheed.«

»Wer, ich?«

»Du bist der Künstler, Alex«, bekräftigte Lani. Sie lächelte, und jede Spur des Feuers in ihren Augen war erloschen.

»Ich verstehe trotzdem nicht, wie Simber und Florence dadurch in die Röhre passen sollen«, erwiderte er. »Ich meine, hat Ms Octavia 3-D-Skizzen von ihnen gezeichnet und dann die Bilder in die Röhre gesteckt, oder wie?«

»Nein«, antwortete Lani, und ihre Augen tanzten richtig, während sie durch ihr Buch blätterte. »Nein, es ist noch viel simpler.«

Meghan richtete sich interessiert auf.

Die Rädchen in Alex' Verstand begannen zu rattern, und er versuchte angestrengt, selbst hinter die Antwort zu kommen, bevor Lani sie vorlas, so als wäre das Ganze ein Quiz. »Lass mich raten«, sagte er. »Aber warte noch – ich muss kurz nachdenken.« Er kniff die Augen zusammen und stellte sich die verschiedenen Elemente vor, die für den Zauber nötig waren. »Okay …«, murmelte er.

»Ja?« Lani wackelte mit dem Buch auf ihrem Schoß herum, einen Finger als Lesezeichen hineingesteckt.

»Sie hat eine größere Röhre in 3-D gezeichnet«, vermutete Alex.

Lani blinzelte. »Nein.« Sie sah, wie Alex niedergeschlagen die Schultern sinken ließ, während sie über seine Idee nachdachte. »Aber ich glaube, das würde auch funktionieren«, fügte sie dann taktvoll hinzu. »Gut gemacht, Al.«

Meghan runzelte die Stirn. »Na, und was *hat* sie dann gemacht?«

Lani lächelte. »Okay, stellt euch das Theater vor, und wo Simber und Florence gestanden haben. Was befand sich direkt hinter ihnen? Ich gebe euch einen Tipp: Das Theater verfügt über etwas, das es hier im Salon nicht gibt.«

Alex hob den Blick. »Türen«, sagte er staunend. »Riesige noch dazu. Aber niemand benutzt sie jemals – sie sind nur zur Dekoration an die Wände gemalt, richtig?«

Meghan blinzelte.

Alex tippte sich ans Kinn.

»Oooh«, stießen sie dann gemeinsam aus, und Lani grinste.

»Aber ich verstehe immer noch nicht…«, begann Meghan.

Alex' Augen leuchteten. »Also, wenn Ms Octavia oder sonst irgendjemand, der gut genug ist, um in 3-D zu zeichnen, die gleichen Theatertüren irgendwo anders in der Villa an die Wand gemalt hat, konnten Simber und Florence diese gemalten Türen einfach aufstoßen und hindurchgehen, direkt ins Theater – ohne die Röhre benutzen zu müssen. Richtig?«

»Ganz genau!«, rief Lani. »So, als würden sie durch eine ganz gewöhnliche Tür treten.«

Der vernebelte Ausdruck auf Meghans Gesicht löste sich langsam auf. »Aber … warum gibt es die Röhre dann überhaupt?«

»Denkt doch mal darüber nach: All diese Türen müssten in jedes einzelne Zimmer gemalt sein – es gäbe gar nicht genügend Platz für alle! Und wir müssten ständig unsere Betten beiseiteschieben, um sie erreichen zu können. Außerdem«, fügte Lani verschmitzt hinzu, »kann Simber auf diese Art auch nicht in den Salon gelangen.«

Alex setzte sich auf, ein nervöses Kribbeln im Magen. »Also, dann könnte eine magische 3-D-Zeichnung einer echten Tür, irgendwo auf der Welt, hier in diesen Raum führen? Ganz gleich, wo man ist oder wo die Tür sich befindet?« Er lehnte sich vor und hielt den Atem an.

»Ja!«, bestätigte Lani. »Ist das nicht cool? Aber diese Türen sind richtig schwer zu zeichnen. Ich hab wirklich keine Ahnung, warum Samheed glaubt, er könnte mal so eben einen Verteidigungszauberschrank erschaffen – das dauert Stunden. Vielleicht sogar Tage.«

In Alex' Kopf drehte sich alles. *Jetzt muss ich nur noch lernen, wie man in 3-D zeichnet,* dachte er.

»Wow!«, sagte Meghan. »Ich werde es Sam trotzdem sagen. Vielleicht hilft es ihnen ja bei ihrem Projekt.« Sie ging zur Röhre hinüber, verschwand darin und ließ Alex und Lani allein in ihrer Ecke des Salons zurück.

Alex hob den Blick und räusperte sich. »Du bist wirklich schlau, Lani.«

Jetzt war Lani an der Reihe zu erröten. »Na ja«, sagte sie, »ich lese gern.«

Alex schaute auf ihr neuestes Zauberbuch hinunter. »Hast du auch Bücher mit Zaubern höherer Klasse? Also, nicht so was wie *Die Geschichte der tödlichen Zauber*, das du neulich beim Frühstück gelesen hast. Eher, na ja, welche … welche, in denen tatsächlich drinsteht, welche Elemente zu einem tödlichen Zauber gehören?« Den letzten Teil flüsterte er beinahe.

»Nein«, antwortete Lani.

»Oh.«

»Warum?«

Alex musste daran denken, was Ms Octavia ihm über den Fächerclipzauber anvertraut hatte. Und er dachte, falls er Hohepriesterin Justine jemals in einer richtigen Schlacht gegenüberstehen würde, würde er nicht zögern, sie zu töten. »Nur so, schätze ich. Ich meine …«

»Na ja«, unterbrach Lani ihn, »falls ich eins finde, soll ich dir dann Bescheid geben?«

»Ja. Ich meine, warum nicht? Kann schließlich nicht schaden.« Alex starrte für einen langen Moment auf den Teppich hinunter. »Also, ähm, wegen dieser anderen Sache, mit dem Kuss?«

Lani lief knallrot an. »Ich glaube, du bist klug genug, um zu wissen, was ich gemeint habe.«

Er biss sich auf die Unterlippe, lehnte sich dann vor, die Ellenbogen auf den Knien abgestützt, schaute sie an und musste wieder daran denken, wie sie einander zum ersten Mal begegnet waren. »Hi«, sagte er leise. »Ich bin Alex. Es wird ganz schnell gehen.«

Lani blinzelte ihn an, überrascht, dass er sich an diesen ersten Tag erinnerte. »Lani«, erwiderte sie. »Und nein. Wird es nicht.« Sie lächelten beide über die düstere Erinnerung.

»Denkst du …«, begannen sie dann gleichzeitig und lachten.

»Du zuerst«, sagte Lani.

»Denkst du manchmal an sie? Deinen Vater? Deine Familie?«, wollte Alex wissen.

Lanis Augen verhärteten sich. »Niemals. Nur an meinen jüngeren Bruder. Mr Today hat mir versprochen, er würde versuchen, ihn zu retten.«

Alex betrachtete sie nachdenklich. »Das kann Mr Today?«

»Ich schätze, er kann es zumindest versuchen. Er hat mir erklärt, dass er Hohepriesterin Justine dabei hilft, zu entscheiden, wer zu den Ungewollten gehören sollte. Und er hat gesagt, als mein Vater mich zur Tilgung schicken wollte, obwohl ich noch keine dreizehn war, hätte er ihm dabei geholfen, Justine davon zu überzeugen, es zuzulassen.« Ihr Blick verfinsterte sich.

»Wow«, sagte Alex, ein wenig schockiert. »Das wusste ich nicht. Mr Today wollte dich wirklich unbedingt hier haben …« Er verstummte, in Gedanken versunken.

»Und mein Vater wollte mich wirklich unbedingt loswerden.« Sie tat ihren Schmerz mit einem Schulterzucken ab. »Was ist mit dir? Denkst du manchmal an deine Eltern oder deinen Bruder?«

Alex schwieg für einen langen Moment. »Nein«, antwortete er schließlich, »ich denke überhaupt nie an sie.«

Fenster und Türen

Einmal pro Monat besuchte die komplette Klasse der Lehrlinge im ersten Ausbildungsjahr reihum das magische Kampftraining der verschiedenen Tutorinnen und Tutoren. Es gab ihnen die Möglichkeit, neue Zauber in anderen Kunstbereichen zu perfektionieren und ihr eigenes Arsenal zu erweitern.

In Ms Mornings Lektion lernten sie Gesangszauber, mit denen sie ihr Ziel in den Schlaf sinken, zum Weinen bringen oder vor lauter Elend komplett zusammenbrechen lassen konnten. Außerdem brachte sie ihnen den Schlitzgesang bei, der einen Feind dazu bringen konnte, sich selbst in Stücke zu reißen. Alle Lehrlinge schnitzten außerdem eine kleine Flöte, mit der sie ihren Gegner, wenn sie darauf spielten, in den Wahnsinn treiben konnten. Meghans persönliches Arsenal umfasste darüber hinaus weitere Instrumente, die für die weniger musikalisch Begabten jedoch größtenteils zu schwer zu erlernen waren.

Mr Appleblossom verbrachte seine Lektion damit, den Lehrlingen Schlaggedichte und Versteinerungsmonologe beizubringen. Für beide war schnelles Denken erforderlich, denn die ausgesprochenen Worte mussten zu der jeweiligen Situation passen. Saß ein Angreifer beispielsweise in einem Fahrzeug, konnte man zuerst ein explosives Schlaggedicht auf die Reifen abfeuern, um sie zum Platzen zu bringen, und dann ein Feuergedicht auf den Fahrer folgen lassen, um sein Haar in Brand zu stecken. Lani beherrschte die Schlaggedichte besonders gut, während Samheed sich vor allem bei den Monologen hervortat – nicht nur bei denen für Versteinerungen, sondern auch bei Umkehrmonologen, mit denen man seinen Gegner dazu bringen konnte, das Gegenteil von dem zu tun, was er eigentlich beabsichtigt hatte. Samheed hatte vor, diesen Zauber besonders häufig einzusetzen, falls es zu einer Schlacht kommen sollte. Er glaubte, wenn er es schaffte, mehrere Monologe parallel zu zaubern, konnte er seine Gegner dazu bringen, ihre Waffen auf sich selbst zu richten.

Die heutige Lektion fand bei Ms Octavia statt, und Alex traf in fröhlicher Stimmung in ihrem Klassenzimmer ein, obwohl er in der Nacht einmal mehr von Aaron geträumt hatte. Er versuchte jedoch, sämtliche Gedanken daran zu verdrängen und sich auf den Unterricht zu konzentrieren, da Ms Octavia es ihm erlauben wollte, einen neuen Zauber zu präsentieren, den er selbst entwickelt hatte. Heute durfte er den anderen beibringen, wie man ihn anwandte. Nachdem er wochenlang hart gearbeitet hatte, um zu den anderen aufzuschließen, war Alex stolz darauf, eine Chance zu bekommen, ihnen zu beweisen, dass ihm dies tatsächlich gelungen war.

Als alle Lehrlinge im Klassenzimmer versammelt waren, rief Ms Octavia ihn zu sich nach vorne.

»Alex, erzähl uns von deinem Zauber«, forderte sie ihn auf.

Alex holte zwei winzige Tonkugeln aus einer Tasche seiner Kampfweste. Er rollte sie zwischen den Fingern hin und her, um sie aufzuwärmen, während er vor die Klasse trat. »Ich nenne die neue magische Waffe, die ich erschaffen habe, Tonfalle. Man zielt damit auf die Arme, die Beine oder den Hals des Gegners, den man einfangen will, und der Ton verhärtet sich beim ersten Kontakt sofort und hält das Ziel an Ort und Stelle fest.« Alex unterdrückte ein neckisches Grinsen und bat Lani nach vorne, um das Opfer zu spielen.

Sie warf ihm einen misstrauischen Blick zu, gesellte sich jedoch langsam zu ihm.

»Mit einer größeren Tonfallenkugel kann man eine Person auch komplett umhüllen. So etwa«, sagte er, holte eine größere Kugel hervor, zog seinen Arm zurück und rief: »Ganzkörperfalle!« Dann schleuderte er die Tonkugel auf Lani.

»Nein!«, kreischte sie, aber es war zu spät. Die Kugel fand ihr Ziel, und der Ton breitete sich über ihren gesamten Körper aus und klebte sie an der Wandtafel fest. »Alex!«, war ein gedämpfter Schrei aus dem Inneren zu hören, gefolgt von widerwilligem, hohl klingendem Kichern. »Ich schätze, das hab ich verdient.«

Die anderen Lehrlinge lachten. Alex lächelte. Rache – endlich. Nach einem Moment klopfte er jedoch an die verhärtete Tonhülle und löste den Zauber wieder. Lani schnappte gierig nach Luft und haute Alex spielerisch auf den Arm. »Du hast mich erwischt«, sagte sie. »Clever.«

Er errötete. »Und du hast das Ganze ziemlich lässig genommen.«

»Das ist meine Art, dir ein schlechtes Gewissen zu machen.«

»Es funktioniert«, gab Alex zu. »Okay, Leute«, wandte er sich dann an die Klasse. »Versucht es selbst mal, falls ihr ein williges Opfer findet. Ihr könnt ›Schellen‹ rufen, wenn ihr jemanden an den Armen oder Beinen fesseln wollt«, erklärte er mit leuchtenden Augen, »aber ›Hundehalsband‹ ist auch ganz lustig.«

Sie verbrachten den Vormittag damit, mit den Tonfallen zu üben, bevor Ms Octavia ihnen nach dem Mittagessen eine Zeichenlektion gab, damit sie alle wieder zur Ruhe kamen. Die Lehrlinge saßen jeweils vor einer eigenen Staffelei und übten einen gemalten Verteidigungszauber, der es ihnen erlauben würde, sich blitzschnell aus jeder haarigen Situation herauszumalen.

Da Alex die Kunst der Verteidigungsmalerei bereits perfekt beherrschte, zog er sich in die Ecke des Raumes zurück, in der seine persönliche Staffelei stand, und machte dort weiter, wo er am Tag zuvor aufgehört hatte.

»Darf ich dir in deiner Ecke Gesellschaft leisten, Alex?«, fragte Lani.

Alex schaute sie misstrauisch an. »Ist das ein Trick?«

»Nein. Sei nicht so ein Blödmann.«

Alex neigte den Kopf zur Seite und kniff die Augen zusammen. »Ihr Verhalten war in der Vergangenheit nun mal ziemlich verdächtig, Miss Haluki.«

Lani verdrehte die Augen. »Falls es dir noch nicht aufgefallen sein sollte: Ich hab dir bestimmt schon seit Monaten keinen Streich mehr gespielt. Ich bin fertig damit, okay? Also krieg dich wieder ein.«

»Hmm. Ich schätze, das stimmt wirklich.« Alex verstummte. Er widmete sich wieder seinem Kunstwerk und begann, nachdenklich auf der Leinwand zu pinseln.

»Was malst du?«

»Ein Fenster«, antwortete er. Er zeigte mit einem Schulterzucken in Richtung des nächstgelegenen Fensters. »Das da drüben.«

»Warum?«

»Ich übe 3-D-Kunst. Wenn ich das hier richtig hinkriege, dann sollte ich, wenn ich fertig bin, diese Leinwand abziehen, sie an die Wand kleben und meinen Arm durch das Fenster direkt nach draußen strecken können.«

»Cool«, erwiderte Lani. »Ist das schwierig?«

»Sehr«, murmelte Alex. »Bisher ist es mir noch nicht gelungen.«

»Warum willst du überhaupt ein 3-D-Fenster erschaffen?«

»Will ich nicht. Fenster sind nur einfacher als Türen. Ms Octavia meinte, ich soll damit anfangen. Ich versuche es schon seit Wochen, und langsam wird es langweilig. Aber ich glaube, diesmal könnte es funktionieren. Man muss sich wirklich auf die verschiedenen Schattierungen und Schichten konzentrieren und die Farben und Strukturen exakt wiedergeben.«

»Und warum willst du eine Tür erschaffen? Wo willst du denn hin, wo du per Röhre nicht hinkannst?« Lani schüttelte ein wenig verdutzt den Kopf.

»Oh, keine Ahnung«, antwortete Alex betont lässig.

Lani kniff die Augen zusammen. Sie legte ihren Pinsel weg und packte Alex am Arm. »Du willst nach Quill, hab ich recht?«, flüsterte sie. »Warum willst du das tun, Alex? Du wirst nur alles kaputtmachen!«

»Schhhh!«, zischte er, als Ms Octavia in ihre Richtung schaute. »Ich werde nicht alles kaputtmachen. Mach dich nicht lächerlich.«

»Du willst deinen Bruder sehen! Oh, Alex, warum denn? Er ist nicht wie wir! Er ist böse!«

»Sei leise, Lani! Und hör auf. Aaron ist nicht böse. Er ist genau wie wir. Er hat auch künstlerische Sachen gemacht – ich habe nur die Schuld dafür auf mich genommen. Er sollte mit uns hier sein!«

»Aber das ist nicht richtig! Du wirst Artimé in Gefahr bringen. Was denkst du dir nur dabei, Alex?« Lani schüttelte voller Entsetzen den Kopf. »Für Aaron ist es zu spät. Vielleicht hätte er wirklich mit uns hier sein sollen, aber jetzt ist es passiert. Hast du Mr Today von ihm erzählt?«

»Nein! Und das solltest du lieber auch nicht tun!«

Lani seufzte und ließ sich auf ihrem Stuhl zurücksinken. »Bitte, tu es nicht, Al.«

Alex seufzte genauso tief, starrte auf sein Gemälde des Fensters und schüttelte den Kopf. Dann riss er es von der

Staffelei und zerfetzte es angewidert in winzige Stücke. »Wenn ich weiter in diesem Tempo Fortschritte mache, hast du sowieso nichts zu befürchten.« Er seufzte erneut und legte den Kopf auf die Fensterbank.

Als er hinausschaute, sah er Will Blair in der Ferne über den Rasen schlendern. Er blieb stehen und verharrte einen Moment lang dort, bevor er sich Ms Octavias Klassenzimmer zuwandte, ungeduldig mit einer Hand winkte und auf die Bibliothek zeigte. Alex krampfte sich der Magen zusammen. Warum wollte Will Blair sich mit ihm in der Bibliothek treffen? Er wandte sich hastig um, um zu sehen, ob es sonst noch jemand bemerkt hatte, aber Lani und der Rest der Klasse waren voll auf ihre Arbeit konzentriert. Alle – außer Samheed, der vor seiner Staffelei im hinteren Teil des Zimmers stand und ebenfalls aus dem Fenster blickte. Er nickte, seine Miene ernst. Dann packte er leise seine Sachen zusammen, und als Ms Octavia mit einem anderen Lehrling beschäftigt war, schlich er sich aus dem Klassenzimmer.

Die Bibliothek

Nach mehreren Besuchen in Mr Todays Büro hatte Alex Aarons Zimmertür komplett verinnerlicht, bis auf das letzte Astloch und den letzten Kratzer im Holz.

Jeden Abend, wenn Alex allein daran arbeitete, die 3-D-Tür zu Aarons Zimmer zu perfektionieren, um seinen Bruder retten zu können, musste er daran denken, wie Will und Samheed sich ständig heimlich in die Bibliothek davonschlichen. Sie taten es zu den seltsamsten Zeiten, manchmal während der Morgenversammlung, manchmal während eines größeren Gruppentrainings, manchmal auch spät am Abend. Einmal versuchte Alex, ihnen zu folgen, doch als er mit der Röhre in der Bibliothek ankam, waren sie bereits verschwunden. Woran konnten sie nur arbeiten? Anfangs war es Alex egal – er war einfach nur froh, dass Will damals in Ms Octavias Klassenzimmer nicht wirklich ihm zugewinkt hatte. Doch mit der Zeit wurde er immer neugieriger, je endloser sich seine einsamen Zeichenabende, an denen er außer Clive niemanden zum Reden hatte, in die Länge zogen.

Und Clive machte Alex das Ganze auch nicht leichter.

»Was treibst du so?«, fragte Clive ihn ungefähr alle zehn Minuten. Offensichtlich gefiel es ihm gar nicht, dass Alex in seinem engen Schlafzimmer zwischen dem Bett und der Wand arbeitete, anstatt draußen im offenen Wohnbereich, wo Clive hätte sehen können, was vor sich ging. Die mürrische Wandtafel hatte ihm seit dem »Zwischenfall«, wie Clive es gerne nannte, keine ruhige Minute mehr gelassen.

»Ich treibe gar nichts!«, antwortete Alex jedes Mal aufs Neue, immer genervter von seiner neugierigen Tafel. »Lass mich einfach in Ruhe, okay?«

»Na-hein«, trällerte Clive fröhlich.

Irgendwann hatte Alex die Nase voll, rollte frustriert sein Papier zusammen, klemmte es sich unter den Arm und stürmte aus dem Zimmer, so gut man eben stürmen konnte, wenn man sich dafür in eine enge Röhre quetschen und auf einen Knopf drücken musste. Da er Clive nicht die Genugtuung verschaffen wollte, ihm zu verraten, wohin er ging, drückte er auf Salon. Als er jedoch im Salon ankam, blieb er in der Röhre stehen und drückte auf Bibliothek. Aus dem Augenwinkel sah er Meghan und Lani an einem Tisch sitzen und Milchshakes trinken, aber im nächsten Moment war er auch schon weg.

In der Bibliothek klapperte er seine üblichen Arbeitsplätze ab, doch alle großen Tische waren belegt, und Alex brauchte einen großen Tisch, um seine 3-D-Zeichnung ausbreiten zu können. Also ging er in das nur selten genutzte Treppenhaus und zu Fuß statt per Röhre in den ersten Stock hinauf. Als er dort eine weitere Treppe sah, folgte er ihr in den zweiten Stock hinauf, in dem er noch nie zuvor gewesen war. Auch in der Röhre befand sich kein Knopf für den zweiten Stock. Alex hatte die ganze Zeit geglaubt, die Bibliothek hätte nur zwei Etagen. Neben der Tür an der Treppenhauswand hing ein ziemlich alt aussehendes Schild mit der Aufschrift ARCHIV. Alex ging hinein. Im Inneren war es dunkel, aber kleine Lichter leuchteten auf, als er an den unzähligen Reihen mit Büchern, Dokumenten und Landkarten entlangging. Es roch modrig und alt. Sein Magen machte einen nervösen Satz, als er die Tür zufallen hörte, und er rannte schnell zurück, um sich zu vergewissern, dass er nicht eingeschlossen war. War er nicht. Mit einem erleichterten Seufzen spazierte er zwischen den Regalen hindurch zu einem großen Tisch in der hinteren Ecke, der sich perfekt für seine Zwecke eignete. Er rempelte mit seiner zusammengerollten Türzeichnung aus Versehen einen über zwei Meter großen Tiki-Totempfahl mit drei übereinander angeordneten Gesichtern an. Das mittlere Gesicht schlug ein Auge auf, funkelte Alex an – und machte das Auge dann wieder zu.

»Entschuldigung«, flüsterte Alex. Er rollte das Papier aus, breitete es auf dem Tisch aus und sagte: »Ich wünschte, ich hätte mehr Licht.« Der Tisch begann in bläulich weißem Licht zu leuchten, das durch das Papier schimmerte. Überrascht betrachtete Alex seine Zeichnung: Plötzlich schien er jede einzelne Linie ganz präzise erkennen zu können, wobei das blaue, helle Licht sämtliche Ungenauigkeiten hervortreten ließ, die verhinderten, dass die Zeichnung so funktionierte, wie sie es sollte.

Alex stieß einen leisen Pfiff aus, als verschiedene Teile der Zeichnung vor seinen Augen an Tiefe gewannen.

Unvermeidbar

Mr Today wandte den Blick von der langen Reihe der Infotafeln ab, als er ein Knurren vor seinem Büro hörte. »Herein, Simber«, sagte er. »Florence. Willkommen.«

Einen Moment später trafen auch Claire Morning und Ms Octavia ein, und alle machten es sich in dem großen Büro bequem. Simber streckte sich auf dem Boden aus, während Florence sich auf einem solide wirkenden, grotesk überdimensionierten Sessel mit Blumenmuster niederließ, der aussah, als wäre er speziell für sie angefertigt worden. Die beiden Tutorinnen setzten sich auf zwei Stühle neben Mr Todays Schreibtisch.

Der Magus schob einige Papiere auf dem Tisch zusammen, legte sie dann beiseite und blickte zu seinen Gästen hinauf. »Danke für euer Kommen«, sagte er. »Simber, was gibt es Neues?«

»Alex hat diesen Korrrridorrr entdeckt«, begann Simber. »Errr warrr berrreits drrreimal hierrr, soweit ich es von meinem Platz an derrr Türrr errrkennen konnte. Einmal mit diesem Jungen, Samheed, spät in derrr Nacht. Zweimal währrrend derrr Mittagspause, jeweils am Dienstag.«

Mr Today nickte. »Was ist mit Will Blair?«

»Blairrr habe ich nicht gesehen, aberrr errr könnte auch einen Unsichtbarrrkeitszauberrr anwenden, um sich Zutrrritt zu verrrschaffen.«

»Danke, Simber. Octavia?«

»Mit Alex scheint alles in Ordnung zu sein. Er ist noch immer recht melancholisch, aber das ist nun mal das Los eines Malers. Er arbeitet an dreidimensionalen Gemälden.«

»Welcher Art?«

»Fenster und Türen, solche Sachen. Ziemlich ambitioniert.« Octavia blickte über die auf ihrer langen Schnauze sitzende Halbbrille hinweg.

»Hmm«, machte Mr Today. »Wie kurz steht er vor einem Erfolg?«

»Er ist noch lange nicht so weit, aber er wird besser. Es ist ein äußerst schwieriges Verfahren, wie du selbst weißt.«

Florence räusperte sich. »Ich habe mit den Girrinos unten am Tor gesprochen. Arija meinte, dieser Blair-Junge verhalte sich verdächtig. Er war in der vergangenen Woche zweimal am Tor. Und die Vogelstraußstatue in der Bibliothek hat mir berichtet, Blair hätte den jungen Samheed davon überzeugt, ihm bei einem Kunstprojekt zu helfen.«

»Samheed arbeitet mit Blair zusammen?«, fragte Mr Today, einen Anflug von Besorgnis in der Stimme.

Florence zuckte mit ihren mächtigen Schultern. »Sieht ganz so aus.«

Claire warf ein: »Was hat Will Blair nur für ein Problem? Ich fürchte, ich verstehe es nicht so ganz.«

»Es ist ein wenig kompliziert«, antwortete Mr Today. »Blairs Vater ist der General des Quillitärs, weißt du? Blair ist furchtbar verbittert, seit er vor drei Jahren hierherkam, denn wäre er ein Gewollter gewesen, hätte er nun allein aufgrund seiner Herkunft Aarons Position inne. Und seit er entdeckt hat, dass Aaron ihm seinen Ehrenplatz offenbar ›gestohlen‹ hat, ist Will noch verbitterter.« Mr Today deutete auf die Wandtafel, die den Palast zeigte. Dort, in Hohepriesterin Justines privatem Büro, saß Aaron, in eine ernste Diskussion mit der Herrscherin von Quill vertieft. »Aaron hat sich in der Tat einen Namen gemacht. Gunnar berichtet, der Junge sei jüngst zum Assistenzadjutanten der Hohepriesterin ernannt worden. Eine so hohe Position wurde noch nie zuvor von jemand so Jungem bekleidet.«

Mr Today wandte sich wieder seinen Besuchern zu. »Will ist extrem eifersüchtig und so wutentbrannt, dass er die Dinge nicht mehr so sehen kann, wie sie tatsächlich sind – sondern nur noch so, wie er sie gerne hätte. Als er mit Samheed, seinem früheren Nachbarn und Freund, wiedervereint war, fingen die beiden an, sich über Quill zu unterhalten. Will fand heraus, dass Aaron derjenige gewesen war, der Samheeds Verstoß gemeldet hatte – und das gab Will den Rest. Er wurde wie besessen davon, diesen Bildschirm zu betrachten und Aaron dabei zu beobachten, wie er im Palast mit Hohepriesterin Justine oder mit seinem Vater, General Blair, zu Mittag aß.«

Im Zimmer war es einen Moment lang still, bevor Claire das Wort ergriff. »Dann will er sich also an Aaron rächen?«

»Ja.«

»Wie?«

Mr Today schürzte die Lippen. »Das weiß ich noch nicht.«

»Sollten wir nicht versuchen, ihn aufzuhalten? Können wir das überhaupt?«

»Ja, wir können ihn aufhalten. Du weißt, dass wir es können«, erwiderte Mr Today zögernd.

Claire schüttelte den Kopf. »Ich weiß aber auch, dass wir es nicht tun werden.«

»Das ist richtig.«

»Aber – warum?« Claire stieß ein ungeduldiges Seufzen aus. »Wenn wir die Mittel haben, ihn aufzuhalten, sie beide aufzuhalten, Will und Alex – bevor Quill Artimé entdeckt und zerstört. Bevor sie uns alle in Gefahr bringen. Einige von uns würden gewiss getötet werden! Alles würde sich verändern. Alles.«

Mr Today vergrub den Kopf in den Händen und schwieg. Sein zerzauster weißer Haarschopf zeigte auf die Wand hinter seinen Freunden.

Nach einem Moment meldete Simber sich mit einem uncharakteristisch leises Schnurren zu Wort. »Wirrr tun es nicht, Clairrre, weil keinerrr derrr Jungen das Gesetz gebrrrochen hat. Weil wirrr schlechte Ideen oderrr Gedanken oderrr Absichten nicht bestrrrafen. Denn derrr Moment, in dem wirrr das tut, ist auch derrr Moment, in dem unserrre Welt den errrsten Schrrritt unterrrnimmt, so zu werrrden wie Quill.«

»Aber wenn es zu unserem eigenen Besten und zu unserer Sicherheit ist …«

»Claire«, unterbrach Mr Today sie leise, »wenn wir erst einmal angefangen haben, uns in freie Gedanken einzumischen, wo hören wir dann wieder auf? Glaub mir, ich habe das alles schon einmal erlebt.«

»Aber du weißt selbst, dass du unsere Welt beschützen kannst, ohne dass es zum Krieg kommen muss! Du könntest Quill einfach von der Bildfläche verschwinden lassen. Wir wären für immer in Sicherheit, wenn du dich nur dazu entscheiden könntest, sie aufzuhalten.«

Der Magus lächelte traurig. »Und du weißt, Claire, dass ich nicht für immer hier sein werde, um Artimé vor dem zu beschützen, was jenseits von Quill liegt. Alle hier müssen etwas besitzen, das sie verlieren können, damit sie unser Land wirklich als das ihre betrachten. Wenn die unseren nichts haben, das sie opfern können – nichts, das sie beschützen können –, was wird dann mit Artimé geschehen, wenn ich nicht mehr hier bin?«

Erdrückend schwere Stille breitete sich im Raum aus.

»Und was sollen wir dann tun?«, fragte Claire schließlich.

Mr Today kratzte sich am Kinn. »Wir bereiten uns vor. Und wer weiß, vielleicht führt das Ganze ja zu etwas Gutem.« Er holte tief Luft. »Florence, hast du schon mit dem Training mit den tödlichen Waffen begonnen?«

»Ja.«

»Sehr gut. Ich will, dass alle über das nötige Wissen und die entsprechenden Fähigkeiten verfügen, ob sie sich nun entscheiden, sie einzusetzen, oder nicht. Claire, finde Gunnar im Wald und bitte ihn, zu mir zu kommen. Simber, du behältst Will Blair und Samheed ganz genau im Auge. Ich werde einen Schimmerschild am Eingang zu diesem Korridor installieren, damit du erkennst, wenn jemand Unsichtbares ihn betritt.

Und der Junge … hmm …«, überlegte Mr Today laut. »Ja. Um Alex kümmere ich mich persönlich.« Er klatschte in die Hände und fing die ernsten Blicke seiner Mitstreitenden ein. »Gut, und nun lasst uns dafür sorgen, so gut wie möglich vorbereitet zu sein, ja?«

Alle Menschen, Statuen und Kreaturen im Raum nickten.

Die Liquidatoren

Fast jede Nacht, wenn seine Augen und seine Hand nach der langen, konzentrierten Arbeit an der Tür schon ganz müde waren, quälte sich Alex mit Gedanken an Aaron. *Wie?*, fragte er sich selbst immer wieder, nachdem er seit Wochen nur Misserfolge zu verzeichnen hatte. Noch immer konnte er keine Tür erschaffen, die ihn in das Zimmer seines Bruders führen würde – oder überhaupt irgendwo hin. Er schüttelte den Kopf. *Ich weiß, dass ich dich retten kann. Aber wie soll ich zu dir kommen? Es muss noch einen anderen Weg geben.*

Eines Nachts hielt Alex es nicht mehr länger aus, sich sinnlos in seinem Bett hin und her zu wälzen. Er verließ sein Zimmer, ging die Treppe hinunter und, vorbei an den beiden Statuen, die ihm höflich zunickten, nach draußen, um durch einen kleinen Spaziergang den Kopf wieder freizukriegen. Er sah nicht, wie Simber und Florence einen Blick wechselten oder wie Simber leichtfüßig von seinem Sockel sprang und die Stufen hinauf zu den Privatgemächern des Magus trottete.

Alex schlenderte für eine Weile am Meeresufer entlang, drehte dann, anstatt in den Dschungel zu gehen, jedoch ab und ging in diagonaler Richtung auf einen Ort zu, den fast niemals jemand aufsuchte, weil er so viele schreckliche Erinnerungen in sich barg: das riesige eiserne Tor. Im Licht der Sterne konnte Alex die schattigen Gestalten der vier Girrinos erkennen, die dort endlos Wache standen, anscheinend ohne Ruhepause.

Alex räusperte sich.

»Wir sehen dich, Will Blair«, sagte eines von ihnen mit freundlicher Stimme. »Du kannst dich uns unbesorgt nähern.«

Alex kaute auf seiner Unterlippe herum und trat aus den Schatten. »Hi … Ich bin, ähm, nicht Will Blair«, stammelte er, weil er nicht wusste, was er sonst sagen sollte. »Ich bin Alex Stowe.«

»Oh, der bist du in der Tat«, sagte das Girrino mit Namen Tina. »Schaut mal, Mädels, ein Neuer hat beschlossen, sich seinen Ängsten zu stellen.«

Die Girrinos lächelten. Das mit Namen Arija fragte: »Was führt dich heute Nacht hierher, Alex? Kannst du nicht schlafen? Fühlst du dich ein wenig aus dem Gleichgewicht?«

»Woher … woher weißt du das?« Alex konnte spüren, wie der Boden ein wenig bebte, als sich zwei der Wesen hart auf die Erde plumpsen ließen und ihre Aufmerksamkeit wieder dem Tor zuwandten.

»Wir bekommen nur selten Besuch, und wenn, dann für gewöhnlich aus einem von zwei Gründen. Die meisten, die hierherkommen, um sich dem eisernen Tor zu stellen, hoffen, es in einem anderen Licht zu sehen, von der guten Seite, und so die grauenvollen Erinnerungen an Quill vertreiben zu können.«

»Und funktioniert das?«

»Für einige, ja.«

»Was ist der andere Grund?«, wollte Alex wissen und hoffte, die Girrinodamen konnten seine Gedanken nicht lesen.

Arija blinzelte ernst mit ihren milchschokoladigen Augen. »Sie kommen, um zu fliehen.«

Alex bliebt fast das Herz stehen, aber sein fester Blick verriet nichts. »Oh. Das erscheint mir ziemlich seltsam«, sagte er. Seine Stimme klang ein winziges bisschen zu dünn in seinen Ohren, deshalb versuchte er, tief in sein Zwerchfell zu atmen, wie Ms Morning es ihnen im Chor beigebracht hatte. »Ich hätte nicht gedacht, dass man durch das Tor auch nach draußen gelangen kann. Ist es nicht von der anderen Seite verriegelt? Und wer sollte schon an diesen grauenvollen Ort fliehen wollen?«

Tina grinste, ihre Zähne glühende Rechtecke im Sternenlicht. »Du hast in beiden Punkten recht, Alex. Er ist eins von den ganz schlauen Kerlchen, was, Arija?«

»In der Tat.« Arija nickte. »Es führen zwei Wege aus Quill hinaus, aber nur magische Wege wieder hinein. Wir können das Tor von hier aus nicht öffnen. Es sei denn natürlich, jemand entriegelt es von der anderen Seite.«

Alex zog die Stirn in Falten. »Zwei Wege aus Quill? Welcher ist denn der zweite? Uns hat man immer erzählt, der einzige Weg, Quill zu verlassen, wäre es, bei der Liquidierung durch dieses Tor zu gehen.«

»Na, selbstverständlich hat man euch das *erzählt*, mein Junge. Ich glaube, nicht einmal die Kommandeurinnen und Kommandeure wissen von dem anderen Weg. Und wenn sie davon wüssten, würden sie es den Menschen in Quill nicht verraten«, sagte Tina.

Arija warf ihr einen strengen Blick zu. »Necke den Jungen nicht so, Tina. Woher sollte er es denn wissen?« Sie wandte sich wieder Alex zu. »Es gibt einen Geheimgang, der vom Palast hinter die Mauer führt, die Hohepriesterin Justine und Marcus vor langer Zeit errichtet haben, als Justine die Herrschaft über das Land übernahm. Die Hohepriesterin glaubt, Marcus wäre die einzige andere Person in Quill, die von seiner Existenz weiß.«

Alex' Augen weiteten sich. »Aber ... der Palast ...«, sagte er nachdenklich, »was liegt denn dahinter? Wohin führt dieser Gang? In den Finsteren Wald? Auf feindliches Gebiet?«

»Na«, begann Tina, »zum Meer natürlich!«

»Was?«, fragte Alex ungläubig. »Aber was ist mit der Bedrohung durch die angrenzenden Länder? Dem Quillitär? Dieser verfluchten Stacheldrahtdecke, die das ganze Land vor Eindringlingen schützt?«

Arija ging zu Alex hinüber. »Schon gut, mein lieber Junge«, sagte sie und stupste ihn tröstend mit der Schnauze an der Schulter an, als wäre er ihr Sohn, bis Alex sich wieder ein wenig beruhigt hatte. »Ich fürchte, das ist alles nur ein Trick, um das Verhalten der Menschen in Quill zu kontrollieren.« Sie seufzte. »Das Land Quill – und damit auch Artimé – ist eine Insel. Es gehört zu einer ganzen Inselkette. Einst betrieben wir, wie man mir erzählte, Handel mit anderen Ländern. Aber das war, bevor Justine die Mauer errichtet hat.«

Alex schüttelte niedergeschlagen den Kopf. »Ich kann es nicht glauben. Warum sollten sie uns anlügen?«, flüsterte er. »Was ist mit den alten Leuten? Erinnern sie sich denn nicht daran?«

Arija schüttelte den Kopf, und ihr schwarzes, seidiges Fell glänzte im Sternenlicht. »Nein, Alex. Man hat dafür gesorgt, dass sie es vergessen.«

»Was meinst du denn …«

»Magie.«

Alex stand nur da, vollkommen überwältigt von dem, was er hörte. Magie? In Quill? Er schüttelte schockiert den Kopf. »Aber … wer …? Wer würde etwas so Grauenvolles tun und den Menschen ihre Erinnerungen nehmen?«

Die Girrinodamen schwiegen. Einen Moment später richteten sie sich plötzlich wachsam auf und blickten in die Schatten hinter Alex.

»Ich«, sagte eine Stimme in der Dunkelheit.

In einer dunklen Nacht

Komm, begleite mich ein Stück«, forderte Mr Today Alex auf und trat aus dem Schatten. »Wir haben einiges zu besprechen.«

Alex erstarrte. Er fühlte sich genauso, wie er sich in Quill immer gefühlt hatte, wenn er bei einem Verstoß ertappt worden war. Ihm rutschte das Herz in die Hose, als er sich langsam umdrehte und den ernsten Ausdruck auf Mr Todays Gesicht sah. *Erwischt.*

Der Magus winkte den Girrinos zu und begann, über den Rasen in Richtung der Villa zu schlendern. Er schien jedoch nicht sonderlich beunruhigt zu sein, und es war diese Gelassenheit, die Alex schließlich dazu brachte, Mr Today zu folgen, anstatt davonzurennen oder sich zu verstecken. Er eilte durchs Gras, um den mit eifrigen Schritten davonschreitenden Magus einzuholen.

»Was für eine wunderschöne Nacht.« Mr Today atmete die salzige Luft tief ein. »Ich sollte um diese Uhrzeit öfter daran denken, nach draußen zu gehen. Ich liebe das Rauschen des Meeres in der Dunkelheit, wenn alle anderen Kreaturen still sind, du nicht auch?«

Alex schluckte schwer. »Ja«, antwortete er. Und dann,

weil es ihm komisch vorkam, das einsame Wort in der Luft hängen zu lassen, fügte er wie ein pflichtbewusster Lehrling hinzu: »Es ist fast wie Musik. Wie ein neuartiges Instrument.«

»Ganz genau!«, stimmte Mr Today ihm anerkennend zu. »Oh, du hast in nicht einmal einem Jahr wirklich große Fortschritte gemacht. Kannst du sie selbst auch erkennen, mein Junge?«

Alex schwieg einen Moment, angenehm verwirrt über diese Wendung der Ereignisse, aber nach wie vor ein wenig misstrauisch. »Ja, ich glaube, das kann ich, Sir.«

»Natürlich kannst du das.« Der alte Magus blieb am Ufer stehen und blickte aufs Meer hinaus. »Hast du Claires Boot in der Lagune schon entdeckt?«, fragte er. »Eine wahre Schönheit.«

Alex kniff die Augen zusammen. »Ähm, j-ja.« War das die richtige Antwort? Er war sich nicht sicher.

»Eines schönen Tages machen wir eine kleine Bootsfahrt, vielleicht zu einer der Nachbarinseln, mit denen wir früher Handel trieben. Ich will schon seit Jahren noch einmal dorthin«, murmelte Mr Today, hauptsächlich zu sich selbst. »Ich könnte mir jedoch vorstellen, dass sie sehr erzürnt waren, als wir den Kontakt zu ihnen einfach so abbrachen … Ich frage mich, ob sich dort noch irgendjemand an mich erinnert.« Er riss sich selbst aus seinen Gedanken und wirbelte urplötzlich herum, um zur Villa zurückzugehen. »Aber zuerst haben wir etwas anderes zu erledigen.«

Alex stolperte ihm hinterher. »H-haben wir?«

Mr Today erreichte den Fußweg, stieg die Stufen hinauf, öffnete mit schwungvoller Geste die Eingangstür und winkte Alex hinein. »In mein Büro«, sagte er.

»Ihr Büro?« Alex errötete, als er die Villa betrat. »Ähm, ich fürchte, ich weiß nicht, wo …«

Simber knurrte und beäugte Alex mit zur Seite geneigtem Kopf.

Mr Today hob eine Hand und gluckste. »Lass gut sein, Simber. Der Junge braucht seine Würde noch.«

Alex stolperte mit glühendem Gesicht die Treppe hinauf. Ohne ein weiteres Wort huschte Mr Today die Stufen immer zwei auf einmal hinauf und betrat den geheimen Korridor. Alex zögerte, drehte sich um und schaute noch einmal zu Simber hinunter. Plötzlich wurde ihm bewusst, wie dumm es gewesen war, zu glauben, niemand hätte ihn jemals in den Korridor gehen sehen. Simber grinste den Jungen hämisch an.

Alex schüttelte den Kopf und folgte Mr Today. »Ich bin so ein Tölpel«, murmelte er.

Mr Today lachte und berührte mit einem Finger die Glaswand. Sie schimmerte flüssig, platschte auf den Boden und verschwand. »Wir haben alle unsere Momente, mein Junge. Komm, setz dich.«

»Danke«, erwiderte Alex. Er ließ sich schwer auf einen der Bürostühle sinken und versuchte mit aller Macht, nicht auf die Wandtafeln über Mr Todays Kopf zu starren.

Der Magus betrachtete Alex. »Wir wollen ehrlich miteinander sein, ja?«

Alex blinzelte. »Okay …«

»Vermisst du deinen Bruder?«

Alex starrte ihn an. Sein Herzschlag beschleunigte sich. »Nein.«

Mr Today beäugte Alex einen Moment lang und drehte sich dann zu der Tafel um. »Alex«, sagte er, »ist es wahr, dass dein Bruder genauso kreativ war wie du?«

Alex blinzelte. »Na ja, er hat einmal zu zeichnen versucht.« Alex erinnerte sich wieder an jenen Tag im Garten, als es geregnet hatte.

»Was ist passiert?«

»Mein Vater hat uns verwechselt. Er dachte, Aaron wäre ich – ich war immer der Unruhestifter, und außerdem hat es in Strömen geregnet und wir sehen schließlich identisch aus, also … Es war ein simpler Irrtum«, erklärte Alex. Er hatte das Gefühl, seinen Vater verteidigen zu müssen.

»Und Aaron hat nichts unternommen? Er hat zugelassen, dass sein Verstoß dir angelastet wurde?«

Alex rutschte unbehaglich auf seinem Stuhl hin und her. »Ich hatte sowieso schon mehrere Verstöße begangen, Mr Today. Ich wusste, ich würde ungewollt sein. Ein Verstoß mehr machte für mich keinen Unterschied.«

»Aber für Aaron hätte er einen Unterschied gemacht.«

Alex traten Tränen in die Augen. »Ja … ich meine, nein. Ich meine … es ist alles so verwirrend.«

Mr Today lehnte sich vor. »Du hättest alles für ihn getan. So ist das bei Zwillingen nun mal, nicht wahr?«

Alex nickte, weil er sich nicht zutraute zu sprechen.

Schließlich flüsterte er jedoch: »Ich wünschte, ich hätte es nicht getan.«

»Weil er dann vielleicht hier wäre? Ist das der Grund?«

»Ja.«

»Alex, du hast etwas sehr Nobles getan und dachtest, du würdest ihn damit retten. Glaub mir, ich verstehe das. Und ich rechne es dir sehr hoch an.«

Alex schluckte schwer und blickte auf seinen Schoß hinunter.

Mr Today ordnete ein paar Papiere auf seinem Schreibtisch und erhob sich dann. »Komm, ich begleite dich zurück.«

Alex stand auf und folgte Mr Today in den Flur hinaus.

»Also, Alex«, fragte er in heitererem Tonfall, »wie läuft es mit deiner Ausbildung, nun, da du mit dem Training begonnen hast? Kommst du gut zurecht?« In Wahrheit schien er jedoch nach etwas Tieferliegendem zu fragen.

Alex musste an seine Träume denken. An die 3-D-Tür. Ihm tat das Herz weh bei der Vorstellung, Aaron nie wiederzusehen. Schließlich blickte er zu Mr Today hinauf. »Alles läuft wirklich großartig. Es gefällt mir hier.«

Mr Today sah Alex an, während sie weitergingen, seine Miene war unergründlich. Nach einem Moment lächelte er traurig. »Gut«, sagte er. »Ich bin sehr froh, das zu hören.«

Wo ein Will(e) ist …

Wo gehst du denn hin?«, wollte Lani wissen und tippte laut mit dem Fuß vor den Bibliotheksröhren auf, woraufhin mehrere Kreaturen, Lehrlinge und Statuen finstere Blicke in ihre Richtung warfen. »Du schleichst in letzter Zeit ständig durch die Gegend.«

»Ich bin eben beschäftigt«, antwortete Alex.

»Womit?«

»Ähm … mit Zaubern. Von der tödlichen Sorte. Da fällt mir ein …«, sagte er in dem verzweifelten Versuch, das Thema zu wechseln, damit Lani ihn endlich in Ruhe ließ. Er war so nahe dran, die 3-D-Tür zu vollenden. »Ich würde wirklich gerne wissen, mit welcher Beschwörung man Fächerclips in tödliche Waffen verwandeln kann. Irgendeine Idee?«

Lani neigte den Kopf zur Seite. »Ich weiß es nicht.«

»Na, kannst du es dann vielleicht herausfinden? Ich würde den Zauber wirklich gerne lernen. Ich meine … nicht, weil ich vorhabe, ihn jemals anzuwenden. Ich meine, nur für den Fall.«

Lanis Augen weiteten sich. »Du meinst, du würdest jemanden töten, falls es jemals so weit kommen sollte?«

»Das hab ich nicht gesagt.«

»Doch, ich glaube, das hast du sehr wohl.«

Alex zuckte mit den Schultern. »Nur, wenn ich es wirklich tun müsste. Ich will niemals jemanden töten.«

Lani schwieg. Sie wandte sich ab. »Ich werde sehen, was ich rausfinden kann«, sagte sie und schlenderte durch die endlosen Bücherreihen davon. Als sie nicht mehr zu sehen war, schlüpfte Alex durch die Tür ins Treppenhaus und eilte die Stufen in den zweiten Stock hinauf. Er lugte durchs Fenster, sah, dass alles dunkel war, und trat ein. Dann huschte er auf Zehenspitzen zu seinem Tisch, um endlich sein Gemälde zu vollenden.

Es war noch keine Stunde vergangen, als er den letzten Pinselstrich vollführte und einen Schritt zurückwich. Die Tür kam ihm praktisch aus dem Bild auf dem Tisch entgegen, so realistisch sah sie aus. Alex grinste, sicher, dass es diesmal funktionieren würde. Er betrachtete die Tür noch einen Moment länger und spürte, wie ein aufgeregter Schauer bei dem Gedanken, endlich seinen Bruder wiederzusehen, durch seinen Körper jagte. Er blickte sich um, auf der Suche nach einer freien Wand. Sämtliche Wände waren jedoch von Bücherregalen verdeckt. Also rollte er das Gemälde vorsichtig zusammen und packte seine Pinsel und Bleistifte ein.

Als er sich seinen Rucksack schnappte, hörte er die Tür knarren. Zwei Stimmen unterhielten sich in gedämpftem Flüsterton. Eine von ihnen erkannte er: Es war Samheed.

Alex spannte sich unwillkürlich an, nahm dann schweigend seine Sachen und trat hinter eins der Regale, den Rücken dagegengedrückt, mit Blick auf den Tiki-Totempfahl. Sein Atem ging leise und flach, eine Gänsehaut breitete sich auf seinem ganzen Körper aus, und er verfluchte sich selbst dafür, dass er keinen Unsichtbarkeitspinsel mitgebracht hatte. Nachdem die beiden die Tür geschlossen hatten, konnte er sie deutlicher hören. Sie setzten sich an einen Tisch im vorderen Teil des Raumes – damit saß Alex in der Falle. Er schlich sich näher, um die beiden besser verstehen und durch die Lücken zwischen den Regalen spähen zu können.

»Die Türangeln stimmen nicht. Siehst du, hier?«, sagte Samheed und deutete auf das Bild einer Tür, die der, die Alex soeben perfekt vollendet hatte, unheimlich ähnlich sah.

»Ich weiß! Ich versuche es ja«, schnauzte Will Samheed wütend an. »Das hier ist nicht unbedingt mein Fachgebiet.«

»Dann lass mich es versuchen.«

»Du hast es schon versucht und kannst es auch nicht besser. Sei einfach still. Ich muss mich konzentrieren.«

»Ich könnte Alex fragen«, schlug Samheed vor.

Will lachte laut. »Sam, du bist sogar noch dümmer, als du aussiehst. Alex ist uns aus der Ferne bereits hilfreich genug. Ihn einzuweihen könnte alles kaputtmachen. Du weißt selbst, wie oft er immer noch an seine Ratte von einem Bruder denkt.«

Samheed kniff die Augen zusammen, sagte für einen Moment jedoch nichts. Er zog einen Stuhl zu sich heran und setzte sich rittlings darauf. »Ja, vielleicht bin ich dumm, weil ich nicht verstehe, warum du überhaupt dorthin zurückwillst. Ich meine, sicher, du kannst Aaron Stowe eine Heidenangst einjagen, weil er dir deinen Platz im Palast weggenommen hat, aber wem soll das irgendetwas nützen? Du wirst damit nur Artimé preisgeben, und dann müssen wir alle kämpfen.«

Will warf frustriert seinen Bleistift weg. »Hör mal, ich werde nicht zulassen, dass irgendjemand herausfindet, wer ich wirklich bin, okay? Zumindest nicht am Anfang – schließlich werde ich mich dank deines jämmerlichen Freundes Alex und meiner unglaublichen magischen Fähigkeiten in eine perfekte Theaterzaubertarnung hüllen. Und glaub mir, wenn ich erst mal mit Aaron fertig bin, wird er nicht mehr in der Lage sein, es irgendeiner Menschenseele zu erzählen.«

Alex schnappte so erschrocken nach Luft, dass ihm beinahe die 3-D-Tür aus der Hand gefallen wäre.

Samheed blickte auf, als hätte er etwas gehört, drehte sich dann jedoch wieder zu Will um. »Wie meinst du denn das? Willst du ihn umbringen oder so?« Er lachte nervös.

Will Blair schüttelte nur den Kopf und blickte finster. Er griff wieder nach dem Bleistift und begann erneut, an der Tür zu arbeiten.

»Ernsthaft, Will«, sagte Samheed, als Will ihm nicht antwortete. Seine Stimme wurde leiser. »Hast du vor, ihn umzubringen?«

»Ich ziehe den Begriff ›liquidieren‹ vor«, entgegnete

Will knurrend. »Hast du ein Problem damit? Oder muss ich dich auch aus dem Weg räumen?«

Samheeds Gesicht sah ganz grün aus in dem unheimlichen blauen Licht des Tisches. »Nein«, flüsterte er, »natürlich nicht.«

Alex' Herz und Verstand begannen zu rasen. Wie um alles in der Welt sollte er hier rauskommen und Aaron rechtzeitig erreichen, um ihn zu warnen? Er konnte nur hoffen, dass Will noch nicht so weit war, seine 3-D-Tür heute Abend fertigzustellen, sonst stünde er vor einem ernsten Problem. Wenn er doch nur in sein Zimmer gelangen könnte! Aber … nein. Clive, die alte Nervensäge, würde wahrscheinlich sofort ahnen, was los war, wenn er urplötzlich aus seinem Zimmer verschwand, und ganz bestimmt Mr Today alarmieren. Das konnte Alex nicht riskieren. Aber wo konnte er sonst hin, damit niemand sah, wie er verschwand?

Er ließ sich auf den Boden sinken, um den Rest der Nacht in der Bibliothek auszuharren, knautschte dabei jedoch aus Versehen mit dem Schuh den Rand des aufgerollten Gemäldes zusammen.

»Hast du das gehört?«, fragte Samheed leise.

»Nein.«

»Ich glaube, ich hab was gehört.«

»Dann mach dich nützlich und geh nachsehen.«

Alex legte eine Hand auf Mund und Nase, um das Geräusch seiner Atmung zu dämpfen. Starr vor Schreck versuchte er, Samheed mit schierer Willenskraft zu dem Schluss zu bringen, er hätte doch nichts gehört.

Samheed schwieg für einen Moment, erhob sich dann jedoch und schlich langsam durch die düstere Bibliothek. Er ging um eine der Bücherreihen herum, und Alex konnte ihn direkt hinter dem Regal hören, an dem er selbst lehnte. Er wurde beinahe verrückt vor Angst. *Nein, nein, nein!,* wiederholte er immer wieder stumm. *Bitte nicht!*

Dann ging Samheed um den Totempfahl herum und blieb wie angewurzelt stehen, als er Alex entdeckte. Seine Augen weiteten sich zunächst vor Angst, verengten sich dann jedoch misstrauisch. Alex spannte sich an, bereit, loszurennen und die Flucht zu ergreifen, schickte gleichzeitig aber ein stummes Flehen an Samheed. Der stand vollkommen still da, während die beiden einander in die Augen schauten.

»Und, ist da irgendwas?«, rief Will.

Der Totempfahl hinter Samheed gähnte in dreifacher Ausführung und räusperte sich dann.

»Nur eine Statue«, rief Samheed zurück, »nichts weiter.« Er funkelte Alex einen Moment lang an, wandte sich dann ab und kehrte an seinen Tisch zurück.

... ist auch ein Weg

Alex tat alles weh, nachdem er eine halbe Ewigkeit still an ein und demselben Ort gesessen hatte. Er hatte das Gefühl, ein Schwarm Bienen würde durch seinen Kopf schwirren, so wild wirbelten seine Gedanken durcheinander. Will Blair plante, Aaron umzubringen – ihn nicht nur umzubringen, sondern sich mithilfe seiner Theaterzauber in Aaron zu *verwandeln*, damit niemand in Quill den Unterschied bemerkte. Wie um alles in der Welt sollte Alex seinen Bruder jetzt noch retten? Er musste unbedingt hier raus!

Stunden verstrichen, während Will und Samheed angestrengt an verschiedenen Stellen des Türrahmens arbeiteten. Schließlich reckte und streckte Samheed sich, stöhnte laut und sagte: »Können wir's fürs Erste nicht gut sein lassen? Wir kriegen das heute Nacht sowieso nicht mehr hin.«

»Ich bin fast fertig. Siehst du? Der obere Teil des Türrahmens hebt sich schon vom Tisch ab. Wir müssen nur noch ein bisschen am Rest feilen.«

»Wir haben die ganze Nacht gebraucht, nur um so weit zu kommen! Mir reicht's für heute. Ich geh ins Bett.«

»Von mir aus, dann geh«, erwiderte Will. »Aber wenn du irgendjemandem von meinem Plan erzählst, werde ich dich umbringen. Und das ist kein Witz.«

»Okay, okay«, sagte Samheed. Seine Stimme klang hohl. »Entspann dich. Ich bin auf deiner Seite.«

Will tupfte mit seinem Bleistift aufs Papier und riss dabei ein winziges Loch hinein. »Verflucht!«, brüllte er. »Das ist so frustrierend!« Er stand auf, fuhr sich mit den Fingern durchs Haar und begann, um den Tisch herumzugehen.

Alex erstarrte, auch wenn er sich ziemlich sicher war, dass er nicht länger die Kontrolle über seine völlig verkrampfte untere Körperhälfte hatte.

»Na schön«, sagte Will, noch immer um den Tisch stampfend, auch wenn er sich langsam wieder zu beruhigen schien. »Na schön. Wir bringen es morgen zu Ende.«

»Morgen. Gut«, sagte Samheed. Er funkelte in Alex' Richtung, der die beiden jedoch nicht sehen konnte.

Sie rollten die Zeichnung zusammen und packten ihre Zeichenutensilien ein. »Wir kommen morgen nach dem Mittagessen wieder her. Wir können das Training sausen lassen.«

»Aber …«

»Komm schon, Samheed, sei kein Idiot. Wir müssen das hier fertigkriegen, bevor der alte Knacker uns auf die Schliche kommt. Langsam wird mir klar, warum du definitiv nicht ins Quillitär gehörst, so, wie du die ganze Zeit jammerst.«

»Halt die Klappe«, brummte Samheed.

»Was?«

»Gar nichts! Meine Güte.« Samheed brodelte stumm vor Wut, kickte seinen Stuhl krachend an den Tisch zurück und verließ die Bibliothek, ohne auf Will zu warten. Der folgte ihm einen Moment später, böse vor sich hin grinsend.

Alex saß noch fünf quälende Minuten lang da, bevor er sich langsam aufrappelte und spürte, wie das Blut wieder in seine heftig kribbelnden Beine rauschte.

»Danke«, sagte er leise zu dem Totempfahl.

Das obere Gesicht öffnete die Augen und starrte Alex an. Dann nickte es und schlief weiter.

Als er wieder gehen konnte, ohne ständig zu stolpern, schnappte Alex sich sein Gemälde und eilte die Treppe hinunter. Er beschloss, die Röhre zu meiden, aus Angst, Lani könnte ihn aufhalten. Er rannte aus der Bibliothek, um die Villa herum zum Vordereingang, wo keine der Statuen auf ihrem üblichen Platz stand, und die Treppe hinauf in sein Zimmer.

Vor seiner Tür stand Samheed und funkelte in wütend an. »Was hast du gehört?«, zischte er.

Alex antwortete, atemlos keuchend: »Nichts. Ich konnte … nichts hören. Zu weit … weg.«

Samheed durchbohrte ihn mit seinem Blick und schäumte beinahe vor Wut. »Du kannst von Glück sagen, dass ich dich nicht an Will verraten hab.«

Alex nickte energisch. »Ich weiß. Ich weiß. Danke. Du hast mich … wirklich gerettet. Danke.«

Samheed schien sich ein wenig zu entspannen. »Hier geht nichts vor sich«, sagte er. »Richtig?«

»Richtig!«, bestätigte Alex. »Ich meine, was soll schon vorgehen? Wovon reden wir eigentlich?« Er lachte nervös.

Samheed rollte mit den Augen, wandte sich ab, ging zu seinem Zimmer und verschwand darin.

Im selben Moment wurde Alex eines klar: In sein eigenes Zimmer zu gehen und das Bild dort an die Wand zu hängen würde nur dazu führen, dass Clive ihn mit Fragen bombardierte. Außerdem wusste er, dass Samheed sich nun sicher in seinem Zimmer befand, genau wie Will vermutlich in seinem, und ihm fiel ebenfalls wieder ein, dass Simber und Florence im Augenblick unterwegs und offenbar mit anderen Dingen beschäftigt waren, als dazustehen und ihn auszuspionieren. Und als er dann auf sein Gemälde hinunterblickte, wurde Alex bewusst, dass er den perfekten Ort kannte, an dem er es um diese Uhrzeit unbemerkt aufhängen konnte.

Er biss sich auf die Unterlippe, vergewisserte sich, dass er genügend Fächerclips in der Westentasche hatte, ging dann betont lässig den Jungenkorridor hinunter, lehnte sich über das Balkongeländer – unten waren noch immer keine Statuen zu sehen – und schlich sich in den geheimen Korridor zu Mr Todays dunklem Büro. Die Glaswand war eingefahren, alles war finster.

Im Büro rollte er das Türgemälde aus und hielt es an die Wand, wo er es mit den Fächerclips festpinnte. Nachdem er die letzte Klammer platziert hatte, machte er einen Schritt zurück und sah zu, wie die Tür und der Rahmen vor seinen Augen immer greifbarer und realer wurden.

Alex hickste nervös und stieß ein zitterndes Lachen aus, furchtbar aufgedreht und verängstigt auf einmal, weil er seinen Zwillingsbruder gleich endlich wiedersehen würde – und ihn retten konnte. Er wischte sich seine verschwitzten Hände an der Hose ab, streckte dann eine Hand nach dem Türknauf aus, drehte ihn und stieß die Tür auf. Er hob einen Fuß über die kleine Schwelle zwischen dem Gemälde und dem Boden und trat durch die Öffnung in ein dunkles Wohnheimzimmer.

Wieder vereint

Alex blickte über seine Schulter und zog die 3-D-Tür hinter sich zu. Sie war identisch mit Aarons normaler Tür, die in den Wohnheimflur führte. Beide Türen standen wie Zwillinge nebeneinander. Alex fragte sich, was passieren würde, falls das 3-D-Gemälde von Mr Todays Bürowand entfernt werden würde. Würde die Zaubertür verschwinden? Einen flüchtigen Moment lang fühlte er sich richtig klaustrophobisch. Was, wenn er nicht mehr nach Artimé zurückkehren konnte? Er erschauderte und wartete ab, bis sich seine Augen völlig an das spärliche Mondlicht gewöhnt hatten.

Alex war klar, dass er das hier nicht tun konnte, ohne Aaron einen Schrecken einzujagen. Er stellte sich neben das Bett, während sein Magen Purzelbäume schlug und seine Knie heftig zitterten. Zuerst versuchte er, Aaron mit schierer Willenskraft zu wecken, was jedoch nicht funktionierte. Aarons Brustkorb hob und senkte sich weiter rhythmisch.

»Aaron«, flüsterte Alex. »Ich bin's.«

Sein Bruder rührte sich nicht.

Alex schloss die Augen, holte zitternd Luft und blies

sie dann langsam wieder aus, während er die Augen öffnete. Er ging einen Schritt näher und berührte Aarons Arm. »Aaron«, sagte er, ein wenig lauter, »Aaron, ich bin's, Alex.«

Aaron schnappte nach Luft und rollte sich auf die Seite. Er schlug die Augen auf. Blinzelte.

»Aaron, wach auf. Ich bin's. Ich bin's ... Alex.«

Aaron schnellte hoch und rutschte panisch rückwärts. Er stieß einen Schrei aus. »Wer ist da?«

Alex zuckte zusammen. »Schhhh, Aaron! Ich bin's, Alex.«

Aaron klappte die Kinnlade herunter, ein Ausdruck schierer Panik auf seinem Gesicht. »Nein! Lass mich in Ruhe!«

»Was?«

Aaron blinzelte hektisch und krabbelte in die hinterste Ecke seines Bettes, sein Gesicht vor Angst verzerrt. »Hör auf, mich zu quälen.«

»Aaron, bitte, sei leise – sonst weckst du noch das komplette Wohnheim auf. Ich weiß, dass du Angst hast, okay?«

Aaron kniff die Augen zusammen. »Ich habe keine Angst vor einem Traum. Alex ist tot. Lass mich in Ruhe.« Er spuckte die Worte förmlich aus.

So hatte sich Alex diese Unterhaltung nicht vorgestellt. Er wusste zwar selbst nicht so genau, was er erwartet hatte, aber was immer es auch war – *das* hier ganz sicher nicht.

»Aaron.« Alex seufzte. Er ließ den Blick durch den

dunklen Raum schweifen – seine Augen hatten sich inzwischen an die spärliche Beleuchtung gewöhnt – und entdeckte eine Lampe. Er knipste sie an, und gedämpftes Licht flutete den Raum. »Ich bin nicht tot. Ich bin zurückgekommen, um dich zu retten.«

Aaron schwieg, starrte ihn nur weiter an. Sein Unterkiefer bebte, während er offenbar versuchte, seine Emotionen wieder in den Griff zu bekommen, und schon kurz darauf breitete sich der alte, inzwischen so vertraute ernste Ausdruck auf seinem Gesicht aus. Seine Stimme klang beherrscht und kalt. »Du hast drei Minuten für eine Erklärung, bevor ich die Wachen rufe«, sagte er.

Alex blieb der Mund offen stehen. »Du machst Witz…«, begann er, doch dann fiel ihm wieder ein, wo er war, und dass Aaron selbstverständlich *keine* Witze machte. Aaron kannte noch nicht einmal die Bedeutung des Wortes. Alex klappte den Mund wieder zu und seufzte. »Aaron, ich *bin* es. Alex. Dein Bruder. Dein Zwilling. Ich bin nicht tot. Aber *du* wirst es schon bald sein, wenn du mir nicht zuhörst. Wenn du nicht mit mir kommst. Bitte.«

»Was redest du denn da? Wie bist du hier reingekommen?«

Diese kalte Stimme. Jegliche Emotionen waren aus dem Gesicht seines Bruders verschwunden. Aaron freute sich eindeutig nicht, Alex wiederzusehen. Es brach Alex das Herz.

»Du solltest mir lieber alles erklären.«

Alex biss sich auf die Unterlippe. *Reiß dich zusammen.* »Aaron, bitte…« Er konnte nicht anders – und streckte eine Hand nach seinem Bruder aus. »Hast du mich denn nicht vermisst? Nicht mal ein bisschen?« Heiße Tränen traten in seine Augen. »Verflucht!« Er kniff die Augen fest zusammen und wandte den Kopf ab, damit sein Bruder es nicht sah. Er ließ sich langsam auf Aarons Bettkante sinken, holte tief und zitternd Luft und ließ sie wieder entweichen. »Ich vermisse dich«, flüsterte er.

Aarons Miene wurde weicher, ein winziges bisschen. »Alex«, sagte er, »wenn du kein Traum bist, wo hast du dich dann die ganze Zeit versteckt? Bist du vor den Liquidatoren geflohen? Wie konntest du so lange überleben? Das ist unmöglich.«

Alex wusste, er durfte jetzt keinen Fehler machen. Dies war seine einzige Chance. Er drehte sich zu seinem Bruder um, als er sich wieder gefasst hatte, und sprach mit vollkommen ruhiger Stimme, genauso, wie er es auch immer getan hatte, als er noch in Quill gelebt hatte. »Wenn ich es dir sage, dann musst du mir versprechen, es niemandem zu erzählen.«

Aaron kniff die Augen zusammen. Einen Moment lang schwieg er. »Einverstanden.«

»Ich lebe in einer geheimen Welt. Einer wundervollen, magischen Welt, voller Kunst und Kreativität.«

Aaron starrte ihn an. »Jetzt weiß ich mit Sicherheit, dass ich träume.«

»Es ist eine ganz andere Welt als Quill. Wir haben dort Spaß. Wir malen und zeichnen und hören Musik …«

»Ich habe keine Ahnung, wovon du da redest. Oder was du von mir willst.«

»Ich will, dass du wieder bei mir bist, Aaron. Weißt du noch, wie wir im Matsch zusammen Häuser erschaffen haben? Weißt du noch? Das nennt man zeichnen. Es hat dir gefallen, das konnte ich sehen! Und du warst gut darin … zu gut, um es zuzugeben, sogar vor dir selbst.«

Etwas blitzte in Aarons Gesicht auf, verschwand jedoch in einem Stirnrunzeln. »Ich hatte keine Verstöße.« Seine Stimme klang wieder kalt.

»Du bist wie ich, Aaron, ob du es nun glaubst oder nicht. Und wenn du jetzt gleich mit mir kommst, werde ich es dir zeigen.«

»*Wohin* mitkommen?«

»Zu mir nach Hause, nach Artimé, wo wir dafür sorgen können, dass du in Sicherheit bist.«

»Sicher *wovor?* Und wer ist ›wir‹?«

»*Wir* sind die Ungewollten. Und sicher vor General Blairs Sohn, Will, der dich töten und deinen Platz einnehmen will.«

Aaron saß eine Minute lang schweigend da, drehte sich dann zur Wand um, legte sich wieder hin und schloss die Augen. »Will Blair ist tot. Er war vor drei Jahren einer der Ungewollten.«

»Aaron?«

»Hör auf, mich zu quälen. Ich darf all diese Träume gar nicht haben. Ich war nicht derjenige, der dich getötet hat – es ist nicht *meine* Schuld, dass du dich nicht an das Gesetz halten konntest. Und jetzt verschwinde – und komm nie wieder!«

»Aaron, sei kein Idiot. Ich bin kein Traum. Siehst du?« Alex holte aus und boxte Aaron kräftig gegen die Schulter.

»Große Wüste!«, stieß Aaron aus. »Wofür war das denn?«

»Um dir zu beweisen, dass ich real und lebendig bin und wirklich hier sitze. Warum glaubst du immer noch, du würdest nur träumen? Hattest du auch diesen Traum? In dem wir wieder vereint sind und ich dir die Magie zeige?«

»Nein«, antwortete Aaron, ein wenig zu schnell. »Ich habe dich völlig vergessen. Du bist tot. Wir erinnern uns nicht an die Toten.«

Alex starrte Aaron direkt in die Augen. »Ich bin nicht tot. Und ich bin glücklich, zum ersten Mal in meinem Leben. Du hast ja keine Ahnung, wie glücklich du sein könntest, wenn du einfach nur mit mir kommen würdest.«

»Ich will nicht glücklich sein. Glück führt zu Verstößen. Ich will intelligent und stark sein. Und das bin ich auch. Ich bin gewollt. Ich bin der Assistenzadjutant von Hohepriesterin Justine! Und jetzt runter von meinem Bett, Ungewollter!«

»In Artimé gibt es keine Gesetze wie in Quill. Keine Verstöße. Dort haben alle eigene Fähigkeiten und Talente. Alle. Und du hättest sie auch!« Alex spürte, wie die Tränen zurückkehrten, aber diesmal ließ er sie strömen und wischte sie sich von seinen Wangen. »Quill ist ein böser Ort, Aaron. Hohepriesterin Justine und die Kommandeurinnen und Kommandeure erzählen allen nur Lügen! Du wirst bald getötet werden, und dann werde ich furchtbar traurig sein.« Alex beugte sich nach unten und umarmte den steifen Körper seines Bruders. »Ich weiß, dass du es noch nicht verstehst. Aber ich bin jetzt schon furchtbar traurig deinetwegen.« Er erhob sich. »Will Blair kommt hierher. Er wird in Quill eindringen und dich töten. Die einzige Warnung, die du bekommst, ist meine. Bitte, Aaron! Bitte, komm mit mir!«

Aaron setzte sich auf und schüttelte den Kopf. »Nein. Geh weg!«

Zutiefst niedergeschlagen, aber schließlich überzeugt, Aaron nicht umstimmen zu können, wandte sich Alex zum Gehen. Doch dann stand Aaron plötzlich aus seinem Bett auf und baute sich vor seinem Bruder auf. »Warum sollte ich dir glauben?«, fragte er, seine Stimme tonlos und ruhig. »Und wo kommt diese zusätzliche Tür her?«, murmelte er und rieb sich die Augen.

Alex drehte sich noch einmal zu seinem Bruder um, während Erinnerungen seinen Geist fluteten. Die Tränen strömten erneut ungehemmt über sein Gesicht, aber er schämte sich nicht dafür. Er fühlte sich stolz. Stolz, in einer Welt zu leben, in der die Menschen ihren Gefühlen Ausdruck verleihen konnten. »Warum du mir glauben solltest?«, wiederholte er. »Warum *du mir* glauben solltest?«, fragte er mit belegter Stimme. »Das sollte ich eigentlich dich fragen, nach allem, was du getan hast. Du hast Samheed gemeldet, nicht wahr?«

Aarons Augen flackerten.

Alex beobachtete ihn aufmerksam. Und zum allerersten Mal in seinem Leben sah er, wie tief die eisige Härte in Aarons Augen wirklich reichte. Kalter Schweiß brach auf Alex' Körper aus, als ein neuer Gedanke, eine neue Erkenntnis, an die Oberfläche drang. Er flüsterte: »Und mich hast du auch gemeldet.« Es war keine Frage. Weil es für Alex nun völlig außer Frage stand. Er starrte seinen Bruder an, zwang Aaron, seinem Blick entweder standzuhalten oder sich abzuwenden.

Aus Aarons Miene sprach pure Verachtung. »Geh mir aus den Augen, du dreckiger, nutzloser Ungewollter.« Er spuckte die Worte aus wie Eiszapfen. »Ich habe nur meine Pflicht erfüllt. Du hast versagt. Mich trifft keine Schuld am Versagen anderer Leute – nicht bei dir, nicht bei Samheed, nicht bei der kleinen Ranger und vor allem nicht beim Sohn des Generals. Ihr habt euer grauenvolles Schicksal alle verdient.«

Es folgte eine schreckliche Pause, in der die eineiigen Zwillinge einander in dem winzigen Wohnheimzimmer direkt gegenüberstanden, Aarons Kiefer eisern zusammengebissen, seine Nasenflügel bebend und seine dunklen Augen so leblos wie Murmeln, während sein Spiegelbild die Beleidigungen vollkommen ruhig hinnahm und sich der Ausdruck in Alex' tiefen, schokoladenbraunen Augen von Wut in Verletztheit und schließlich in Mitleid verwandelte.

Alex sprach leise. »In einem Punkt hast du recht: Wir haben es alle verdient. Danke«, sagte er. »Du hast uns allen einen großen Gefallen getan.«

Und damit drehte er sich zu der magischen Tür um und stolperte blind hindurch, geradewegs in das hell erleuchtete Büro von Mr Today, bevor wütende, bebende Schluchzer aus ihm herausbrachen.

Im nächsten Moment schlossen sich große, warme Arme um ihn, die Arme des Magus persönlich. Er hielt Alex ganz fest, ließ ihn auf sein Gewand schniefen, tätschelte ihm den Rücken und sagte immer wieder: »Na, ist schon gut«, bis Alex endlich so lange mit dem Schluchzen aufhören konnte, dass er wieder sprechen konnte.

Er schaute Mr Today an, während all die Geheimnisse der vergangenen Monate durch seinen Kopf schwirrten. Er wusste, dass er sich unmöglich aus diesem ganzen Durcheinander herausschwindeln konnte.

»Es tut mir leid, Sir«, flüsterte Alex.

Mr Today nickte. »Ich weiß, mein Junge. Ich weiß. Erzähl mir einfach alles, in aller Ruhe, ja?« Er klopfte auf einen Stuhl und bedeutete Alex, sich zu setzen, bevor er selbst hinter seinen Schreibtisch ging und sich ebenfalls niederließ.

Einen Moment lang saßen sie in nachdenklichem Schweigen da. Dann öffnete sich die 3-D-Tür mit einem Knarren plötzlich erneut, und ein verdutzter dunkelhaariger Junge, seine Augen so groß wie Untertassen, lugte in Mr Todays Büro.

Der Besucher

Mr Today und Alex blickten auf, als die Tür knarrte.

»Guten Abend«, sagte der Magus und erhob sich recht abrupt. Er machte eine Bewegung mit dem Handgelenk, und die Wandtafeln hinter ihm erloschen. »Komm doch herein. Möchtest du eine Tasse Tee?«

Aaron hätte beinahe wieder auf dem Absatz kehrtgemacht und die Tür zugeknallt, zögerte jedoch und blickte von seinem Bruder zu dem Fremden.

»Wer sind Sie?«, fragte er in herablassendem Tonfall.

»Die Menschen von Quill nennen mich den Farmer des Todes«, antwortete Mr Today. »Und das hier ist mein Büro. Bitte«, forderte er Aaron erneut auf, »komm herein.«

»Ja«, bekräftigte Alex mit hohler Stimme. »Komm rein, Aaron. Niemand will dir etwas tun.«

»Warum sollte ich dir vertrauen?« Aarons Augen waren zu schmalen Schlitzen verengt.

Alex wandte den Blick ab, als seine Augen erneut zu brennen begannen. *Nach allem, was ich für dich getan habe, vertraust du mir immer noch nicht.* Er schüttelte den Kopf. »Ich hole den Tee.«

»Oh, aber lass ihn nicht durch die Röhre dort hochschicken«, sagte Mr Today heiter. »Auf dem Herd in der Küche steht ein Teekessel.«

Alex nickte und durchquerte den Flur zu der kleinen Küche auf der anderen Seite. Er blickte zu der Röhre in der Ecke des Raumes, hielt sich jedoch von ihr fern. Als er mit einem Tablett wieder in Mr Todays Büro zurückkehrte, hatte Aaron den Raum betreten, die Tür jedoch einen Spalt offen stehen lassen, seine Hand am Türrahmen. Er sah aus, als hätte er ein Gespenst gesehen, und genau so fühlte er sich auch.

Mr Today lud ihn ein, Platz zu nehmen, aber Aaron schüttelte den Kopf.

»Na dann«, sagte der Magus, der offenbar beschlossen hatte, das Reden zu übernehmen, wofür Alex ihm sehr dankbar war. »Ich nehme an, du willst wissen, was es mit dieser Welt auf sich hat. Die Tür, an die du dich klammerst, als ginge es um dein Leben, ist magisch – genau wie der Rest der Welt, die du soeben betreten hast. Wie du siehst«, Mr Today schenkte Tee ein und fügte jeder Tasse mehrere Löffel Zucker hinzu, »ist dein Bruder Alex nicht tot. Er ist sehr lebendig und ziemlich glücklich, wie ich vermute. Er vermisst dich nur ganz furchtbar.

Obwohl«, fuhr Mr Today nach kurzem Überlegen fort, »du hin und wieder wirklich schrecklich zu ihm gewesen zu sein scheinst. Aber wir sparen uns an dieser Stelle ein Urteil, oder, Alex?«

»Natürlich«, erwiderte Alex leise. Nach fast einem Jahr in Artimé stand er seinem Zwillingsbruder nun endlich in seinem neuen Zuhause gegenüber und fühlte sich mit einem Mal so verlegen, dass ihm nichts einfiel, was er sonst noch hätte sagen können. Er erinnerte sich wieder daran, wie plötzlich er selbst in diese Welt hineingeworfen worden war, und war froh um die recht gewöhnliche Kulisse des Büros, die Aarons erster Eindruck von Artimé war. Vielleicht würde es ihm ja dabei helfen, sich darauf einzulassen.

Aaron blickte misstrauisch von Mr Today zu Alex und wieder zurück. »Was wollen Sie von mir?«

Mr Today kicherte. »Gütiger Himmel, wir wollen überhaupt nichts von dem, was du hast, Aaron. Aber ich schätze, wir können dir Zuflucht bieten, wenn wir es mal so ausdrücken wollen. Ein neues Leben – wenn du es willst.«

Alex fügte hinzu: »Und Schutz vor Will Blair, der dich töten will.« Er blickte zu Mr Today, der ihn mit hochgezogenen Augenbrauen anschaute. »Es ist wahr, Mr Today. Ich habe selbst gehört, wie er es gesagt hat. Er und …« Alex zögerte, fuhr dann jedoch fort: »Er und Samheed. Sie erschaffen auch eine Tür, genau wie ich, und sie sind schon fast damit fertig. Will wird einen Zauber anwenden, um so auszusehen wie Aaron, und dann wird er Aaron töten und ihn verschwinden lassen, damit niemand herausfindet, was passiert ist, und anschließend Aarons Platz einnehmen. Ich bin mir allerdings nicht sicher, ob Samheed vor heute wirklich über all das Bescheid wusste«, endete er.

Mr Today lauschte seinen Worten ebenso interessiert

wie besorgt, blickte dann wieder zu Aaron und zuckte mit den Schultern. »Klingt furchterregend. Ich würde auf deinen Bruder hören, wenn ich du wäre«, sagte er. »Außerdem mache ich mir Sorgen, es könnte irgendwann sehr unbequem für dich werden, ewig so an dieser Tür zu stehen. Und den Rest des Anwesens kannst du so gar nicht erkunden. Davon abgesehen wird es für Will Blair ein Leichtes sein, dich zu finden, wenn wir diese Tür offen stehen lassen.«

Aaron schüttelte den Kopf. »Ich verstehe ja noch nicht mal, was Sie sagen.«

Alex konnte das leise Lächeln, das trotz der angespannten Situation an seinen Mundwinkeln zuckte, nicht verbergen. »Ich weiß, wie du dich fühlst, Aaron. Keiner von uns konnte auch nur ein einziges Wort verstehen, bis wir es mit eigenen Augen gesehen haben.«

»Keiner von euch?«, fragte Aaron. »Wie viele von euch sind denn hier?«

Alex blickte zu Mr Today und fragte sich, wie viel er Aaron anvertrauen durfte. Mr Today nickte lächelnd. »Ich bin kein Freund von Geheimnissen. Du darfst ihm so viel erzählen, wie du willst, Alex.«

Alex atmete tief durch. »Ich weiß gar nicht, wo ich anfangen soll.« Er seufzte und schaute seinem Bruder in die Augen, suchte nach irgendetwas anderem als der kalten Härte, die sie noch vor wenigen Momenten erfüllt hatte. »Wir sind die Ungewollten«, begann er schließlich. »Hunderte von uns. Und dies ist die magische Welt namens Artimé.«

Aaron, der Gewollte, konnte seinen Augen und Ohren kaum trauen. Er stand einfach nur da und fühlte sich mit jedem Moment überwältigter. Dieses Büro war viel schöner als das von Hohepriesterin Justine. Alles glänzte nagelneu. Magie? Zauber, Kunst und all die anderen Worte, die Aaron noch nie zuvor gehört hatte? Außerdem schien Alex definitiv überzeugt zu sein, was diesen Will Blair betraf, und der alte Mann glaubte ihm offenbar ebenfalls, auch wenn Aaron seinem Bruder das Ganze nicht so recht abkaufte. Trotzdem war er sich auch nicht ganz sicher, ob es nicht doch wahr sein könnte. Und dann wurde ihm plötzlich bewusst: Wenn es wirklich der Wahrheit entsprach, wenn wirklich alle Ungewollten hier waren und er derjenige war, der sie entdeckt hatte, dann würde Hohepriesterin Justine ihn dafür reich belohnen.

Nein, es war alles viel zu verrückt, um wahr zu sein.

Wahrscheinlich war es nur der irrsinnigste Traum, den er je gehabt hatte.

Und er gefiel Aaron kein bisschen. Diese Träume gerieten allmählich außer Kontrolle. Außerdem war er es nach einer gefühlten Stunde – vielleicht sogar mehr – doch leid, wie ein Idiot an der Tür zu stehen.

»Komm, Aaron, ich zeig dir die Villa«, schlug Alex vor.

Aaron sah seinen Bruder an und spürte ein winziges Flackern von irgendetwas, ganz tief in seinem Innersten, aber im nächsten Moment war es bereits wieder verschwunden. »Nein. Ich habe morgen in aller Frühe einen Termin im Palast«, erwiderte er barsch.

Alex krallte sich an der Tischkante fest. »Was?«

»Ich befolge die Gesetze, und ich habe meine Pflichten. Das wirst du niemals lernen, oder?«

»Aber … aber …«, stammelte Alex, »aber du solltest hierbleiben! Hier bist du in Sicherheit. Verstehst du denn nicht, was wir dir zu sagen versuchen?«

Aaron starrte seinen Bruder an, und für einen langen Moment standen die eineiigen Zwillinge einander reglos gegenüber. Schließlich sagte Aaron: »Ich habe dich noch nie verstanden, und das werde ich auch nie. Bitte, lass mich in Ruhe.«

Dann wirbelte er herum, stieß die 3-D-Tür auf, geriet ein wenig ins Stolpern, als er über die unnatürliche Schwelle zwischen dem Rand des Gemäldes und dem Fußboden trat, und knallte die Tür hinter sich zu.

Alex schlug mit einer Hand auf Mr Todays Schreibtisch. »Nein!«

Zerstörte Bande

»Es tut mir leid, Sir. I-ich hab für ein riesiges Durcheinander gesorgt«, sagte Alex und ließ sich auf einen Stuhl fallen. Mr Today vollführte erneut eine Bewegung mit dem Handgelenk und die Livebilder tauchten wieder auf den Wandtafeln hinter dem Schreibtisch auf. Die beiden sahen auf der, die Aarons Zimmer zeigte, zu, wie dieser den Kopf schüttelte und das Licht ausschaltete.

Der alte Mann saß hinter seinem Schreibtisch, einen Finger an seine Lippen gepresst. Er wirkte enttäuscht, vielleicht auch verärgert, sagte jedoch nichts, so, als würde er darauf warten, dass Alex weitersprach.

»Ich meine… was hab ich mir nur dabei gedacht? Ich hab alles kaputtgemacht.« Ein Ausdruck schierer Qual huschte über Alex' Gesicht, als ihm das wahre Ausmaß der Schwierigkeiten bewusst wurde, die er verursacht hatte. »Oh«, stöhnte er, »ich hätte mit Ihnen reden sollen, oder mit Ms Octavia, oder mit irgendjemand sonst. Aber ich war mir so sicher, ich könnte Aaron davon überzeugen hierherzukommen, und damit wäre die Sache schließlich erledigt gewesen, richtig? In Quill hätte man sich zwar gewundert, wohin er verschwunden ist, aber niemand hätte es jemals erraten ... Und als ich heute Nacht rausgefunden habe, was Will vorhat, na ja, da bin ich wohl ein bisschen durchgedreht. Ich musste Aaron vor ihm erreichen und hab nicht darüber nachgedacht, was ... Ehrlich gesagt hab ich die ganze Sache nicht wirklich durchdacht. Ich meine, Will ist so nahe dran, Mr Today – richtig nahe.« Alex massierte sich die Schläfen und ließ den Kopf gegen die Stuhllehne zurücksinken. »Und ich weiß, dass ich es nicht hätte tun sollen. Ich war mir nur so sicher. Ich meine, wir sind Zwillinge! Ich kenne Aaron. Oder zumindest – dachte ich das. Ich dachte wirklich, ich hätte ihn überzeugt. Für einen Sekundenbruchteil war da dieses Flackern in seinen Augen – als wollte er mir glauben. Aber als ich in seinem Zimmer war, hat er gesagt ... Er hat gesagt ...« Alex wiederholte ihre ganze Unterhaltung, von Anfang an.

Mr Today hörte einfach nur zu und wartete, bis Alex fertig war. Der Ausdruck auf seinem Gesicht veränderte sich, je mehr er von der Geschichte hörte.

»Und wissen Sie, was?«, fragte Alex schließlich. »Er hat recht. Er hat seine Pflicht Quill gegenüber erfüllt und ich habe versagt. Genauso, wie ich jetzt dabei versagt habe, meine Pflicht Ihnen gegenüber zu erfüllen.« Alex fühlte sich ganz elend und sackte auf seinem Stuhl zusammen.

Einen Moment lang saßen die beiden schweigend da.

»Bist du jetzt fertig?«, fragte Mr Today freundlich. »Ich möchte dich nicht unterbrechen, bevor du alles losgeworden bist. Jedes letzte hässliche bisschen.«

Alex hob den Blick. »Aaron hat mich gemeldet. *Er* war

es, damals, als wir neun waren. Er hat andauernd andere angeschwärzt. Nicht nur mich. Auch Meghan, Samheed und Will Blair. Ich hatte wirklich keine Ahnung, dass irgendetwas so sehr wehtun kann.«

Mr Today nickte. »Ich weiß. Und ihr wart nicht die Einzigen. Er hat noch viele andere gemeldet.«

»Hat er?«

»Ja. Jedes Jahr vor der Tilgung treffe ich mich mit Justine und gehe die Berichte durch. Aaron hat den Palast schon seit einiger Zeit im Visier.«

Alex schüttelte traurig den Kopf. »Die ganze Zeit«, murmelte er. »Ich hatte keine Ahnung. Warum haben Sie es mir denn nicht gesagt?«

»Weil es schmerzhaft ist. Und du hättest mir ohnehin nicht geglaubt. Ich schätze, du musstest es selbst herausfinden.« Mr Today seufzte. »Und als ich die Tür gesehen habe und mir klar wurde, was vor sich ging, habe auch ich gehofft, du könntest seine Meinung ändern. Aber leider …« Seine Miene hellte sich ein wenig auf. »Aber ich bin froh, dich bei uns zu haben. Bist du nicht auch froh, hier zu sein?«

»Doch«, antwortete Alex, »aber es bringt mich trotzdem fast um. Wie konnte er nur so schrecklich sein? Wie konnte er so böse sein, ohne dass ich es bemerkt habe? Er war mein engster … mein engster Alles! Ich komme mir so dumm vor. Ich hätte es wissen müssen, damals im Matsch …« Er seufzte. »Und was passiert jetzt?« Seine Stimme zitterte vor Angst.

»Das werden wir erst wissen, wenn es passiert«, erwiderte Mr Today. »Aber es ist sehr wahrscheinlich, dass Aaron Bericht darüber erstatten wird, dich gesehen zu haben, obwohl er dir versprochen hat, es nicht zu tun. Und es ist ebenso wahrscheinlich, dass Will Blair seine Tür irgendwann fertigstellen wird. Wer von den beiden als Erster handeln wird … wird allein die Zeit zeigen.«

»Es tut mir wirklich leid.«

»Weißt du, was, Alex? Ich glaube, wir können es mit den Entschuldigungen jetzt gut sein lassen«, befand Mr Today. »Denn ich muss zugeben, mein Junge, auch ich hatte einen winzigen Funken Hoffnung, das Zwillingsband würde ihn dazu bringen hierzubleiben, als er durch diese Tür trat. Ich wurde schon vor langer Zeit Zeuge der ganz besonderen Kraft dieses Bandes. Aber ich hätte es besser wissen müssen …« Mr Today verstummte, tief in Gedanken versunken, und mehrere Minuten lang herrschte Stille im Raum.

Alex, vollkommen erschöpft, nickte dank der Stille auf seinem Stuhl ein, schreckte jedoch abrupt wieder hoch, als er ein Knurren aus Richtung der Tür hörte – in der ein mächtiger grauer Wolf stand.

»Hallo, Marcus. Claire sagte, du wolltest mich sprechen?« Die kratzige Stimme des Wolfs dröhnte in tiefem Basston.

Mr Today erhob sich, ein warmes Lächeln auf dem Gesicht. »Gunnar. Danke, dass du so schnell gekommen bist. Du erkennst sicher Alex Stowe? Alex, das ist Gunnar. Du bist ihm bei deinen Streifzügen durch den Dschungel womöglich das eine oder andere Mal begegnet.«

»Ich – ja«, erwiderte Alex, als er sich wieder daran erinnerte. Er war ein wenig nervös, weil der Wolf ihm so nahe war, schluckte seine Angst jedoch hinunter und fügte mit nur ganz leicht zitternder Stimme hinzu: »Schön, dich kennenzulernen.«

Der Wolf nickte höflich. »Marcus, ist alles in Ordnung mit … den Kindern?« Die leuchtend blauen Augen des Wolfs huschten für einen Moment zu Alex. Es schien, als ließe er einen Teil der Frage unausgesprochen.

Mr Today wirkte verwirrt, doch dann hellte sich seine Miene wieder auf. »Oh! Oh ja, alles bestens. Nein, ich wollte dich wegen dieser ganzen Angelegenheit mit Quill sprechen, da sich die Situation noch immer minütlich ändert. Aaron Stowe weiß nun von unserer Existenz. Tu, was immer du tun kannst, um ihn im Auge zu behalten. Ich fürchte, er wird sein Wissen schon in den nächsten Tagen mit Justine teilen, wenn nicht gar sofort.«

Der große Wolf nickte. Alex senkte den Kopf und fühlte sich zu einhundert Prozent für diese Tatsache verantwortlich.

»Und dann wollte ich dich noch um einen Gefallen bitten, wenn ich darf«, fügte Mr Today hinzu.

»Selbstverständlich.«

»Ich glaube, du solltest die Kreaturen im Dschungel darüber in Kenntnis setzen, was los ist. Sollte es zum Krieg kommen, werde ich all jenen, die ihn wünschen, natürlich meinen Schutz anbieten. Falls jedoch einige von ihnen die Absicht hegen sollten, mit uns zu kämpfen …«, Mr Todays Tonfall klang demütig, »dann wäre ich, falls es wirklich zum Äußersten kommt, sehr dankbar für ihre Hilfe. Würdest du dies bitte alle wissen lassen?«

Der Wolf betrachtete Mr Today nachdenklich. »Ich glaube, es wäre besser«, erwiderte er dann vorsichtig, »wenn sie es von einem der Ihren hören würden anstatt von mir.«

Mr Today tippte sich an die Lippen. »Ja, das wäre es wohl«, murmelte er. »Ich werde mit Arija sprechen.« Er richtete sich abrupt auf, nickte und riss das 3-D-Gemälde von der Wand. Er rollte es hastig zusammen, berührte das eine Ende, und ein eisernes Band mit einem Schloss wickelte sich fest darum. Mr Today verstaute die Rolle in einem Schrank nahe der Tür und schloss ihn ab. Alex wusste, so war es am besten, aber es fiel ihm trotzdem schwer, zuzusehen, wie seine vielen Stunden Arbeit in einem Schrank weggesperrt wurden.

»Wahrscheinlich solltest du es sofort tun«, riet der Wolf Mr Today, blickte in Richtung des Salons und zu dem großen Panoramafenster hinaus.

Alex folgte seinem Blick und sah, dass der Morgen beinahe dämmerte. Er gähnte, trotz seiner besten Absichten – aber es war eine lange, schlaflose Nacht gewesen.

»Gut«, sagte Mr Today. »Alex, vielleicht möchtest du noch ein wenig Schlaf nachholen, bevor das Training beginnt?«

Alex sprang auf. »Oh – ja, natürlich.«

»Ich muss auch wieder gehen«, sagte Gunnar.

Mr Today lächelte und folgte den beiden in den Flur hinaus. Gunnar trottete in den Salon, vorbei an der kleinen Küche und in den Raum, in dem unzählige Monitore und andere Geräte leise brummten. Er stellte sich auf die Hinterbeine und trat in die Röhre in der Ecke.

»Pass gut auf dich auf, Gunnar«, sagte Mr Today.

»Du auch.« Gunnars Körper schimmerte kurz verschwommen, bevor er komplett verschwand.

Alex blinzelte und rieb sich die Augen, nicht sicher, was er gerade gesehen hatte. »Es führt eine Röhre in den Dschungel?«

Mr Today legte eine Hand auf die Schulter des Jungen, als sie den Korridor hinunter zum Balkon gingen. »Nein«, antwortete er. »Diese Röhre ist anders als die anderen. Bitte benutze sie niemals. Sie führt an Orte, die du wirklich nicht besuchen willst.« Er drehte sich um, zeigte an die Decke und murmelte: »Glas.« Flüssiges Glas schimmerte herab, erstarrte sofort und versiegelte den Teil des Korridors hinter ihnen.

»Mr Today«, fragte Alex, »warum schützen Sie Ihr Büro nicht besser? Ich … ich konnte die Tafeln selbst durch die Glaswand erkennen. Und manchmal war die Wand auch überhaupt nicht da, wissen Sie?«

»Ich weiß. Ich werde langsam vergesslich.« Der Magus seufzte. »Alex, ich habe nichts zu verbergen. Ich bin genau wie alle anderen hier. Ich habe ein paar Geheimnisse, ja, aber die, die beschützt werden müssen, sind sehr persönlich, deshalb trage ich sie in mir, wo niemand an sie herankommt – genau wie alle anderen es tun.« Er lachte leise. »Ich habe lange gezögert, die Glaswand überhaupt zu installieren, aber meine treuesten Freunde haben mich überstimmt. Aber diese Wand soll nicht mein Büro schützen. Sie schützt unsere kreativsten Lehrlinge, wie dich und die anderen, die in der Lage sind, diesen Korridor zu sehen. Nebenbei verschafft sie mir aber auch ein klein wenig Ruhe und Frieden. Mein Schlafzimmer grenzt direkt an mein Büro, weißt du? So habe ich dich auch gehört, als du durch die magische Tür getreten bist.«

Alex' Augen weiteten sich. Er schüttelte den Kopf, staunend, verwirrt, nicht sicher, was er sagen sollte. Und da er in dieser emotionalen, ereignisreichen Nacht nicht einmal annähernd genügend Schlaf bekommen hatte, waren seine Gedanken ohnehin schon ein einziges Durcheinander.

Sie traten auf den Balkon hinaus, und Alex wandte sich dem Jungenkorridor zu, um auf sein Zimmer zu gehen. »Ich habe so viele Fragen.«

Mr Today lächelte warm. »Und ich habe Antworten. Aber für den Moment«, sagte er, »ist es für uns beide das Beste, wenn wir uns schlafen legen.«

Alex nickte und taumelte müde den Gang hinunter zu seinem Zimmer. »Hey, Clive, du alter Griesgram«, grummelte er, »weck mich zum Frühstück.«

Clive tauchte auf und funkelte ihn wütend an. »Du siehst furchtbar aus.«

»Deine Mutter sieht furchtbar aus.«

Clives glänzende Nasenflügel blähten sich auf, bevor er ohne ein weiteres Wort wieder mit dem Bildschirm verschmolz.

Das Quillitär

Aaron Stowe warf sich auf seinem Bett hin und her und sank immer wieder in unruhigen Schlaf. Als das graue Morgenlicht in sein Wohnheimzimmer drängte, gab er es auf, Ruhe finden zu wollen, und starrte an die Wand. Es befand sich nur eine Tür darin. Gewiss war das Ganze nur ein Albtraum gewesen. Aaron begann mit seiner morgendlichen Routine, genau wie immer.

Da Wasser in dem wüstenartigen Land Quill ein spärliches Gut war und der Großteil für Getreide und Vieh benötigt wurde, bekamen alle Studierenden an der Universität nur einen Eimer pro Woche, um sich zu waschen. Den meisten kam dies wie eine Belohnung vor, da die Haushalte in den Quadranten jeweils nur zwei Eimer für die ganze Familie erhielten, ganz gleich, wie viele Personen sie umfasste. Aaron ärgerte sich insgeheim darüber, weil es bedeutete, dass einige der Fortpflanzungsfähigen, die kläglich versagt hatten, indem sie zwei Ungewollte produziert hatten, dasselbe bekamen wie er, nachdem man sich ihrer Kinder entledigt hatte.

Heute war sein Geist jedoch mit anderen Dingen beschäftigt. Methodisch machte Aaron seinen Waschlappen in dem lauwarmen Wasser nass, wrang das überschüssige Wasser vorsichtig aus und wischte sich das Gesicht ab. Mit einem Finger strich er über den dünnen Flaum auf seiner Oberlippe, der in den letzten Wochen gewachsen zu sein schien, nun, da er sich der Vollendung seines vierzehnten Lebensjahrs näherte. Er war sich sicher, der Flaum kündigte seine richtige Gesichtsbehaarung an, und fragte sich, ob diese wohl genauso aussehen würde wie die von Alex.

Während er sich wusch, versuchte er, die Ereignisse der vergangenen Nacht aus seinem Kopf zu verbannen. Er hatte sich inzwischen zwar selbst davon überzeugt, dass Alex tatsächlich nur ein Traum gewesen war, aber er machte sich dennoch schreckliche Sorgen, weil seine Fähigkeiten, diese Träume einzudämmen, die von Tag zu Tag intensiver wurden, ganz offensichtlich mehr als jämmerlich waren. Er fuhr mit dem Waschlappen über seine Brust und Arme und jaulte beinahe auf, als er die schmerzende Stelle an seiner Schulter berührte, dort, wohin ihn sein Bruder im Traum geboxt hatte. »Was in Quills Namen …?«, grummelte er und massierte den blauen Fleck. »Große Wüste! Tut das weh!« Sein Traum war so real gewesen – und doch so unmöglich. »Es ist *nicht* passiert«, redete er sich selbst entschlossen ein.

Nachdem er sich angezogen hatte, setzte er sich auf einen Stuhl und wartete, bis es Zeit war, zum Frühstück zu gehen. Er starrte fast eine geschlagene Stunde lang mit leerem Blick auf die Tür, denn er war viel zu früh aufgestanden. Er versuchte, an das neue Projekt zu denken, das Hohepriesterin Justine ihm übertragen hatte: die Perfektionierung des Betriebs sämtlicher Quillitärfahrzeuge. Heute würde er die Quillitärbasis besuchen, dort herumgeführt werden und von den Offizierinnen und Offizieren erfahren, wie die Fahrzeuge betrieben wurden. Anhand dieser Informationen würde er dann einen Plan ausarbeiten. Und hoffentlich würde die Hohepriesterin Gefallen an diesem Plan finden. Es war seine beste Chance, seine Position als Assistenzadjutant zu behalten und in einigen Monaten zum Adjutanten aufzusteigen, sobald das alte Weib beseitigt worden war.

Aaron wusste, es war für seine Karriere von entscheidender Bedeutung, seine Stellung im Palast zu stärken. Die momentane Adjutantin der Hohepriesterin war eine uralte Frau, noch älter als die Hohepriesterin selbst. Sie würde schon bald in den Ältestensektor von Quill geschickt werden, da ihr Sehvermögen stetig nachließ. Und wenn sie erst einmal dort war, würde sie niemand je wiedersehen. Nun – jedenfalls keiner der Gewollten. Es war Aufgabe der Notwendigen, sich um die Ältesten zu kümmern, sie einzuschläfern und zu begraben. Aaron wusste alles über das Begraben, da sein Vater Gräber war.

Begraben. Aaron erschauderte bei dem Wort. Seine Gedanken schweiften zu Alex ab, zu dem Tag, an dem sie Häuser im Matsch erschaffen hatten. Aaron hatte sich längst eingestanden, dass er damals nicht wirklich ein Haus in den willkürlichen Strichen im Matsch erkannt hatte. Er hatte nur sehen wollen, was Alex sah.

Aber wenn er nun daran zurückdachte, war er froh, dass er es nicht gesehen hatte.

Alex. Aaron schüttelte energisch den Kopf. »Hör auf«, ermahnte er sich selbst. »Sonst bin ich gezwungen, dich zu melden.«

Er richtete seine Gedanken wieder auf seine Karriere. Sobald die Adjutantin in den Ältestensektor verbannt worden war, würde Aaron denselben Status innehaben wie fünf der sechs Kommandeurinnen und Kommandeure. Nur zwei Personen in Quill standen ihm dann noch im Weg. Die eine war Hohepriesterin Justine selbst, von der anzunehmen war, dass sie mit ihren siebzig Jahren höchstens noch fünf bis zehn Jahre vor sich hatte. Aaron machte sich jedenfalls keine Sorgen, dass sie ein Problem für ihn bedeuten könnte, wenn seine Zeit gekommen war, da sie keine Erbinnen oder Erben hatte. Das zweite Hindernis würde jedoch deutlich schwerer zu überwinden sein: der Oberste Kommandeur, Stellvertreter der Regentin und nach ihr der höchste Mann im Land. Der Mann, der Aaron im Auge behielt wie ein Jagdhund einen Kaninchenbau. Es war beinahe, als wüsste der Oberste Kommandeur Haluki, dass Aaron ihm dicht auf den Fersen war, bereit, ihn zu stürzen und selbst der nächste Hohepriester von Quill zu werden. Fast so, als wüsste er, dass Aaron vor nichts Halt machen würde, um sein Ziel zu erreichen.

Ein misstönendes Scheppern von Metall auf Metall hallte vor seinem Zimmer. Aaron atmete erleichtert aus, erhob sich und trat an die Tür. Als sie sich öffnete – exakt im selben Moment wie alle anderen Türen entlang des Korridors –, nahm er aus dem Augenwinkel wahr, wie auf dem Boden in seinem Zimmer, direkt neben der Tür, etwas grellweiß aufblitzte. Es war ein dünnes Stück Metall, zu einer eigenartigen Form verbogen. Das Ding war jedoch nicht braun wie das verrostete Metall, das Aaron sonst kannte. Dieses war glänzend silbern, eine Farbe, die Aaron noch nie zuvor gesehen hatte, außer in dem Traum vergangene Nacht.

Hastig beugte er sich nach unten und hob es auf. Er steckte es in seine Tasche, um es später allein genauer untersuchen zu können. Dann trat er in die Reihe der Studierenden, um sich mit ihnen in die Cafeteria zum Frühstück zu bewegen.

Um acht Uhr verließ Aaron die Universität und stieg in das wartende Fahrzeug, das ihn für seine Führung zur Quillitärbasis bringen würde. Auf dem Vordersitz, neben dem Fahrer, saß Kommandeur Haluki, auf dem Rücksitz, neben Aaron, Kommandeur Strang.

»Guten Morgen, Kommandeure.«

»Sei gegrüßt, Aaron«, erwiderten sie.

Nun, da er über einen offiziellen Titel verfügte, der ihn mit der Hohepriesterin verband, wurmte es Aaron, dass sie ihn weiterhin mit seinem Vornamen ansprachen, als wäre er noch ein Kind. Er sagte jedoch nichts, sondern wandte seine Aufmerksamkeit stattdessen dem Fahrer zu, einem Quillitärleutnant. »Fahrer«, sagte er knapp, als das Fahrzeug begann, quietschend die Straße hinunterzutuckern.

»Ja, Sir, Assistenzadjutant Stowe, Sir!«

Das entschädigte ihn für die Begrüßung von eben. »Wo liegt Ihre Höchstgeschwindigkeit?«, erkundigte Aaron sich.

»Fünfundzwanzig Einheiten, Sir.«

»Dauerhaft?«

»Eher nicht, Sir.«

»Für wie lange?«

»Ich würde sagen, dreißig Minuten.«

»Sie würden sagen?«, spottete Aaron.

»Dreißig Minuten, Sir!«

»Was passiert in der einunddreißigsten?«

»Der Motor blockiert, Mr Stowe. Hören Sie dieses Quietschen? Er braucht Wasser und Öl. Sobald wir ankommen, tanke ich auf, damit es der Wagen wieder zurück schafft.«

Aaron zog die Stirn in Falten. »Wasser? Wie hoch ist die Wasserzuteilung der Basis? Meine Herren?«

Kommandeur Strang antwortete: »Wir haben sie vor Kurzem auf dreißig Fässer erhöht.«

»Pro Woche?«

»Dreißig Fässer«, wiederholte Strang, »pro Tag.«

Aaron lehnte sich auf seinem Platz zurück. »Danke, meine Herren«, sagte er tonlos, obwohl der Oberste Kommandeur Haluki kein einziges Wort beigesteuert hatte und sogar auf dem Beifahrersitz einzunicken schien.

Dreißig Fässer pro Tag. Aaron sah aus dem Fenster, durch die Stacheldrahtdecke hinauf, und ließ den Blick auf der Suche nach Regenwolken über den Himmel schweifen. Er entdeckte jedoch keine und machte sich sofort Sorgen um sein erstes Projekt, die Favoritenfarm. Wenn Wasser so knapp war und die Quillitärfahrzeuge derartige Mengen schluckten, musste er dringend etwas unternehmen.

Haluki, Strang und Aaron sahen sich auf der gesamten Quillitärbasis um. Dabei kamen sie auch an neuen Gewolltenrekrutinnen und -rekruten vorbei, die die traditionellen Todesrufe des Quillitärs skandierten. Diese würden sie auch in der Schlacht zum Besten geben, sollte Quill jemals angegriffen werden. Aarons Fokus lag heute jedoch auf dem Fuhrpark. Er nahm alles, was er über die Fahrzeuge sah und hörte, gewissenhaft in sich auf. Nach getaner Arbeit kehrten die drei zu ihrem Fahrzeug zurück, um sich nach kurzer Fahrt mit Hohepriesterin Justine im Palast zu treffen. Der Wagen knarrte und ächzte den Hügel hinauf, und Aaron – den die Müdigkeit nach nur zwei Stunden Schlaf langsam einholte – ließ seine Gedanken einmal mehr zu den seltsamen Ereignissen der Nacht abschweifen. Sie fühlten sich inzwischen weit entfernt an, und dennoch nagte noch immer eine Frage an Aarons Hinterkopf: Wie war es möglich, dass sich hinter diesem mächtigen Zaun eine ganze Welt voller Ungewollter verbarg? Aaron konnte es einfach nicht begreifen. Zum einen konnten sie unmöglich alle dort Platz haben – nicht, wenn die Inspektionsberichte der Kommandeure zu dem kleinen Stück Land, die er mit angehört hatte, tatsächlich stimmten. Und wo sollten sie sich überhaupt verstecken? Es war lächerlich. Dort gab es nichts weiter als ein einsames Gebäude, ein bisschen Unkraut und einen … einen See. Einen großen See aus brodelndem Öl.

Aaron schloss für einen Moment die Augen und ermahnte sich selbst, jegliche Gedanken an Alex zu unterlassen, bevor er noch etwas tat, das sein Ansehen bei der Hohepriesterin gefährden könnte. Dennoch tastete er durch den Stoff nach dem dünnen Stück Metall in seiner Hosentasche und fragte sich, woher ein solches Ding sonst hätte kommen können.

Schließlich brachte der Fahrer den Wagen vor dem Palast zum Stehen. Nachdem sie die üblichen Parolen und die förmliche Begrüßung der Hohepriesterin hinter sich gebracht hatten, ließen sich die vier im Konferenzraum nieder.

Der Oberste Kommandeur Haluki ergriff als Erster das Wort und brachte die Hohepriesterin mit einem Lagebericht von General Blair auf den neuesten Stand. Anschließend berichtete Strang von ihrer Besichtigung, woraufhin sich die drei anderen Aaron zuwandten. »Und zu welchem Ergebnis bist du gekommen?«, fragte Justine.

Während des gesamten Gesprächs hatte irgendetwas an Aarons Unterbewusstsein genagt. Es fiel ihm schwer, sich etwas Geniales einfallen zu lassen, und er hatte Angst, sie mit seinen Bemerkungen zu enttäuschen. Er wusste, wie wichtig dies für ihn war. Er wusste, hiermit konnte er demonstrieren, dass seine erste Idee – die Favoritenfarm – kein Zufallstreffer gewesen war. Es konnte beweisen, dass er ein Genie war. Und vielleicht, nur vielleicht, würde es auch die brennende Frage beantworten, die ihn schon seit Monaten quälte.

Die Hohepriesterin wartete geduldig darauf, dass Aaron ihr antwortete.

Haluki und Strang beäugten ihn wachsam.

Aaron drückte seinen ohnehin bereits geraden Rücken stocksteif durch. »Wenn die Hohepriesterin es erlaubt, würde ich gerne eine Lösung für mehr als nur ein stetig wachsendes Problem anbieten – nicht nur, was die schlechte Qualität der Quillitärfahrzeuge betrifft, die sich in der Tat in einem erbärmlichen Zustand befinden, sondern auch eine Lösung, um Quills bedrohlichen Wassermangel zu lindern.«

Justines Miene veränderte sich nicht. »Fahre fort«, sagte sie.

Aaron nickte. »Ich glaube, wenn mich mein begrenztes Wissen nicht trügt«, begann er bescheiden, »gibt es eine Methode, die wir noch nicht erforscht haben. Vielleicht werdet Ihr sie ja für würdig erachten.« Aaron holte tief Luft, wohl wissend, dass er die Sache nicht mehr viel länger hinauszögern konnte und endlich einen Vorschlag unterbreiten musste, obwohl er sich noch immer verzweifelt den Kopf darüber zerbrach, wie das Ganze genau funktionieren sollte.

Haluki, der Aaron gegenübersaß, rutschte auf seinem Stuhl hin und her, seine zusammengekniffenen Augen starr auf das Gesicht des Jungen gerichtet.

Strang nickte Aaron ermutigend zu. Er bewunderte den Verstand des Jungen.

Hohepriesterin Justines Mundwinkel zuckten, als wäre sie allmählich mit ihrer Geduld am Ende. »Dann mal raus damit.«

Aaron nickte erneut und presste die Lippen zusammen. »Nun gut«, sagte er. Sein Hals fühlte sich so zusammengeschnürt an, als könnte er gleich keine Luft mehr hindurchlassen. »Ich glaube, die einzige Lösung, um die Fahrzeuge wirtschaftlicher zu betreiben und die dreißig Fässer Wasser einzusparen, die auf der Quillitärbasis täglich verbraucht werden, ist …« Aaron schluckte und fuhr dann fort: »… der Große See aus brodelndem Öl.«

Hohepriesterin Justine kniff die Augenbrauen zusammen, der Ausdruck auf ihrem Gesicht wurde angespannter. »Und?«, bohrte sie scharf nach.

»Und …« Aarons Stimme brach. Er zuckte zusammen und räusperte sich. »Und«, begann er erneut, »da ich den Großen See aus brodelndem Öl noch nie gesehen habe, würde ich, mit Eurer Erlaubnis, der Farm des Todes gerne einen Besuch abstatten, um ihm zu Forschungs- und Testzwecken eine Probe zu entnehmen.«

Halukis Augen blitzten für einen Sekundenbruchteil auf, bevor ihre kalte, stahlblaue Farbe wieder zurückkehrte. Er rutschte erneut auf seinem Stuhl herum, während die Hohepriesterin und Strang nachdenkliche Mienen aufsetzten.

»Nein. Das kommt gar nicht infrage«, sagte Haluki.

Die Hohepriesterin bedachte ihn mit einem herablassenden Blick. »Was?«, fragte sie, ihre Stimme ein wenig lauter, während in ihren Augen ein Feuer zu flackern begann.

»Er ist verseucht«, beharrte Haluki. »Verpestet. Vielleicht habt Ihr vergessen, was dort entsorgt wird.«

Aaron und der junge Kommandeur Strang wechselten einen unbehaglichen Blick.

Die Hohepriesterin funkelte Haluki an. »Ich wäre Ihnen dankbar, wenn Sie diese Entscheidung mir überlassen würden.« Sie drehte sich zu den Palastwachen an der Tür um. »Wachen! Besorgt mir einen Wagen, sofort, groß genug für uns vier.«

Aaron drehte sich der Magen um.

Haluki zögerte, sprang dann auf und marschierte zur Tür. »Für drei genügt auch. Ich habe noch einen anderen Termin. Auf Wiedersehen, Madam.«

Die drei am Tisch Verbliebenen starrten ihm hinterher und schauten dann einander an. Keiner von ihnen machte sich die Mühe, seine entsetzte Miene über dieses seltsame Verhalten zu verbergen. Schließlich gewann die Hohepriesterin wieder so weit die Fassung, um ihm nachzurufen: »Oh, um Quills willen, Haluki, kommen Sie sofort wieder zurück!«

Aber der Mann war bereits verschwunden.

Besuch aus Quill

Und so kam es, dass, während Mr Today auf dem Rasen ein Treffen abhielt, um alle Menschen, Statuen und im Haus lebenden Kreaturen über die jüngsten Entwicklungen zu unterrichten, und Arija zur selben Zeit ein ähnliches Treffen für alle wilden Kreaturen des Dschungels einberief, das quietschende Quillitärfahrzeug mit Hohepriesterin Justine, Kommandeur Strang und Assistenzadjutant Stowe an Bord vor dem mächtigen eisernen Tor zum Stehen kam. Und da niemand jemals ohne sechs Monate im Voraus erfolgte Ankündigung durch das Tor kam, und da nur eine einzige Person in ganz Quill einen Schlüssel für das Tor hatte, und da die drei anderen Girrinos sich zu den Versammelten am Rand des Rasens gesellt hatten, um ein bisschen besser hören zu können, war niemand da, der es hätte bemerken können.

Abgesehen von Simber, der über die schärfsten Sinne von allen verfügte. Doch als der große geflügelte Gepard mit einem gewaltigen Satz über die erste Reihe der versammelten Artiméer sprang, donnernd zum Tor stürmte und dabei eine brüllende Warnung an Mr Today ausstieß, bei der alle sofort aufschreckten und die in ihren Kampfwesten verstauten magischen Waffen zückten, war es bereits zu spät. Das Tor schwang auf.

Der große, alte Magus und der imposante Gepard wechselten einen Blick. Es war ein Blick, den nur zwei Freunde, die einander seit vielen, vielen Jahren kannten, verstehen konnten. Und während Mr Today eine Hand hob, um die erschrockenen Artiméerinnen und Artiméer wieder zur Ruhe zu bringen, stand der steinerne Gepard felsenfest da, seine gigantischen Flügel zu ihrer vollen Spannweite von fast sieben Metern ausgebreitet, und fungierte als Schild zwischen den Besuchern und den Versammelten, um Letztere davon abzuhalten, sich auf die drei Quiller zu stürzen, wie die Rachegeister tausend Ungewollter auf ihre Liquidatoren.

Und im selben Moment, als die drei durch das eiserne Tor traten, rauschte ein riesiger grauer Wolf durch die Tür an der Meeresseite der Villa nach draußen und preschte auf Mr Today zu, bis er sah, dass es bereits zu spät war. Es bemerkte ihn jedoch kaum jemand, da alle angestrengt die Augen zusammenkniffen und versuchten, an Simbers mächtigem Flügelschild vorbei oder darüber hinweg oder darunter hindurch zu blicken.

Mit leisen Worten und sanfter Hand bedeutete Mr Today der riesigen Menge, sich wieder zu setzen, und da sie ihm alle vertrauten, taten sie es. Außerdem waren die meisten von ihnen, nachdem sie einen Moment darüber nachgedacht hatten, zu dem Schluss gekommen, dass die Besucher vom Anblick von Artimé vermutlich so überwältigt waren, dass sie gar nicht festgesetzt werden mussten.

Alex nahm jedoch nicht wahr, wie alle anderen sich wieder setzten. Er nahm nicht wahr, wie Lani an seiner Hand zerrte oder wie sie sich, als sie ihn nicht zu sich herunterziehen konnte, wieder erhob und einfach seinen Arm festhielt. Und er nahm auch nicht wahr, wie Mr Today Lani kaum sichtbar anerkennend zunickte, bevor er sich abwandte, langsam über den Rasen schritt und sich den Gästen näherte. Alex stand einfach nur da und starrte. Und während er so dastand, dachte er, er sollte eigentlich alle möglichen durcheinanderwirbelnden Gefühle in seinem Herzen und seinem Bauch spüren. Doch das Einzige, was er fühlte, war kalte Leere, so als hätten die drei Quiller durch ihr Erscheinen, durch ihre bloße Anwesenheit, sämtliche Emotionen aus dem ganzen Land Artimé in ihre eisigen Adern gesaugt, woraufhin es komplett eingefroren war. Alex starrte in die Augen seines Bruders und sah, wie Aaron zurückstarrte, bis sein Bruder schließlich nicht anders konnte, als den Blick abzuwenden.

In der Zwischenzeit hatte Claire Morning sich einen Weg durch das Labyrinth der Versammelten gebahnt und sich Mr Today angeschlossen. Florence gesellte sich zu Simber, baute sich mit dem Rücken zu ihm auf, mit dem Gesicht zur Menge, ihr geschultes Auge auf Samheed, der aussah, als würde er sich am liebsten in Luft auflösen, und Will Blair gerichtet, der aussah, als könnte er es kaum erwarten, Aaron Stowe von Angesicht zu Angesicht gegenüberzutreten und ihn in winzige Stücke zu sprengen. Doch selbst Will erkannte, dass er diesen Kampf nicht gewinnen würde. Nicht jetzt. Er würde sich seinen giftigen Hass für einen anderen Tag aufsparen müssen, der nun näher zu sein schien als jemals zuvor.

Von den drei Quillern war Strang derjenige, der am meisten unter Schock zu stehen schien. Doch zu behaupten, Hohepriesterin Justine und Aaron wären nicht auch völlig entgeistert gewesen, wäre einer fantastischen Lüge gleichgekommen, denn sie schienen ihre Sprachfähigkeit verloren zu haben. Ihre Blicke huschten von der Armee der Ungewollten und seltsamen Kreaturen zu der riesigen Villa, dem glitzernden, türkisblauen Meer, der saftig grünen Landschaft und dem Wald in der Ferne.

Hohepriesterin Justine – in deren Augen nach dem ersten Schock flackernde Flammen der Wut über den unverfrorenen Verrat züngelten – richtete sich zu ihrer vollen Größe auf und presste ihre dünnen Lippen so fest zusammen, dass sie wie eine weiße, auf ihr starres Gesicht gemalte Linie aussahen.

Kommandeur Strang sah beim Anblick von Simber – dessen wache Augen von einem Quiller zum nächsten wanderten, sein angespannter Körper zum Angriff bereit, sollte die Situation es erfordern – aus, als könnte er jede Sekunde in Ohnmacht fallen.

Aaron Stowe wiederum starrte und starrte und schob sich zentimeterweise vorwärts, während all seine Albträume direkt vor seinen Augen Realität wurden. Simber fing den Blick des Jungen ein und brüllte eine so tiefe, knurrende Warnung, dass es eher wie ein Donnergrollen von jenseits der Grenzmauer klang. Aaron stoppte sein zentimeterweises Vorwärtsschieben und blieb still wie eine … nun, wie eine Statue stehen. Mr Today, mit Claire an seiner Seite, näherte sich den Besuchern.

»Sei gegrüßt, Justine«, sagte er. Er ragte genauso hoch auf wie die Herrscherin von Quill, stand aber längst nicht so stocksteif da. »Willkommen zurück, Aaron.«

Aarons Gesicht wurde kreidebleich.

In Justines Augen blitzte Überraschung auf, als sie zu Aaron blickte, doch dann richtete sie ihre Wut wieder auf Mr Today. Ihre Stimme triefte vor Verachtung, als sie zischte: »Marcus.«

Und obwohl Marcus Today sich schon seit vielen Jahren auf diesen Moment vorbereitete, kam er ihm dennoch surreal vor. Er schien selbst die Vorstellungskraft des großen Magus zu übersteigen. Es war beinahe – nicht ganz, aber fast – ein angenehmes Gefühl, diesen Punkt endlich erreicht zu haben und ihn bald hinter sich lassen zu können. Und auch wenn Marcus Today ein höflicher Mann war, wusste er, dies war nicht der richtige Moment, um noch etwas hinzuzufügen.

Hohepriesterin Justine stand ebenso reglos da, und die beiden starrten einander für mehrere lange, unbehagliche Sekunden in die Augen, wobei beider Verstand wie wild ratterte, während sie versuchten, zu entscheiden, wie sie diese Unterhaltung in Anwesenheit ihres bunten Publikums am besten fortsetzen sollten.

Es war Justine, die aus schierer Notwendigkeit – schließlich hatte sie nicht ewig Zeit – den ersten Schritt machte. Sie wusste, Marcus würde es als ein Zeichen von Schwäche betrachten, und dennoch sah sie keine andere Möglichkeit, außer bis in alle Ewigkeit so zu verharren. Also sagte sie mit Todesstimme, in der typischen Manier unzähliger Regentinnen und Regenten im Lauf der Geschichte: »Ich verlange ein Gespräch unter vier Augen.«

Mr Today nickte knapp. »Das lässt sich einrichten.«

»Im Palast. Acht Uhr.«

»Mach dich nicht lächerlich.«

Justines Gesicht lief knallrot an, aber ihre Stimme klang weiterhin ruhig. »Wie bitte?«

»Hier und jetzt tut es auch.« Der alte Magus wandte sich Simber zu. »Räum den Rasen, bitte. Bring alle nach drinnen, damit ich allein mit der Hohepriesterin und ihren Begleitern sprechen kann.«

Claire warf Mr Today einen besorgten Blick zu. Er nickte. Sie zögerte, ließ ihn dann jedoch mit den drei Quillern allein und half Simber, die Ungewollten in die Villa zu bringen.

Nach wenigen Minuten befanden sich fast alle im Haus. Alex hielt noch einmal inne, um seinem Bruder einen letzten kühlen Blick zuzuwerfen. Sie schauten einander in die Augen, und der stille Moment barg all die unausgesprochenen Dinge zwischen ihnen. Zum ersten

Mal seit dem Zwischenfall im Matsch spürte Alex echte Angst bei seinem Bruder.

»Alex«, knurrte Simber leise.

Alex brach den Blickkontakt ab und betrat, an der Seite von Ms Morning und zusammen mit den letzten Nachzüglern, langsam das Haus, während Simber geduldig wartete und ihnen schließlich ebenfalls nach drinnen folgte.

Alex fand seine Freundinnen im Salon, in dem geflüsterte Unterhaltungen die übliche Geräuschkulisse aus Musik und Lachen ersetzt hatten. Er ließ sich neben Meghan auf die Couch fallen, mit einem Gefühl, als hätte man ihm sämtliche Luft aus den Lungenflügeln gequetscht. Er vergrub das Gesicht in den Händen, rieb sich die Schuld aus den Augen, hob dann wieder den Blick und begann, Meghan und Lani alles zu erzählen. Schon bald gesellte sich Sean zu ihnen, und kurz darauf näherte sich auch Samheed. Er ließ sich vorsichtig nieder, während er einen Blick mit Alex tauschte. Alex zuckte mit den Schultern und nickte. Es spielte keine Rolle mehr, was Samheed wusste oder was er vielleicht tun würde. Artimé war entdeckt, und es war allein Alex' Schuld. Also erzählte er den anderen, was in der Nacht zuvor passiert war, vom Archiv in der Bibliothek über die 3-D-Tür bis hin zu dem Wolf – nur dass Alex, anstatt Will Blairs Namen zu nennen, nur »jemand« sagte. Er wusste selbst nicht genau, warum, außer dass er das Gefühl hatte, es würde nur noch mehr Probleme verursachen, wenn sich die Sache herumsprach.

»Vielleicht wollen sie ja gar nicht kämpfen«, sagte Lani, als Alex am Ende angelangt war.

»Bist du doof?«, blaffte Samheed sie an. Er wirkte untypisch nervös und blickte immer wieder zu Alex, weil er nicht wusste, ob der ihn verraten hatte, sich jedoch nicht traute, ihn vor allen anderen danach zu fragen. »Kannst du dir vorstellen, wie wütend die Hohepriesterin sein muss, jetzt, wo sie weiß, dass Mr Today sie all diese Jahre hintergangen hat? Sie muss sich wie die größte Idiotin aller Zeiten vorkommen. Wenn sie nicht kämpfen und das Quillitär trotzdem von unserer Existenz erfahren würde, würden sie zuerst sie stürzen und anschließend uns angreifen!«

Sean nickte. »Zweifellos«, sagte er.

Meghan kaute an ihren Fingernägeln. »Ich hoffe, Mr Today passiert da draußen nichts.«

»Keine Sorge«, erwiderte Sean. »Sie können ihm nichts anhaben. Er würde sie alle innerhalb einer Sekunde töten. Sie schienen nicht bewaffnet zu sein. Aber ich bin überrascht, dass Justine ohne ihre Wachen hergekommen ist. Sie muss großes Vertrauen in Kommandeur Strang und Aaron haben – oder sie fühlt sich dank ihrer gewaltigen Macht so unantastbar, dass sie glaubt, sie bräuchte keinen Schutz mehr.«

»Das wird nicht lange so bleiben«, bemerkte Lani.

Die fünf saßen schweigend da, während sie auf Neuigkeiten warteten. Als Earl schließlich allen verkündete, sie sollten wieder nach draußen gehen, sprangen sie aufgeregt auf und eilten zu den Röhren.

Entdeckt

Die Ungewollten strömten wieder hinaus auf den Rasen, und ihre Reaktion auf den neuen Anblick, der sich ihnen dort bot, zeichnete sich bei einem nach dem anderen auf ihren Gesichtern ab. An der Stelle des riesigen eisernen Tors befand sich nun – nichts. Nichts außer einem klaffenden Loch, das den Blick auf den trostlosesten Ort in ganz Quill freigab. Neben dem Loch standen drei der Girrinos und lugten neugierig über die Mauer hinweg nach Quill. Arija war in den Dschungel zurückgekehrt, um dort alle auf den neuesten Stand zu bringen.

»Grässliche Aussicht, nicht wahr?«, fragte Mr Today, als alle wieder zur Ruhe gekommen waren. »Wie sich herausstellte, war Kommandeur Strang ein wenig schwindlig. Er ist in Ohnmacht gefallen, gegen das Tor geknallt und hat es mit seinem Kopf zugestoßen. Aus Sicherheitsgründen verriegelte es natürlich automatisch, wenn es ins Schloss fiel. Tja. So ein Jammer.« Als sich alle fragende Blicke zuwarfen, erklärte er: »Es gibt keinen anderen *traditionellen* Weg zurück nach Quill. Und da sich der einzige Schlüssel zum Tor in Justines Händen befand, sie aber nicht über die Mauer klettern konnten, saßen sie fest, woraufhin sie ein wenig in Panik verfielen.« Er kicherte leise bei der Erinnerung und fuhr dann fort: »Also habe ich Justine drei Optionen gegeben: für immer hierzubleiben, liquidiert zu werden oder auf *magische* Weise nach Quill zurückzukehren. Und da ich nicht der Ansicht war, Strangs schwaches Herz würde einer magischen Reise standhalten, beschloss ich, stattdessen Magie anzuwenden, um das Tor komplett verschwinden zu lassen und ihnen so den Weg zurück zu ermöglichen.«

»Aber ... aber ...«, stammelten mehrere Stimmen, bevor ein ganzer Wirrwarr an Fragen losbrach. »Werden Sie es denn nicht wieder zurückzaubern?« »Können sie jetzt einfach hier hereinkommen?«

Mr Today hob die Hände, um alle zum Schweigen zu bringen. »Ich verstehe eure Bedenken. Ja, sie können uns sehen, genauso wie wir sie sehen können.« Nachdem erneut Gemurmel aufbrandete, nickte Mr Today ernst. »Und ja, ihr könnt nun kommen und gehen, wie es euch beliebt, genau wie die Menschen von Quill hier ein- und ausgehen können. Obwohl ich bezweifle, dass wir hier irgendwen anders als das Quillitär sehen werden. Den Notwendigen wird man gar nicht erst von uns erzählen, da bin ich mir ganz sicher.«

Ein Aufschrei war zu hören, und mehrere Ungewollte sprangen protestierend auf. Geduldig wartete Mr Today, bis wieder Ruhe eingekehrt war. Dann wartete er noch einen Moment länger, so, als laste diese Entscheidung schwer auf seinem Gewissen. Schließlich ergriff er erneut das Wort.

»Meine Freundinnen und Freunde, bitte, hört mich an.« Er hielt inne, legte sich seine Worte zurecht und fuhr dann fort: »Nun, da wir entdeckt wurden, hasse ich die Vorstellung, Artimé weiter zu verstecken. Seid versichert, dass das Quillitär in diesem Moment über uns unterrichtet wird und sie uns schon bald angreifen werden. Sie wollten euch alle schon einmal töten, wisst ihr noch? Nun wollen sie jedoch vor allem mich töten. Glaubt ihr, sie sagen sich einfach: ›Was? Er hat uns all die Jahre ausgetrickst? Oh, ist ja nicht so schlimm‹, und lassen uns anschließend in Ruhe?« Er schüttelte den Kopf. »Nein, und ich habe euch auch nie weisgemacht, sie würden es tun. Dies ist *die* große Gelegenheit, für die sie sich all ihre Wut aufgespart haben. Die Tatsache, dass das Tor verschwunden ist, gibt uns, den Bewohnerinnen und Bewohnern von Artimé, mehr Möglichkeiten. Wir können nun leichter von hier fort. Und wir können sie kommen sehen.«

Aus den vorderen Reihen der Menge kam eine Frage: »Aber – warum schotten wir uns nicht einfach komplett vor ihnen ab, anstatt uns angreifbarer zu machen?«

Mr Today lächelte düster, wandte sich ab und blickte auf das wunderschöne türkisblaue Meer hinaus. »Sie können uns übers Meer erreichen, wenn sie wollen – sofern Justine daran denkt. Und das wird sie, wenn es nötig ist. Wollt ihr wirklich Mauern ringsum, nun, da sie von uns wissen? Haben wir wirklich solche Angst?«, fragte er und drehte sich wieder zu den Versammelten um. »So wie Quill?« Er wartete einen Moment, um zu sehen, ob jemand etwas erwidern wollte. Als dies nicht der Fall war, sprach er weiter.

»Ich würde lieber sterben, während ich für unsere Freiheit kämpfe, so zu leben, wie wir leben wollen. Zu tun und zu lassen, was wir wollen. Und uns nicht mehr verstecken zu müssen. Ich würde lieber gegen die Angst kämpfen, die euch allen von Geburt an eingetrichtert wurde. Gegen Quills blinden Eifer, Intelligenz und Stärke als etwas Besseres zu erachten, etwas Bedeutenderes als Kreativität. Und jetzt, mit ein wenig Glück, bietet sich uns die Chance, genau das zu tun. Die Chance, uns zu beweisen.«

Die Menge blieb still.

»Ihr alle müsst euch für eine von zwei Optionen entscheiden: kämpfen oder versorgen. Jene von euch, die Schutz benötigen oder ihn wünschen, oder jene, die über medizinische Fähigkeiten verfügen, finden in der Villa Zuflucht und alles Nötige. Eltern und Familien: Ich vertraue darauf, dass ihr selbst bestimmt, ob ihr eure Kinder beschützen oder kämpfen wollt. Beides sind noble Taten, und ihr müsst selbst entscheiden, was am besten ist. Doch auch diejenigen, die nicht an vorderster Front kämpfen, können unsere Kriegerinnen und Krieger auf unterschiedliche Weise unterstützen, indem sie Verwundete pflegen, die Kämpfenden mit Essen versorgen und sich um unsere Jüngsten kümmern, wenn sie Hilfe brauchen.

Die meisten anderen von euch werden sich wahrscheinlich dazu entscheiden, gemeinsam zu kämpfen, um Artimé zu retten.« Mr Todays Blick wanderte in die hinterste Reihe der Menge und blieb an Will Blair hängen, der sich unbehaglich abwandte. Dann blickte der Magus zu Samheed, der auf den Boden hinunterschaute. »Ich muss gewiss keinen von euch daran erinnern, dass ihr, solltet ihr Quill ohne den Schutz eines organisierten Trupps betreten, euer Leben damit selbst aufs Spiel setzt.«

Mr Today blickte zu Claire und nickte ihr zu. »Ms Morning ist eure Oberste Befehlshaberin. Ihr habt alle gewissenhaft trainiert. Behaltet einen kühlen Kopf – ihr seid viel schlauer als das Quillitär! Setzt eure Fantasie zu eurem Vorteil ein. Und auch wenn ihr mir nicht das Geringste schuldig seid, möchte ich euch doch um einen Gefallen bitten.« Er lehnte sich mit ernster Miene vor. »Greift nicht zuerst an. Sollte es zum Kampf kommen, dann lasst sie die Schlacht beginnen. Denn wie ich euch immer sage: Wir wissen nicht, was passieren wird, bis es passiert. Vielleicht werden sie sich, wie durch ein Wunder, dazu entscheiden …« Mr Today verstummte urplötzlich, als Jim, die geflügelte Schildkröte, aus Richtung des Dschungels herbeiflog und vor seinen Füßen landete. Der alte Mann beugte sich nach unten, und Jim flüsterte ihm etwas ins Ohr, während sich die Menge neugierig ein Stück auf die beiden zuschob. Die Schildkröte brauchte sehr lange, um Mr Today alle Informationen zu übermitteln, aber von Jim hatte auch niemand etwas anderes erwartet. Will Blair nutzte die Ablenkung als Gelegenheit, sich unsichtbar zu machen und davonzuschleichen.

Nach einem langen Moment richtete Mr Today sich

wieder auf. »Danke, Jim, das ist großartig.« Dann wandte er sich wieder an sein Publikum auf dem Rasen. »Unsere Freunde im Dschungel haben sich entschieden, an unserer Seite zu kämpfen. Sie werden, zusammen mit den Statuen, dabei helfen, die Villa nachts zu beschützen, damit wir uns in Sicherheit ausruhen können, sollte sich die Schlacht in die Länge ziehen.« Er atmete tief durch und schenkte seinen geliebten Ungewollten ein ermutigendes Lächeln. »Irgendwelche Fragen?«

Lani hob eine Hand. »Woher wissen wir, wann sie kommen … und was wir dann tun sollen?«

Mr Today lächelte das Mädchen warmherzig an. »Wir haben Spione. Späher. Sie werden uns rechtzeitig warnen, und ihr werdet dann umgehend von euren Wandtafeln informiert.« Der Magus blickte zu Alex und neckte ihn: »Also schaltet sie bitte alle auf volle Lautstärke.«

Alex lächelte schwach. Er musste sich deswegen keine Sorgen machen, da Clive nicht mehr über einen Schhhh-Knopf verfügte.

»Sobald ihr eure Befehle erhaltet, befolgt ihr sie. So einfach ist das. Also sorgt dafür, dass eure Kampfwesten komplett ausgerüstet und eure Waffen einsatzbereit sind.«

Als alle in die Villa zurückkehrten, um die nötigen Vorbereitungen zu treffen, rief Mr Today Samheed zu sich. »Auf ein Wort, bitte«, sagte er.

Samheed packte Alex am Arm. »Hast du ihm von mir erzählt?« Seine Augen funkelten wild.

»Ja«, antwortete Alex wahrheitsgemäß. »Aber ich habe ihm auch gesagt, du wusstest wahrscheinlich nicht, was Will wirklich vorhatte.«

»Wusste ich auch nicht«, versicherte Samheed ihm. »Das musst du mir glauben. Ich dachte, Will wollte Aaron nur ein bisschen Angst einjagen, das war alles.«

Alex presste die Lippen zusammen. »Du solltest jetzt besser gehen.«

Samheed kaute auf seiner Unterlippe herum, seine Stirn in Falten gezogen, und starrte Alex mit dem durchdringendsten Blick an, den Alex je bei ihm gesehen hatte. »Glaub mir«, raunte Samheed ihm zu, »ich würde dir das niemals antun.« Dann löste er seinen Griff und trottete in langsamem Laufschritt zu dem Magus hinüber. »Ja, Sir?«

»Es gibt da ein paar Dinge, über die wir uns unterhalten müssen – und ein paar, über die du nachdenken solltest«, begann Mr Today. Er zog Samheed mit sich zu einer ruhigeren Ecke des Rasens, wo die beiden sich auf der Erde niederließen und Samheed fast die ganze Zeit ins Gras starrte.

Als ihr Gespräch beendet war, kehrte Samheed langsam in die Villa zurück, einen erschrockenen Ausdruck auf dem Gesicht, und verschwand direkt in seinem Zimmer.

Mr Today hingegen suchte das ganze Haus und das Anwesen nach Will Blair ab und wies all seine wachsamen Helfer an, die Augen nach dem jungen Mann offen zu halten. Doch Will war nirgends zu finden.

Aaron

Na, na, na, Aaron Stowe.« Als sie zum Palast zurückfuhren, drehte sich Hohepriesterin Justine zu dem jungen Mann um und beäugte ihn aufmerksam. »Wie sich herausstellt, hast du Marcus also bereits kennengelernt. Wie – interessant.«

»Hohepriesterin Justine, ich kann alles erklären ...«

»Dann tu es auch!« Sie erhob ihre Stimme nicht, aber ihre Worte dröhnten dennoch in Aarons Kopf.

Er setzte sich auf seine Hände, damit die Hohepriesterin nicht sah, wie sehr sie zitterten. Seine Stimme bebte. »I-ich ... sie sind vergangene Nacht in mein Zimmer gekommen. Ich meine, er. Alex. Mein Bruder. Ich meine, der Ungewollte. Ich dachte, es wäre ein Traum!«

»Und?«

»Und sie haben versucht, mich zu überreden ...«

»Sie?«

»Alex und dieser Mann mit den Haaren, der Farmer des Todes. Sie ... sie haben mich durch die Wand in sein Büro gezerrt und behauptet, sie wollten mich beschützen.« Aaron holte tief Luft. »Aber ich konnte entkommen. Quill sei Dank.« Er nickte energisch, als wollte er sich selbst beweisen, dass er das Richtige getan hatte.

Hohepriesterin Justine presste die Lippen so fest zusammen, dass sie sich leicht bläulich färbten. Ihre Stimme klang unheimlich ruhig. »Und du hast daraufhin beschlossen, mich anzulügen und mich unter dem falschen Vorwand, du wolltest das Öl untersuchen, dorthin zu locken. Damit wir vor diesem ganzen erbärmlichen Haufen offen zur Schau stellen können, wie vollkommen perplex wir sind über ihre Existenz.« Ihr stechender Blick wurde noch schärfer, und ihre Stimme klang längst nicht mehr so ruhig. »Und ich dachte, du wärst intelligent, Aaron Stowe. Ich habe dich wirklich für ein helles Köpfchen gehalten. Aber das Einzige, was du zustande gebracht hast, ist, uns wie Idioten dastehen zu lassen! *Wir* sind hier die Narren!« Sie spuckte das letzte Wort förmlich aus. Aaron schrumpfte auf seinem Stuhl zusammen.

»I-ich dachte, es wäre ein Traum«, flüsterte er. »Ich hatte in letzter Zeit einige seltsame Träume – und es war alles völlig unmöglich. Wie hätte ich je glauben können, ich könnte durch eine Wand gehen? Oder dass mein Bruder Alex noch am Leben ist? Gewiss, Madam Hohepriesterin, gewiss könnt Ihr doch verstehen …«

»Wie kannst du es wagen, mir Widerworte zu geben? Träume? Sei endlich still!«

Kommandeur Strang, der sich ein wenig von seinem Schock über den Anblick der anderen Welt erholt hatte, sagte kein Wort, während er das Quillitärfahrzeug die kurvenreiche Straße zum Palast hinauflenkte.

»Strang«, sagte die Hohepriesterin, ihre Stimme wieder ekelhaft ruhig, »rufen Sie alle Kommandeurinnen und Kommandeure zusammen – verflucht noch mal, warum musste Haluki nur so davonstürmen? Ich brauche ihn sofort, und den ganzen Rest von Ihnen. General Blair auch. Kann dieses Ding denn nicht schneller fahren?«

Der kastige, verrostete Wagen röchelte und ächzte den Hang hinauf. »Ich habe das Gaspedal bis zum Boden durchgedrückt. Sogar fast *durch* den Boden, Eure Hoheit«, erwiderte Strang.

Als er General Blairs Namen hörte, biss sich Aaron auf die Unterlippe und räusperte sich leise. »Madam Hohepriesterin, mein ungewollter Bruder hat mir erzählt, der ungewollte Sohn des Generals hätte vor, mich zu töten und meinen Platz einzunehmen, indem er etwas namens ›Magie‹ anwendet.« Er wagte es nicht, noch mehr zu sagen.

Doch die Hohepriesterin beachtete Aaron gar nicht, also ließ er sich wieder auf seinem Sitz zurücksinken.

Kurz darauf erreichten sie den Palast. »Folge mir«, bellte Hohepriesterin Justine. Aaron beeilte sich, mit ihr Schritt zu halten.

»Träume«, murmelte sie. »Grund genug für eine Entlassung – und den Tod.«

Aaron riss die Augen vor Angst weit auf. Er hatte das Gefühl, er müsse sich gleich übergeben.

»Wachen!« Hohepriesterin Justines Schuhe klapperten und klackten über den steinernen Palastboden. »Lasst diesen Jungen nicht aus den Augen«, sagte sie und grinste böse. »Falls er versucht davonzulaufen, tötet ihn.«

Dann verschwand sie in ihrem Büro und knallte Aaron die Tür vor der Nase zu.

Aaron stand einen Moment lang nur da, die Schultern reuevoll gesenkt. Dann drehte er sich um, ließ sich auf den Boden sinken und vergrub das Gesicht in den Händen.

Was passiert?

Nach Mitternacht schlich Will Blair, der sich im Dschungel versteckt hatte, auf das Anwesen zurück, bevor die Wirkung seines Unsichtbarkeitszaubers verpuffte, und sauste heimlich mit der Röhre in sein Zimmer zurück. Er schickte eine Nachricht an Samheed und wartete ungeduldig auf eine Antwort seines Freundes, jedoch vergebens. Schließlich gab er es auf und beschloss, allein aufzubrechen. Er vergaß seinen Misserfolg mit der 3-D-Tür – die er nun ohnehin nicht mehr brauchte – und ließ sich in seinem Zimmer auf dem Boden nieder, umgeben von Skizzen, die Alex Stowe zeigten, wie eine Art unheimlicher Schrein. Er konzentrierte sich mehrere Minuten lang, atmete tief ein und aus und drückte sich selbst die Daumen. Dann konzentrierte er seine schauspielerischen Fähigkeiten mit aller Macht darauf, in seine Rolle zu schlüpfen, bis sich sein Körper und seine Züge in die der Person verwandelt hatten, die er nun seit fast einem Jahr studiert hatte. Er hoffte inständig, er würde Alex auf seinem Weg aus Artimé nicht begegnen, denn das würde alles kaputtmachen.

Dann schlenderte er auf dieselbe Art, wie Alex es tun

würde, die Stufen hinunter, und als er an Florence und Simber vorbeikam, nickte er ihnen zu, wie Alex ihnen zunicken würde. »Alex«, knurrte Simber zur Antwort. Will steuerte zielstrebig auf das klaffende Loch in der Mauer zu und grüßte auch die Girrinos dort mit einem Nicken. Tina fragte mit verängstigter Stimme: »Wo gehst du denn hin?« Will wollte den neugierigen Kreaturen jedoch nichts verraten, deshalb winkte er ihr einfach zu und setzte seine Mission fort, die Universität der Gewollten zu erreichen, bevor er entdeckt wurde.

Als Mr Today erfuhr, dass Alex – oder jemand, der verdächtig nach Alex aussah – Artimé verlassen hatte, wirbelte er zu den Wandtafeln hinter seinem Schreibtisch herum, betrachtete sie aufmerksam, eilte nach einem Moment zu der Röhre gegenüber von seinem Büro, stellte sich hinein, schimmerte kurz auf und verschwand.

Stunden später kehrte er zurück, vollkommen erschöpft. Und mit leeren Händen.

Am Morgen leuchteten zwei Ankündigungen auf den Wandtafeln auf: Die erste informierte alle darüber, dass das Quillitär, das sich so lange auf diesen Moment vorbereitet hatte, im Anmarsch sei. Die zweite lautete, Alex Stowe habe sich in der Nacht nach Quill begeben und sei nicht wieder zurückgekehrt.

Alex blieb vor Schreck die Luft im Hals stecken, als er die zweite Mitteilung las. »Was? Clive, ist das deine Vorstellung von einem Witz?«

Schimmernde schwarze Wellen kräuselten sich auf

der Tafel und Clives Gesicht presste sich daraus hervor. Er lächelte finster. »Es wäre zwar verlockend gewesen, aber nein, ich hatte nichts damit zu tun. Ich habe Marcus bereits informiert, dass du hier bist. Er hat irgendetwas davon gemurmelt, Tina am Tor hätte von dem Vorfall berichtet, und dass Will Blair irgendeinen Tarnzauber angewendet habe.«

Alex klatschte sich eine Hand auf die Stirn. »O nein! Clive, du musst sofort eine Nachricht rausschicken, dass die Meldung nicht wahr ist.« Ihm krampfte sich der Magen zusammen, als die entsetzte Frage in seinen Kopf schoss, ob Will Aaron bereits getötet hatte, aber ihm blieb im Augenblick keine Zeit, um darüber nachzudenken.

»Schon erledigt.«

Tatsächlich tauchte die Nachricht im nächsten Moment auf.

`Die vorherige Meldung bezüglich Alex Stowe war nicht korrekt. Bitte ignorieren.`

Alex seufzte erleichtert. »Danke, Clive. Du bist gar nicht so übel, weißt du das?«

Clive grinste schief. »Na, es wäre mir wirklich unangenehm, wenn du in die Schlacht ziehen und getötet werden würdest, ohne dass ich wenigstens *etwas* Anständiges für dich getan habe. Du weißt schon. Karma und so.«

»Wow. Wie großzügig von dir.«

»Lies deine Befehle. Dir bleibt nicht mehr viel Zeit.«

Clive verschmolz wieder mit der Tafel. »Und stirb nicht«, rief er noch hinterher, als sein Gesicht bereits verschwunden war und die Ankündigungen wieder auf dem Bildschirm auftauchten.

»Ich werd's versuchen«, murmelte Alex. Er klickte auf seine erste Anweisung und las:

Alex Stowe,
das Quillitär ist im Anmarsch. Dein Frühstück wurde dir per Röhre geschickt. Bitte stoße umgehend draußen auf dem Rasen zum Rest deines Trupps. Dein Kommandant ist Simber. Er hat weitere Befehle für dich.

Danke für deine Hingabe und deine Dienste für Artimé. Du bist ein sehr wertvoller Teil unserer Gemeinschaft.
Marcus Today

Alex nahm das Tablett mit dem Essen aus der Röhre und verschlang schnell sein Frühstück, bevor er sich hastig wusch und anzog. Er schnappte sich seine Kampfweste und vergewisserte sich, dass in den ausgebeulten Taschen all seine magischen Utensilien steckten, bevor er hineinschlüpfte. Zehn Minuten später mischte er sich in das Gewimmel aus Artiméerinnen und Artiméern auf dem Rasen, entdeckte Simber dank dessen Größe sofort und ging zu ihm. Alex hatte längst nicht mehr so viel Angst, seit er wusste, dass Simber seine Gruppe anführen würde.

Einen Moment später gesellte Meghan sich zu ihnen. »Ich bin so froh, dass du hier bist – ich dachte schon, du hättest was Dummes gemacht«, flüsterte sie Alex zu und warf einen nervösen Blick auf den Geparden. »Und ich bin wirklich froh, dass er auf unserer Seite ist.«

Simber knurrte. »Ich kann dich hörrren, Rrrangerrr.«

Schon bald darauf komplettierten die restlichen drei Mitglieder ihren Trupp: ein junger Mann namens Peter, eine ältere Frau, Pauline, und ein ziemlich großes weißes Einhörnchen mit Namen Rufus.

Auf der anderen Seite des Rasens sah Alex Samheed und Lani unter dem Kommando von Arija, der Girrinodame. Er winkte ihnen zu, und Lanis nervöse Miene entspannte sich ein wenig. Sie kam zu ihm gerannt, drückte ihm einen Zettel in die Hand und sagte: »Was hatte es mit dieser Meldung über dich auf sich?« Alex zuckte nur mit den Schultern und schüttelte den Kopf. Lani blickte sich zu Arija um und eilte wieder auf ihren Posten zurück.

Alex fing Samheeds Blick ein, auf dessen Gesicht ein angespannter Ausdruck lag. Er nickte Alex zögernd zu und ließ dann den Kopf sinken.

»Ich frage mich, ob er das mit Will wusste«, murmelte Alex leise. »Und ob er wirklich auf unserer Seite steht.«

»Jetzt weiß errr es«, knurrte Simber. »Und was das anderrre betrrrifft, so werrrden wirrr es schon bald herrrausfinden.«

Alex zuckte zusammen. »Ich muss mir endlich merken, was für ein gutes Gehör und Sehvermögen du hast«, sagte er.

Der große Gepard lachte leise. »Ich ziehe es nurrr vorrr, zu wissen, was du im Schilde führrrst, Stowe.«

In diesem Moment tauchten Mr Today und Claire Morning auf dem Dach der Villa auf. Claire klatschte in die Hände, um für Ruhe zu sorgen, und alle in den vorderen Reihen drehten sich um, um die hinter ihnen zum Schweigen zu bringen und ihre Aufmerksamkeit auf ihre Anführer zu lenken. »Kommandantinnen und Kommandanten, bitte erteilt eure Befehle und geht auf eure Posten. Das Quillitär ist in Sicht.«

Alex und Meghan schluckten synchron und wechselten einen nervösen Blick. Alex las rasch die Nachricht von Lani. Sie lautete: *Stirb tausend Tode.* Er blickte erschrocken auf und suchte nach ihr, konnte sie jedoch nirgends entdecken. *Wie schrecklich, so was zu sagen,* dachte er und steckte den Zettel in seine Hosentasche. *Und ich dachte, Lani wäre inzwischen ein wenig reifer.*

Er rückte seine Weste zurecht und überprüfte noch einmal seine komplette Ausrüstung, obwohl er inzwischen auswendig wusste, was sich wo befand. Peter und Pauline flüsterten miteinander. Rufus setzte sich auf die Hinterbeine, als sich Simber zu ihnen umdrehte.

»Jederrr in unserrrem Trrrupp wurrrde absichtlich ausgewählt, weil wirrr einanderrr perrrfekt errrgänzen«, begann er. »Rrrufus ist sehrrr behände. Errr kann sowohl kletterrrn als auch fliegen. Sein Sehverrrmögen ist ausgezeichnet. Gleiches gilt fürrr seinen Biss und seinen Spieß.« Simber zeigte auf das gut dreißig Zentimeter lange Horn des Einhörnchens, das zwischen seinen kleinen Nagerohren hervorragte. »Pauline warrr in derrr Theaterrrklasse, Peterrr ist Tutorrr fürrr krrreatives Schrrreiben, Meghan ist Musikerrrin und Alex ist Malerrr.« Er schwieg einen Moment und fügte dann trocken hinzu: »Und fürrr den Fall, dass ihrrr es noch nicht bemerrrkt haben solltet: Ich bin ein rrriesigerrr steinerrrnerrr Geparrrd mit Flügeln. Allerrrdings habe ich einen gewaltigen Nachteil: Ich bin nicht leicht zu verrrstecken. Unserrr Trrrupp wirrrd daherrr ein leicht zu errrkennendes bewegliches Ziel abgeben. Doch mit verrreinten Krrräften sollten wirrr die meisten Hinderrrnisse überrrwinden können.

Bitte befolgt meine Anweisungen zu jederrr Zeit. Von meinerrr Position aus kann ich viel weiterrr sehen als ihrrr. Und aufgrrrund meinerrr Erfahrrrungen als Rrraubtierrr solltet ihrrr meinen Instinkten verrrtrrrauen. Noch Frrragen?«

Er sah die fünf an, die ihn schweigend anblickten. Niemand hatte Fragen. »In Orrrdnung. Unserrr Posten befindet sich an vorrrderrrsterrr Frrront, dirrrekt an derrr Strrraße. In Quill.« Simber drehte sich um und steuerte auf die Öffnung in der Mauer zu.

An vorderster Front! Ein Angstschauer jagte durch Alex' Körper, als sie sich der Stelle näherten, an der das Tor einst gestanden hatte. Es war eine Sache gewesen, sich von Mr Todays Büro aus in Aarons Wohnheimzimmer zu schleichen, aber eine völlig andere, nach knapp einem Jahr erneut durch diesen unheilvollen, schicksalhaften Durchgang zu schreiten, davor Posten beziehen zu müssen und womöglich die volle Wucht eines Angriffs zu spüren zu bekommen. Das Ganze war schrecklich nervenaufreibend.

Simber hielt den Kopf erhoben und ging ihnen würdevollen Schrittes durch die riesige Öffnung voran, nobel wie ein Prinz. Mr Today, der nun am Mauerdurchgang stand, murmelte einen Schutzzauber auf ihre Kampfwesten, als sie einer nach dem anderen an ihm vorbei in die Trostlosigkeit von Quill zogen. »Die Wirkung dieser schützenden Worte wird den ganzen Tag anhalten. Bitte, legt eure Westen nicht ab – sie werden dafür sorgen, dass euch nichts passiert.« Der alte Mann legte eine Hand auf Alex' Arm und flüsterte: »Erinnerst du dich noch an den Zauber, den ich bei der Glaswand benutzt habe?«

Alex, dessen Herz nun wie wild hämmerte, nickte.

»Auch du bist in der Lage, diesen Zauber anzuwenden, Alex. Du bist zu einer Menge Dinge in der Lage. Du musst dir nur darüber im Klaren sein, dass das Glas zerbricht, wenn es allzu harten Schlägen ausgesetzt ist, der Zauber ist also nicht von Dauer. Aber das Wichtigste ist: Glaub an dich selbst, und du wirst Erfolg haben. Halte deine Gefühle im Zaum, dann wirst du dein Ziel jedes Mal treffen.«

»Ja, Sir«, erwiderte Alex flüsternd. Und tatsächlich spürte er nach den ermutigenden Worten, wie sein Selbstbewusstsein wuchs. Er nickte und folgte Simber auf die staubige Straße hinaus, um seinen Posten einzunehmen und auf die heranrollenden Quillitärfahrzeuge zu warten. In dieser besonders kargen Gegend von Quill gab es nichts, das ihnen Deckung hätte bieten können, abgesehen von ein paar verstreut stehenden Pfeilern, die die Stacheldrahtdecke stützten. Alex atmete die erstickende Quiller Luft ein, blickte sich hektisch um und fühlte sich furchtbar ungeschützt.

Weitere Trupps reihten sich hinter und neben Simbers Gruppe auf, und schon bald hatten über einhundert Artiméer Verteidigungskräfte in Quill Stellung bezogen, bereit, sich dem heranmarschierenden Quillitär entgegenzustellen. Alex konnte hören, wie die anderen Trupps hinter ihm noch einmal ihre Pläne durchsprachen. Der Großteil ihrer Verteidigungskräfte war weitläufig verteilt in Artimé postiert, um die Villa zu beschützen, hinter herrlich grüner Vegetation versteckt und in einzelnen Trupps entlang des Dschungelrands ausharrend. In Artimé würde sich das Quillitär auf unvertrautem Gebiet befinden und wäre hoffentlich so schockiert über den Anblick der magischen Welt, dass sich dies in der Schlacht zu Artimés Vorteil auswirken würde.

Es dauerte nicht lange, bis die quietschenden, scheppernden Fahrzeuge zu hören waren. Alex und Meghan richteten sich wachsam auf und versuchten, einen ersten Blick auf sie zu erhaschen, beinahe wie zwei aufgeregte kleine Kinder, die die Blaskapelle zwar bereits hören, die Parade aber noch nicht sehen konnten.

Direkt hinter dem Eingang, in Artimé, sah Alex Samheeds und Lanis Trupp warten. Er fing Lanis Blick ein, und als sie lächelte, schlug sein Magen Purzelbäume, trotz ihrer gemeinen Nachricht. Er formte stumm die Worte: »Pass auf dich auf.«

Lani biss sich auf die Unterlippe und nickte. »Du auch«, flüsterte sie.

Danach mussten sie nicht mehr lange warten.

Eine Flotte rostfarbener Fahrzeuge, auf beiden Seiten flankiert von endlosen Reihen marschierender Soldatinnen und Soldaten, donnerte auf sie zu. Sie erhoben keine Waffen. Langsam kamen die Fahrzeuge vor dem Eingang nach Artimé zum Stehen und stellten sich Simber direkt gegenüber. Im vordersten, offenen Fahrzeug erhob sich ein stämmiger Mann von seinem Sitz, und sein Kopf und die Schultern ragten weit über die Windschutzscheibe hinaus. Er kniff die Augen gegen die prachtvollen Farben Artimés zusammen, die jenseits der Maueröffnung leuchteten.

Samheed erkannte den Mann als General Blair.

»Achtung, wertlose Ungewollte! Ich habe eine Nachricht für Alexander Stowe!«, brüllte er.

Simber knurrte wütend.

Alex spürte, wie sein Herz zu Boden rauschte und auf der Straße zerplatzte.

Nach einem Moment nickte Simber Alex zu und brummte mit tiefer Stimme: »Trrritt vorrr und nimm die Nachrrricht entgegen.«

Sämtliche Trupps in Artimé, die durch die Öffnung sehen konnten, verfolgten die Szene gebannt. Alex atmete flach und ihm klapperten beinahe die Zähne. Er trat mit all dem Mut vor, den er aufbringen konnte, räusperte sich und sagte mit seiner tiefsten, harschesten Stimme: »Ich bin Alex Stowe.«

Der General starrte ihm für einen langen Moment direkt in die Augen, seine Oberlippe zu einem fiesen Grinsen verzerrt.

Alex starrte zurück, ohne mit der Wimper zu zucken.

»Die Nachricht stammt von Hohepriesterin Justine.« Er räusperte sich gebieterisch.

Alex rührte sich nicht.

»Hohepriesterin Justine dankt dir für die Warnung, die du Aaron Stowe vor zwei Tagen hast zukommen lassen.«

Während der General sprach, hoben zwei Quillitäroffiziere auf dem Sitz hinter ihm etwas Langes, Sperriges über ihre Köpfe.

»Sie wünschte nur, das hier«, fuhr der General fort, als die beiden Offiziere das Objekt durch die Öffnung nach Artimé ins Gras warfen, »wärst wirklich du gewesen.«

Auf der Erde, in einem dünnen, zerschlissenen Leintuch, lag der reglose Körper des Sohns des Generals: Will Blair.

Schlachtfelder

Alex hielt sich aufrecht, auch als alle ringsum erschrocken nach Luft schnappten, und sprach mit ruhiger Stimme: »Wenn Sie diesen Tag überleben, General«, sagte er, »sollten Sie Hohepriesterin Justine vielleicht fragen, warum sie zu viel Angst hat, hierherzukommen und diese Nachricht selbst zu überbringen.«

»Zurück!«, brüllte Simber, als die äußerste Flanke der Quillitärtruppen lange, rostige Waffen auf ihre Schultern hoben. Simber breitete seine Flügel wie einen Schild aus und zwang Alex hinter sich, als aus den Quillitärreihen lautes Knallen ertönte, gefolgt vom dumpfen Prasseln des auf die Statue niedergehenden Kugelregens. »Feuerrr!«, befahl das steinerne Raubtier.

Alex versuchte, das Gleichgewicht nicht zu verlieren, während der Rest seines Trupps eine Kunstsalve auf das Quillitär abfeuerte. Die nicht getroffenen Soldaten stürmten nach Artimé und begannen, auf die Ungewollten dort zu feuern, und auch die Fahrzeuge rumpelten dröhnend und hustend auf die Öffnung zu. Alex schoss blendend grelle Farbe aus seinem gelben Leuchtstift ab und traf die Fahrer der ersten beiden Fahrzeuge direkt in die Augen, ebenso wie General Blair. Der erste Wagen begann so gewaltig zu ruckeln, dass er gegen die Wand knallte und der General sowie zwei weitere Mitfahrende in Samheeds und Lanis Richtung katapultiert wurden. Das zweite Fahrzeug krachte gegen das erste, woraufhin die beiden praktisch schrottreifen Kisten zu zischen begannen und Fontänen aus kochend heißem Wasser auf ihre Insassen spritzten.

Samheed, noch immer starr vor Schock über den Anblick seines tot auf dem Boden liegenden Freundes – und von Wills eigenem Vater, der nicht das geringste Anzeichen von Gefühlen oder Reue zeigte –, erkannte urplötzlich und mit absoluter Gewissheit, dass er dem Quillitär nicht länger angehören wollte. Wie dumm er doch gewesen war! Endlich sah er all die Herzlosigkeit um sich herum – und sie war noch so viel schlimmer als in seiner Erinnerung. Er spürte, wie die alte, vertraute Wut zehnmal stärker in ihm hochkochte.

Mit einem wilden Schrei zog Samheed einen spitzen Metallstern aus seiner Weste und schleuderte ihn mit aller Kraft auf den stöhnenden General. Das Geschoss traf den Mann an der Kehle und blieb tief darin stecken. General Blairs ausdruckslose Augen weiteten sich für einen Moment und fielen dann zu.

Doch Samheed blieb keine Zeit, um lange nachzudenken, denn rings um ihn gingen zahlreiche Artiméerinnen und Artiméer zu Boden.

Eine weitere feindliche Salve knallte und die Kugeln trommelten auf Simber nieder, konnten ihm jedoch nichts anhaben. Meghan ließ die ersten beiden Soldaten der äußersten Flanke mit Schlafzaubern zu Boden sinken, während Peter das nächste Dutzend mit Worten der Zerstörung niederstreckte. Sie wanden sich auf dem Boden, wurden jedoch von ihren vorwärtsdrängenden Quillitärkameradinnen und kameraden, die versuchten, in Artimé einzumarschieren, niedergetrampelt.

Die Trupps in Artimé feuerten eine weitere Salve von Zaubern ab und lösten in den Reihen ihrer nichtsahnenden Feinde ein gewaltiges Chaos aus. Fächerclips flogen durch die Luft, und einige von ihnen zerrten ihr Ziel mit sich, bis sie etwas fanden, das solide genug war, um es daran festzupinnen. Doch viel mehr konnten die Kämpfenden in Artimé nicht tun, um sich selbst zu schützen, während immer mehr feindliche Truppen in ihre magische Welt strömten.

»Rrrufus, ich brrrauche Zahlen!«, brüllte Simber.

Das Einhörnchen flatterte sofort in die Höhe, schwebte für einen Moment direkt unter der Stacheldrahtdecke, um sich rasch einen Überblick zu verschaffen, und ließ sich dann auf den Rücken des Geparden sinken. »Mindestens eintausend – die Reihen erstrecken sich bis zur Baumschule«, berichtete Rufus. »Mehr, als ich erwartet hatte.«

»Wie viele derrr Unserrren hat es errrwischt?«

Rufus stieg erneut auf, um sich umzuschauen, flog dann nach Artimé und kehrte kurz darauf wieder zurück. »Zwölf hier draußen. Mindestens zwei Dutzend drinnen.«

Simber brüllte seine Wut hinaus, woraufhin mehrere Quillitärangehörige in der Nähe zu Boden gingen. »Verrrdoppelt eurrre Angrrriffe! Setzt perrrmanente Waffen ein!«, knurrte er. »Sie errrholen sich von eurrren Zauberrrn. Eurrre Kamerrradinnen und Kamerrraden fallen!«

Alex und Meghan zückten ihre permanenten magischen Waffen. Innerhalb von dreißig Minuten hatten die beiden dank perfekten Teamworks vierundvierzig Quilitärmitglieder dauerhaft in den seltsamsten Posen erstarren lassen, indem sie Alex' Spritzfarbe mit Meghans *Nussknacker*-Vereisungstanz kombinierten.

Auch ihre hinter Simbers fantastischem Schild geschützten Mitstreiter trafen ihre Ziele perfekt, obwohl sich einige von ihnen mit von Querschlägern verursachten Wunden zurückfallen lassen mussten, während die Trupps in Artimé den Feind mit Feuerballdrachen, stechenden Monologen, Spritzfarbe, Feuerschritten, Juckkleber, Schlaggedichten, Fächerclips, Schlitzgesang und blendenden Farblichtern bombardierten. Und diejenigen, die kein Problem damit hatten, ihren Feinden tödliche Fechtwunden zuzufügen, streckten ihre Gegner mit dem gefürchteten Shakespeare'schen Theaterfluch nieder.

Lani und Samheed hatten nicht so viel Glück. Samheed sah sich schon bald unerwartet seinem Vater gegenüber. Anders als bei General Blair zögerte Samheed bei dieser Begegnung – obwohl er geglaubt hatte, er wäre darauf vorbereitet – einen Sekundenbruchteil zu lange, was Mr Burkesh zu seinem Vorteil nutzte, indem er seinem Sohn mit seinem Schild einen Schlag auf den Kopf und gegen die Brust versetzte. Samheed stieß ein Stöhnen aus und fiel.

Lani reagierte sofort und feuerte einen lähmenden Spottzauber auf Samheeds Vater ab. Der Mann kippte jedoch nach vorn anstatt nach hinten, riss das Mädchen mit sich zu Boden und quetschte es unter seinem schweren Körper ein. Lani versuchte minutenlang erfolglos, sich zu befreien, drehte und wand sich verzweifelt, weil ihr Bein noch immer unter Mr Burkesh feststeckte, feuerte jedoch weiter Zauber auf andere Angreifer ab. Eine scharfe, rostige Ecke der Rüstung des Mannes grub sich schmerzhaft in ihre Wade. Schließlich gelang es ihr dennoch mit gewaltiger Kraftanstrengung, sich zu befreien, wobei sie sich allerdings eine böse Schnittwunde am Bein zuzog.

»Sam!«, schrie sie, doch Samheed war komplett ausgeknockt. Blut strömte aus seiner Nase, die ganz offensichtlich gebrochen war. Lani zerrte ihn mit beinahe übermenschlichen Kräften an eine geschützte Stelle hinter einem Baum und nahm sich einen Moment Zeit, um ein Stück ihres ohnehin bereits zerfetzten Hosenbeins abzureißen und ihre eigene blutende Wunde zu verbinden.

Samheed stöhnte und bewegte schwach den Kopf. Die linke Seite seines Gesichts war heftig angeschwollen und verfärbte sich violett.

»Lieg still!«, zischte Lani.

Samheed öffnete das eine Auge, das er öffnen konnte. Er hustete, schluckte qualvoll und flüsterte: »Töte ihn.«

Lani betrachtete ihn mit wildem, flehendem Blick. »Oh, Sam. I-ich kann nicht.«

Samheed sah sie einen langen Moment an. Dann nickte er schwach und versuchte zu lächeln. »Schon okay.« Er rollte sich auf die Seite und spuckte Blut, atmete dann tief ein und rappelte sich wacklig auf. »Ich bin gleich wieder da.«

»Nein, Sam!«, flüsterte Lani.

Samheed taumelte zu seinem Vater hinüber, löste den Zauber, der ihn lähmte und wartete, während Mr Burkesh sich erhob und die Orientierung wiederfand. Der Junge war beinahe auf Augenhöhe mit dem Mann.

»Vater.«

Mr Burkesh funkelte wutentbrannt. Er zog ein Messer aus seinem Gürtel und drückte es Samheed an den Hals.

Lani rannte zu den beiden. »Nein!«, schrie sie.

»Vater«, wiederholte Samheed, seine Stimme tödlich ruhig.

Mr Burkeshs Hand zitterte ein wenig, während sein Gesicht rot anlief. Er sprach in harschen, in die Länge gezogenen Worten. »Sprich nicht mit mir. Du bist nicht mein Sohn.« Dann zögerte er nicht länger, holte mit dem Messer aus und brüllte: »Stirb tausend Tode!« Er ließ die Klinge auf Samheed herabsausen. Samheed zitterte, machte jedoch keinerlei Anstalten, seinen Vater aufzuhalten.

»Nein!«, schrie Lani. »Samheed!« Sie murmelte einen neuen lähmenden Spottzauber, während irgendwo über ihr eine leise, aber scharfe Stimme einen Reimfluch rezitierte.

Mr Burkesh flog sofort rückwärts durch die Luft und knallte dann unsanft auf den Boden. Sein Griff um das Messer löste sich, und es fiel ins Gras.

Samheed sank auf alle viere und schüttelte ungläubig den Kopf. Schluchzer und Blut schnürten ihm die Kehle zu. »Ich musste wissen«, würgte er hervor, »ob er es wirklich tun würde.«

Lani schleuderte hastig eine Handvoll Zauber auf die anderen Quillitärtrupps in der Nähe, und als sie alle vorübergehend außer Gefecht gesetzt waren, hob sie den Blick, um zu sehen, woher die Stimme gekommen war.

In dem Baum über ihnen saß Mr Sigfried Appleblossom. Er hüpfte geschwind auf den Boden herab, ging zu Mr Burkesh, stellte einen Fuß auf die Brust des Mannes und schien irgendetwas herauszuziehen. Einen Moment später hielt er ein dünnes Schwert in der Hand, klar wie ein Eiszapfen. Er wischte es feierlich im Gras sauber, polierte es dann kurz mit einem Taschentuch, reichte es dem verwundeten Samheed und sagte:

»Dein Vater ist ein unvergleichlich bestialischer Mann.
Und doch konntest du große Würde in dir finden.
Du bist mir mehr wert … als ich ausdrücken kann.«

Er verstummte tränenerstickt, atmete tief durch, um sich wieder zu fassen, und endete dann: »Und jetzt geh hinein, lass deine Wunden verbinden.«

Und damit kehrte Mr Appleblossom wieder auf seinen Posten auf dem Baum zurück.

Nachdem sich die komplette Frontlinie des Quillitärs in einen Haufen durch Magie erstarrter Soldatinnen und Soldaten verwandelt hatte, brüllte Simber: »Vorrrwärrrts marrrsch!«

Zentimeter für Zentimeter, Schritt für Schritt, bewegte sich der Gepard auf das Quillitär zu, sein Trupp direkt hinter ihm, dicht gefolgt von den anderen Kämpferinnen und Kämpfern.

Einigen aus der Truppe gelang es, sich an der großen steinernen Statue vorbeizustehlen und in die magische Welt einzudringen, wo sie es jedoch mit den Kämpfenden dort zu tun bekamen. Und obwohl der Nachmittag weiter unerbittlich voranschritt, blieb Simber stets standhaft, auch wenn er hier und da ein kleines Stück abgesplitterten Steins zu beklagen hatte. Alex wiederum gewann mit fortdauernder Schlacht immer mehr an Selbstbewusstsein, während Meghan kurzzeitig durch eine Attacke außer Gefecht gesetzt wurde, die ihr eine klaffende Wunde von der Schulter bis zum Ellenbogen bescherte. Schließlich gelang es ihr jedoch, ihre drei Angreifer mit einem Feuerschritt in die Flucht zu jagen.

Die Sonne ging schon beinahe auf der trostlosen Seite der Mauer unter, als endlich all jene in den Reihen des Quillitärs, denen es nicht gelungen war, in Artimé einzudringen, auf die eine oder andere Weise festgesetzt worden waren. Simber schickte Rufus mit dieser guten Nachricht zu Claire Morning, während sich die magischen Trupps vor Artimé neu sammelten und sich mit Wasser und Essen stärkten, das am Tor für sie bereitstand, dorthin gebracht von einem mutigen, nicht in die Kämpfe verstrickten Helfer.

Als das Einhörnchen wieder zurückkehrte, brachte es Neuigkeiten: »Ms Morning sendet die Nachtwache aus. Sie möchte, dass die anderen Trupps die Verletzten sofort in die Villa bringen.« Rufus holte tief Luft und fügte dann hinzu: »Simber …« Er schüttelte den Kopf, beinahe so, als würde er den Rest der Nachricht nur widerwillig überbringen. »Claire möchte dich und Alex sofort auf dem Dach der Villa sprechen.«

Alex, der sich an die Mauer gelehnt ein wenig ausruhte, blinzelte verwirrt. »Und wie soll ich da hochkommen?«

Simber nickte. »Danke, Rrrufus. Stowe, steig auf.«

Alex zögerte nicht. Er kletterte auf den glatten, steinernen Rücken des Geparden, setzte sich zwischen seine Flügel und schlang die Arme um Simbers mächtigen Hals. Mit einer Wucht, stärker als irgendeine andere Kraft, die Alex jemals gespürt hatte, schlug der Gepard mit den Flügeln und stieg über dem Gemetzel des Schlachtfelds auf. Wenige Sekunden später landeten sie auf dem Dach der Villa, wobei Simber eine ansehnliche Delle in den glänzenden metallischen Dachplatten hinterließ.

Alex blickte über das von leblosen Körpern und

qualmenden Waffen übersäte Gelände. Er rümpfte bei dem Geruch von Rauch und Blut die Nase. Beinahe der komplette Rasen – von der riesigen Mauer zu seiner Linken bis zum Dschungel geradeaus und dem Meer zu seiner Rechten – war von in Zweikämpfe verstrickten Kriegerinnen und Kriegern übersät. Er suchte nach Samheed und Lani, konnte sie jedoch nirgends entdecken.

»Gut gemacht, Simber.« Claire Morning sprach mit weicher, aber fester Stimme. Sie hatte einen Verband an der Schulter, mit einem Blutfleck in der Mitte. »Sie haben schon fast keine Munition mehr. Vielen Dank, mein Freund, dass du so viele ihrer Kugeln nutzlos gemacht hast.«

Simber nickte. »Verrrluste?«

Claire zupfte an ihren Haaren, tief in Gedanken. »Wir haben zahlreiche Verletzte zu beklagen. Bisher sind zwei der Unseren an ihren Wunden gestorben.«

Simber knurrte erbost. »Und derrr Feind?«

»Unzählige mehr. Es lässt sich nur schwer sagen, wer nur durch Zauber erstarrt und wer tatsächlich nicht mehr am Leben ist. Nur General Blair ist ganz gewiss tot. So oder so, sie haben schwer gelitten. Und genau darum habe ich euch beide hierhergebeten. Wir haben Bericht erhalten, dass sie eine zweite Angriffswelle planen.«

»Was, noch heute Nacht? Bei Dunkelheit? Diese Narren! Wirrr werrrden sie verrrnichten.«

Claire nickte. »Ja, mit ziemlicher Sicherheit. Laut Gunnar endete ein Großteil ihrer Munition als Rohrkrepierer, und ihre Schusswaffen haben entweder blockiert und waren nutzlos oder gingen aufgrund unserer auf sie abgefeuerten Monologe nach hinten los, weshalb sie sich oft selbst verletzten. Aber mir ist noch etwas anderes eingefallen … und es macht mir große Sorgen.«

»Und das wärrre?«

»Justine.«

Der Gepard zog die Stirn in Falten. »Ich verrrstehe nicht.«

Claire blickte zu Alex und wieder zurück zu Simber. »Sie kommt hierher.«

Simbers Stirnfalten verschwanden und eine besorgte Miene breitete sich auf seinem Gesicht aus. Einen Moment lang bildete Alex sich ein, einen Anflug von Furcht in den Marmoraugen der riesigen Katze aufblitzen zu sehen. »Ich verrrstehe«, erwiderte er grummelnd. Dann fügte er hinzu: »Sie wirrrd sich selbst verrraten, sollte sie ihrrre magischen Krrräfte einsetzen.«

Claire nickte. »Vater glaubt, sie wäre verzweifelt genug, es zu riskieren.«

Alex hatte keine Ahnung, wovon die beiden da redeten. Justine beherrschte Magie? Und wer war Claires Vater? Mr Today? Er hing förmlich an jedem ihrer Worte, weil er spürte, wie bedeutungsvoll die waren.

»Was schlägst du vorrr?«

»Florence, Octavia und ich kommen mit Justine und den Kommandeuren klar«, antwortete Claire und ihre Stimme klang düster, als sie Justines Namen aussprach.

»Sie wird den Palast ungeschützt zurücklassen, und Vater ist der Einzige, der den geheimen Eingang kennt. Er will, dass du ihn begleitest. Wenn wir den Palast einnehmen und versiegeln können, wird sie in der Falle sitzen und sich nirgendwo mehr verstecken können, und dann wird all das hier schon bald vorbei sein. Nicht nur für uns, sondern auch für die Menschen von Quill.«

»Und der Junge?«

»Er soll mit dir gehen. Vater will nicht, dass Justine auch nur in seine Nähe kommt.« Sie wandte sich dem Meer zu und legte eine Hand an ihre Stirn, in dem Versuch, ihre Augen gegen das über den Wellen gleißende Sonnenlicht abzuschirmen. »Dort«, sagte sie und zeigte auf ein glänzendes weißes Boot in der Ferne. »Er wartet.«

Alex, überrascht über diese Wendung der Ereignisse, kletterte erneut auf den Rücken des Geparden. Der Nervenkitzel des Flugs, gut dreißig Meter über der Weite des Meers, kribbelte unter seinen Rippen, während er dank der mächtigen Flügelschläge auf dem glatten Rücken des Tiers hin und her rutschte und versuchte, eine bequeme Position zu finden, ohne herunterzufallen.

Schon bald erreichte die fliegende Statue Mr Today. Simber näherte sich ihm, bis er nur noch wenige Meter über dem sich schnell bewegenden Boot schwebte. »Jetzt!«, knurrte er Alex über seine Schulter hinweg zu. »Rutsch an meinerrr linken Flanke hinunterrr.«

Zitternd tat Alex, wie ihm befohlen war, und ließ sich aufs Deck gleiten. Mr Today packte ihn am Arm und half ihm, sich aufrecht zu halten, als die orkanartigen Böen von Simbers gewaltigen Flügelschlägen den Jungen wie einen leeren Pappbecher hin und her warfen. Simber stieg wieder in sicherere Höhe auf und hielt mühelos mit dem Boot mit, während sie am Ufer entlangfuhren.

Alex starrte an Land. »Es ist wirklich eine Insel«, murmelte er, ungläubig den Kopf schüttelnd. All diese Jahre hatten die Kommandeurinnen und Kommandeure alle in Quill angelogen – es war verrückt. Er blickte zu den Inseln in der Ferne, die immer näher kamen, während sie der Küstenlinie folgten.

Mr Today sah Alex an. »Dort draußen liegt eine ganze Inselkette, die meisten von ihnen von guten, anständigen Menschen bewohnt. Wir haben den Kontakt zu ihnen jedoch verloren, als wir die Mauer errichteten.« Der alte Magus stand am Steuer, und ausnahmsweise sah sein Haar unter den stürmischen Umständen völlig normal aus. Er wirkte jedoch erschöpft.

Alex klapperten vor Aufregung und der kühlen abendlichen Meeresbrise die Zähne. »Wohin wollen wir denn eigentlich genau?«

»Ahh«, seufzte Mr Today. »Ich nehme an, wir können die Fahrt heute Abend nicht einfach genießen, was? Leider. Warum ich nicht viel öfter mit diesem Kahn rausfahre, ist mir selbst ein Rätsel. Früher habe ich Claire oft zum Angeln mitgenommen …« Er schüttelte den Kopf und zwang seine Gedanken wieder zu der aktuellen Bedrohung zurück. »Wir gehen zum Palast. Du weißt doch von dem geheimen Eingang nach Quill, nicht wahr?«

»Ja, äh, na ja, Arija hat ihn erwähnt, und Ms Morning gerade auch.«

»Nun, es ist schon viele Jahre her, seit wir ihn erschaffen und durch verschiedene Zauber gesichert haben. Aber ich denke, ich sollte ihn wiederfinden. Und wenn wir drin sind, warten vermutlich einige unangenehme Begegnungen auf uns, falls noch Wachen vor Ort sind. Du und ich werden sie erstarren lassen müssen oder etwas Ähnliches. Anschließend versiegeln wir den Palast, damit Justine – selbst falls es ihr gelingt, Artimé wieder zu verlassen – ihrer ›Macht‹ beraubt ist, wenn ich es mal so formulieren will.«

»Der Palast ist ihre Macht?«

Mr Today runzelte die Stirn. »Nicht ganz. Ihre Macht ist die Angst, die sie den Menschen einflößt. Sie versteckt sich nur hinter den Palastmauern, damit niemand in Quill sieht, dass sie auch Angst hat.«

»Wovor hat *sie* denn Angst?«

Der Magus lachte bitter. »Sie hat Angst, ihre Macht, den Menschen Angst einzujagen, zu verlieren. Sie hat Angst, die Kontrolle zu verlieren. Schwach zu erscheinen.«

Alex dachte darüber nach. Es fiel ihm schwer, sich vorzustellen, die imposante Frau könnte vor irgendetwas Angst haben. Aber er hatte auch noch eine andere Frage im Kopf, die schon seit jenem Abend, als er zum Tor gegangen war, an ihm nagte. Er zögerte, nicht sicher, ob er sie wirklich stellen sollte. Doch nach einer Weile, während sie weiter durch die Wellen schnitten und eine besonders weit hervorstehende Landzunge der Insel umfuhren, nahm er all seinen Mut zusammen.

»Mr Today?«

»Ja, mein Junge?«

»Sie haben gesagt, Sie hätten die Menschen von Quill alles vergessen lassen.«

Mr Today nickte nachdenklich. »Ja. Das habe ich.«

»Warum?«

Er kratzte sich am Kinn. »Damit sie nicht aufbegehrten, als Justine die Herrschaft übernahm. Weil ich damals, als sie den Titel der Hohepriesterin annahm, noch an Justines Vorhaben glaubte – dass der beste Weg, über ein Volk zu regieren, der wäre, es vor allem zu beschützen und ihm solche Angst einzutrichtern, dass es bedingungslos gehorchte. Ich habe sogar so sehr daran geglaubt, dass ich Justine jahrelang mein absolutes Vertrauen schenkte und nicht erkannte, was sie wirklich im Schilde führte. Und weil ich in dieser Hinsicht so kläglich versagt habe, konnte sie ihren Plan, die am wenigsten Nützlichen in unserer Gesellschaft auszusondern, in die Tat umsetzen. Ich habe ihr meine Dienste angeboten, weil ich ein besserer Magier war als sie. Es war nicht schwer, die Ungewollten völlig hilflos zu machen. Ich musste sie nur mit einem Spritzfarbenzauber belegen, sie lähmen oder dafür sorgen, dass sie einschliefen, und sie dann einfach vor den Mauern von Quill auf dem Rasen stehen lassen. Ohne unschöne Nebeneffekte.« Er schüttelte traurig den Kopf, entsetzt über seine eigenen Taten. Schimmernde

Tränen sammelten sich in seinen Augen und rannen über die Falten ringsum. »Aber Justine wollte noch einen Schritt weiter gehen. Einen Schritt zu weit, meiner Meinung nach, schon damals. Sie überzeugte mich davon, den Großen See aus brodelndem Öl zu erschaffen, weil sie die Ungewollten dauerhaft auslöschen wollte. Ich war entsetzt, ließ mir jedoch nichts anmerken – sie war zu diesem Zeitpunkt bereits so mächtig und machthungrig, dass sie nicht gezögert hätte, auch mich zu liquidieren, hätte ich mich ihr widersetzt. Aber ich wusste, ich musste sie aufhalten. Also gab ich vor, voll und ganz hinter ihren Plänen zu stehen, und bot an, mich darum zu kümmern, die Aussortierten in den See zu werfen, da Justine dadurch mehr Zeit für all ihre anderen Pflichten bleiben würde.« Er seufzte. »Stattdessen habe ich sie jedoch mithilfe von Magie verborgen und jedes Jahr die neue Gruppe der Getilgten erstarren lassen und ebenfalls versteckt.«

»Was …?« Alex biss sich auf die Lippe. »Was hat Sie dazu gebracht, Artimé zu erschaffen?«

»Ein kleines Mädchen«, antwortete er leise. »Aber zunächst einmal, Alex, musst du verstehen, wie damals alles anfing. Vor fünfzig Jahren war ich noch jung, nur ein wenig älter als du, und ich war töricht. Ich bin Justine blind gefolgt und habe die Ungewollten nach jeder neuen Tilgung mit Zaubern belegt und verschwinden lassen. Als Justine schließlich beschloss, sie endgültig zu liquidieren, hatte ich eine Ehefrau, ein Kind und ein paar enge Freunde in der Regierung – vor allem einen. Und so gab ich, nachdem ich auch diese Aufgabe übernommen hatte, jedes Jahr aufs Neue vor, die Ungewollten zu liquidieren, obwohl ich in Wahrheit genau dasselbe tat wie zuvor: Ich wandte dieselben Zauber bei ihnen an wie früher, belegte sie aber auch mit einem weiteren, damit Justine sie nicht sehen konnte. Es fiel mir jedoch zusehends schwerer, diese Zauber auch bei Kindern anzuwenden, die mir ans Herz gewachsen waren. Vor allem bei einem ganz speziellen Mädchen. Außerdem wusste ich, dass es falsch war – es war alles so falsch. Ich kam daher zu dem Schluss, wenn ich wirklich etwas verändern und ein besserer Mensch werden wollte, musste ich die Kinder von diesen Zaubern befreien, damit sie ihr Leben leben konnten. Ich musste eine geheime Zuflucht für sie schaffen – aber ich konnte diese magische Welt auch nicht einfach erschaffen und die Kinder dann sich selbst überlassen. Also tat ich, was ich tun musste. Ich ließ mein Leben, meine Freunde und meine Familie in Quill zurück und erschuf Artimé. Justine verkaufte ich das Ganze als Möglichkeit, noch mehr Angst in den Herzen der Kinder zu schüren und sie zu noch blinderem Gehorsam zu zwingen – indem ich mich selbst wie ein Einsiedler zurückzog und mich in den gefürchteten Farmer des Todes verwandelte, den niemals wirklich jemand zu Gesicht bekam, es sei denn, er oder sie gehörte zu den Ungewollten.«

»Wow«, stieß Alex aus und versuchte, das alles zu verarbeiten. Nach einem Moment schaute er zu dem alten Magus hinauf. »Anfangs haben Sie sich also genauso für die Macht entschieden wie Justine – damals, als Sie noch jung waren. Aber dann haben Sie sich verändert«, fasste er zusammen. »In einen guten Menschen. Also vielleicht kann Aaron …?«

Mr Today lächelte. »Wir werden die Hoffnung niemals aufgeben, mein Junge.«

Alex grübelte einen langen Moment darüber nach und blickte aufs Wasser hinaus. »Waren Sie … ähm … waren Sie heimlich in Justine verliebt oder so? Sind Sie ihr deshalb so lange gefolgt?«

Mr Today erlaubte sich ein leises Kichern. »Nein, Alex, gewiss nicht. Ich war nicht mehr in Justine verliebt, als du heimlich in deinen Zwilling verliebt sein könntest.«

Alex starrte den Magus an. »Moment mal. Wollen Sie damit sagen …?«

Der alte Mann nickte weise. »Du und ich«, murmelte er, »haben eine Menge gemeinsam.«

Sie näherten sich der Südseite der Insel, wo die Landschaft hügeliger wurde. Alex vermutete, dass sie sich in der Nähe des Palasts befanden, doch dank der grässlichen Mauer konnten sie nicht das Geringste von Quill erkennen.

»Wer war das kleine Mädchen?«, fragte Alex nach einer Weile, obwohl er glaubte, es bereits zu wissen.

»Meine Tochter, Claire. Ms Morning.«

Alex nickte. »Sie konnten den Zauber bei ihr nicht anwenden.«

»Nein.« Mr Today wandte den Blick ab, einen sehnsüchtigen Ausdruck auf seinem Gesicht.

»Also haben Sie Artimé erschaffen … für sie.«

Mr Today nickte, lenkte die Jacht näher ans Ufer und stellte den Motor ab. »Und für euch alle. Es ist das Beste, was ich jemals getan habe. Und dennoch genügt es nicht, um all meine Fehler wiedergutzumachen«, sagte er. »Was immer ich auch tue, es wird niemals genug sein.« Er ließ den Blick über die Felsen schweifen und murmelte vor sich hin, während er sich zu erinnern versuchte, wo sich der magische Geheimgang befand. »Aha«, raunte er schließlich.

Simber landete anmutig auf einem aus dem Wasser aufragenden Felsen neben dem Boot. Mr Today sprach den Ankerzauber, während Alex von Bord kletterte. Dann stiegen sie beide für den kurzen Flug an Land auf Simbers Rücken.

Nachdem sie das Ufer trockenen Fußes erreicht hatten, legte Mr Today eine Hand an die Mauer und murmelte eine Beschwörung. Ein großer Betonklotz schob sich zur Seite, und die drei marschierten durch die Öffnung. Sie fanden sich in einem dunklen, engen Raum wieder. Mr Today sprach eine weitere Beschwörung, und die Wand vor ihnen zerfiel zu Staub. Sie traten über den Schutt hinweg und blickten sich in dem spärlich beleuchteten Gang um.

Alles war grau, genau wie der Rest von Quill. Die Decke war zwar sehr hoch, der Gang jedoch gerade breit genug, dass Simber hindurchgehen konnte, ohne mit den Flügeln an den Wänden zu schaben.

»Haltet euch bereit«, flüsterte Mr Today in der hallenden Kammer. »Es müssten sechs Wachen hier sein, aber höchstwahrscheinlich sind sie am Eingang stationiert.«

Alex tastete nach den Stiften und Tonkugeln in seiner Westentasche.

Gemeinsam bewegten sie sich langsam auf das Herz des Palasts zu, vorneweg Simber, gefolgt von Mr Today, während Alex die Nachhut bildete. Sie kamen an mehreren Türen zu ihrer Linken und Rechten vorbei, während Simber wachsam in die Luft schnupperte, die Ohren spitzte und immer wieder hierhin und dorthin zuckte. Nach einer Weile blieb er stehen und zeigte mit einer seiner langen, scharfen Krallen. Mr Today und Alex quetschten sich an dem Geparden vorbei, um besser sehen zu können.

Vier Quillitärwachen standen vor den Fenstern nahe dem Palasteingang und blickten hinaus, während zwei weitere an die Mauer an der Tür gelehnt saßen und schliefen.

Mr Today gestikulierte, Alex nickte – und dann griffen sie gemeinsam an. Alex zielte mit seinem Pinsel auf die erste schlafende Wache. Die Farbe floss über den kompletten Körper des Mannes und verhärtete sich innerhalb von Sekunden. Alex warf zwei winzige Tonkugeln auf den zweiten schlummernden Wachmann. Der Ton dehnte sich aus, klebte die Beine des Mannes am Boden fest und seine Arme an der Wand. Alex flüsterte: »Still!«, als die überraschte Wache aus dem Schlaf hochschreckte – doch seine Kollegen an der Tür hatten den

Lärm bereits gehört und wirbelten herum. Sie kreischten alle vor Entsetzen, als sie Simber erblickten, aber zwei von ihnen waren dennoch geistesgegenwärtig genug, um ihre Waffen zu zücken und damit zu zielen. Einem der Männer gelang es, einen Schuss abzufeuern, bevor Mr Today alle vier schlicht in Stein verwandelte. Die Kugel verfehlte ihr Ziel, prallte harmlos von der Palastmauer ab und hinterließ eine kleine Delle darin.

»Ein Andenken für Justine«, sagte Mr Today.

Alex grinste und blickte sich um. »Das war's?«

Simber knurrte. »Na, das warrr ja langweilig.«

Mr Today zeigte neckend Mitleid mit dem mächtigen Raubtier. »Oh, Sim, entschuldige bitte. Wie wär's, wenn du zur Entschädigung einfach den da drüben auffrisst, hmm?«

Der zum Schweigen gebrachte, gefesselte Wachmann riss angsterfüllt die Augen auf.

Simber grunzte und trottete wieder in den Gang zurück, aus dem sie gekommen waren, erpicht darauf, nach Artimé zurückzukehren, um wieder in das dortige Kampfgeschehen eingreifen zu können.

»Geduld«, sagte Mr Today. Er winkte mit einer Hand in Richtung Palasteingang, und die Tür verwandelte sich in eine solide Wand. Dann drehte er sich in dem riesigen Foyer im Kreis, zeigte mit dem Finger ringsum und versiegelte so die Fenster und Türen im gesamten Gebäude.

Nun gab es keinen Weg mehr in den Palast oder aus ihm heraus, abgesehen von dem Geheimgang.

»Na, das sollte genügen. Jetzt können sie nicht mehr hereinkommen. Gute Arbeit übrigens, Alex«, lobte Mr Today ihn. »Dieser Tonzauber hat mir wirklich gut gefallen. Hast du ihn selbst entwickelt?«

»Habe ich«, antwortete Alex stolz.

»Erscheint mir wirklich solide«, fügte Mr Today hinzu, beugte sich über die Fesseln des zu Tode erschrockenen Mannes und klopfte mit den Knöcheln darauf. »Den musst du mir bei Gelegenheit unbedingt beibringen.«

Alex strahlte.

»Erinnere mich daran, dass wir in ein paar Tagen zurückkommen und diesen Wachen etwas zu essen geben müssen, ja?«, bat Mr Today ihn heiter.

»Natürlich«, erwiderte Alex. »Dann war's das also? Sie sind sich ganz sicher, dass es keine weiteren Wachen gibt?«

»Nur sechs. Ich habe im Lauf der Jahre alles genau beobachtet. Justine hat sich praktisch vor nichts gefürchtet.«

»Bis wir aufgetaucht sind«, ergänzte Alex, ein wenig selbstzufrieden.

Simber rollte mit den Augen und ging weiter den Gang hinunter. »Marrrcus.«

»Natürlich. Du hast vollkommen recht, Sim. Wir sollten wieder zurückgehen.« Seine Miene verfinsterte sich, als wäre ihm eben erst wieder eingefallen, dass die Bewohner von Artimé immer noch kämpften.

Simber knurrte ungeduldig und ging entschlossenen Schrittes den Gang hinunter. Mr Today eilte ihm hinterher, und auch Alex, trotz seiner Besorgnis wegen der Schlacht um Artimé ein wenig erleichtert, folgte ihnen in den schmalen Flur, während ihm der Kopf vor weiteren Fragen an den Magus nur so schwirrte.

Und so kam es, dass Alex, als eine Faust schnell wie ein Blitzschlag und scheinbar aus dem Nichts hervorschoss, zu Boden ging wie ein Zinnsoldat.

Durchtrennte Bande

Benommen lag Alex für eine Weile vollkommen still, bis er verstand, was passiert war. Hastig schnappte er sich eine Waffe und rief Mr Today zu Hilfe.

Der wirbelte herum, um zu sehen, was los war, als Alex gerade mit dem Leuchtstift auf seinen Bruder zielte und eine wilde Salve blendender Zauber abfeuerte, Aaron jedoch verfehlte und stattdessen Mr Today genau in die Augen traf, woraufhin sich dieser vor Schmerzen krümmte und sich geblendet auf den Boden sinken ließ.

»Simber!«, schrie der Magus.

Der Gepard, der es bereits bis zu dem Ende des Geheimgangs geschafft hatte, musste den ganzen Weg rückwärts zurückhasten, weil es im Flur nirgendwo breit genug für ihn war, um sich umzudrehen. Er brüllte frustriert und humpelte ungeschickt durch den Gang.

Aaron stand neben einer der Palastwachen, behielt die anderen jedoch im Auge. Purer Hass sprach aus seiner Miene. »Du nutzloses, ungewolltes Stück Dreck«, spuckte Aaron aus. »Du hast mein Leben zerstört! Wenn diese Schlacht zu Ende ist, wird Justine mich liquidieren, und das ist alles nur deine Schuld! Warum konntest du mich nicht einfach in Ruhe lassen?« In seiner Hand hielt er etwas Kleines, Glänzendes.

Alex' Augen weiteten sich. »Aaron! Warum ... was ... warum kannst du mir nicht einfach glauben? Dir ist wirklich nichts zu niederträchtig, oder?« Während er weitersprach, um Zeit zu schinden, versuchte er, eine kleine Tonkugel, einen Feuerdrachen oder eine Handvoll Fächerclips aus seiner Weste zu angeln – irgendetwas! Aber seine Vorräte waren nach diesem langen Tag erschöpft, und so tief er die Hand auch in seine Tasche bohrte, er bekam einfach nichts zu fassen.

Während Mr Today hastig den Blendzauber löste, der ihn erwischt hatte, stolperte Simber so schnell er konnte rückwärts durch den Flur, um endlich das weitläufige Foyer zu erreichen und sich umdrehen zu können – und trampelte den Magus dabei beinahe nieder. Alex schob sich unterdessen auf dem Rücken über den kalten Fußboden und suchte weiter verzweifelt nach irgendetwas, um sich zu verteidigen, bis seine Finger endlich einen Gefrierpinsel erwischten – im selben Moment, in dem Aaron den Arm zurückzog und brüllte: »Ich hoffe, du stirbst tausend Tode!« Dann schleuderte er das Metallobjekt mit aller Macht von sich.

Alex hörte die schrecklich vertrauten Worte, sah den Fächerclip – und verstand plötzlich die Bedeutung von Lanis Nachricht. »Nein!« Er zielte mit dem Gefrierpinsel panisch auf Aaron, stieß einen Fluch aus und traf sein Ziel perfekt, während der Fächerclip weiter auf ihn zusauste.

Mr Today schrie auf und hexte einen Glaswandzauber, in dem Versuch, den Fächerclip aufzuhalten. Doch es war zu spät. Die simple, unschuldige Klammer, in Kombination mit den Worten, die sie in eine tödliche Waffe verwandelten, hatten ihr Ziel auf Alex' Brust gefunden.

Simber, der sich endlich umdrehen konnte, rauschte durch die Glaswand und blickte von einem Zwilling zum anderen, zunächst nicht ganz sicher, welcher der Jungen wer war. Mr Today zeigte voller Entsetzen auf den eingefrorenen Aaron, und Simber stürzte sich sofort auf den erstarrten Jungen und warf ihn krachend zu Boden. Aaron schrie auf und ihm blieb der Mund offen stehen, während er Simber mit den Augen anflehte, ihm nicht wehzutun.

Mr Today eilte an Alex' Seite, als der Junge nach hinten kippte, seine Augen glasig, ein Ausdruck der Überraschung auf seinem Gesicht, der sich jedoch innerhalb eines Sekundenbruchteils in schieres Grauen verwandelte. Alex grapschte wie wild ins Leere und bekam die Klammer einfach nicht zu fassen, die sich durch seine Weste tief in seine Brust gebohrt hatte. Er schnappte japsend nach Luft.

»Töten … Sie … ihn … nicht«, brachte Alex noch hervor, dann verlor er das Bewusstsein.

Lani half Samheed zurück in die Villa, und eine der Pflegerinnen nahm sie am Eingang in Empfang. Gemeinsam brachten sie Samheed in den neu erschaffenen Krankenhausflügel, zusammen mit weiteren Verletzten, die die unterschiedlichsten Wunden davongetragen hatten. Lani wusch sich hastig, bandagierte ihr Bein richtig und ging dann, trotz der Proteste der Pflegerin, wieder zurück nach draußen, wo die Sonne bereits unterging. Plötzlich zog über ihrem Kopf ein mächtiger Schatten vorbei. Sie blickte hinauf, sah Simber anmutig mit einem Reiter auf dem Rücken in Richtung Meer davonfliegen und fragte sich flüchtig, was es damit wohl auf sich haben mochte. Doch ihr blieb keine Zeit, um darüber nachzudenken. Sie eilte zu ihrer Kommandantin, Arija, auf ihren Posten zurück und feuerte unterwegs Zehn-Minuten-Schlafzauber nach rechts und links ab.

»Lani.« Es war Florence. »Ich brauche dich an vorderster Front.«

Lani blickte zu Arija hinüber, die ihr zunickte. Sie folgte Florence zum Eingang, als gerade eine neue Einheit quietschender Fahrzeuge und im Gleichschritt marschierender, wild brüllender Truppen hereinströmte. Diese Soldatinnen und Soldaten hatten jedoch weder Pistolen noch Gewehre. Tatsächlich hätte jemand, der nicht in einer Familie aufgewachsen war, die rostiges Altmetall sammelte, ihre Waffen gar nicht als solche erkannt.

Die Artiméer Verteidigungslinie feuerte sofort Zauber auf das Quillitär ab, als die neue Einheit eintraf, und verursachte einen Stau aus verhärteten, reglosen Körpern, die so dicht an dicht standen, dass die Fahrzeuge hinter ihnen nicht hindurchkonnten, ohne über sie hinwegzurollen, wobei die meisten der alten Schrottkarren den Geist aufgaben.

Während sich die Dunkelheit über das Schlachtfeld senkte und die verschiedenen Kreaturen des Dschungels – die bei Nacht hervorragend sehen konnten – ebenfalls herbeiströmten, um zu kämpfen, wurde das Geschehen immer verwirrender. Lani bezog hinter einem Baum Stellung, doch es fiel ihr schwer, Freund von Feind zu unterscheiden.

Dann drang plötzlich ein Gerücht an ihre Ohren. »Die Kommandeure sind eingetroffen.« Lani erschauderte. *Die Kommandeure!*

Durch ihren Kopf ratterten noch einmal die vergangenen Monate, während sie mit einer Entscheidung kämpfte: Sollte sie tödliche Waffen einsetzen? Eigentlich hatte sie bereits beschlossen, es nicht zu tun – mit einer Ausnahme. Und in diesem Augenblick, während sie in die Dunkelheit auf die Wirren des Schlachtfelds hinausblickte, sah sie plötzlich, wie diese Ausnahme in Artimé eindrang und auf sie zuschlich, eine Waffe in der Hand – eine jener Pistolen, wie nur Kommandeurinnen und Kommandeure sie besaßen. Eine Pistole, das wusste Lani, die einhundert Mal leistungsstärker war als die schwachen Luftgewehre des Quillitärs. Ein Schuss konnte einen Erwachsenen oder ein ausgewachsenes Tier töten.

Lani fasste in ihre Weste, die Augen zu schmalen Schlitzen verengt und auf ihren Vater gerichtet. Sie holte ihren einzigen Wurfstern heraus, den Samheed ihr gegeben hatte, als sie ihn vor Monaten darum gebeten hatte. Sie presste das Metall an ihre Lippen und flüsterte eine Beschwörung, während ihr Vater an der Mauer entlangschlich und zwischen den Bäumen hindurchhuschte, seine Pistole aufblitzend, wann immer ein Strahl des Mondlichts darauf fiel.

Lani folgte ihm zu einem kleinen Hain. *Er will sich verstecken. Sich auf die Lauer legen. Was für ein Feigling!* Sie wurde immer wütender, je mehr Erinnerungen an ihre Tilgung über sie hereinbrachen. Wie sehr er sich für sie geschämt haben musste, dass er sich am Tor noch nicht einmal von ihr verabschiedet hatte. *Feigling,* dachte sie immer wieder, bis es sich irgendwann in eine Herausforderung verwandelte, ihn dazu zu bringen, es laut zuzugeben. *Er soll mich anflehen, ihn nicht zu töten. Er soll selbst sehen, wie es sich anfühlt.* Das Einzige, was sie mit Sicherheit wusste, war, dass sie ihrem Vater nicht dieselbe Chance geben würde wie Samheed seinem. Diese Lektion hatte sie am heutigen Tag zur Genüge gelernt.

Sie schlich sich näher und beobachtete ihren Vater aus gut drei Metern Entfernung. Sie dachte, wie dumm er doch sein musste, nicht zu bemerken, dass er verfolgt wurde. *Deine Intelligenz und deine Stärke werden dich jetzt auch nicht mehr retten, mein lieber Vater.*

Lani veränderte ihre Position erneut ein wenig, um ihn besser sehen zu können. Sie konnte nicht erkennen, was ihr Vater tat. Als sie um einen Baumstumpf herumhuschte, blieb sie mit der Weste an einem winzigen Zweig hängen. Er brach ab. Lani blieb wie angewurzelt stehen, als der Oberste Kommandeur Haluki blitzschnell zu dem Geräusch herumwirbelte.

»Wer ist da?«, zischte er scharf.

Lani hielt den Atem an. Und dann, weil sie nicht so ein Feigling war wie ihr Vater, trat sie hinter dem Baum hervor in die Schatten.

»Claire?«, fragte der Oberste Kommandeur unsicher.

Lani umschloss ihre Waffe, das Metall immer heißer unter ihren Fingern, während sie sich ihm weiter näherte, ihre Wut immer mächtiger. »Nein, Vater«, spuckte sie aus. »Ich bin's. Oder hast du mich vergessen, so wie auch alle anderen ihre eigenen Kinder einfach vergessen?« Ein winziges Schluchzen blieb in ihrer Kehle stecken, als sie gekonnt mit dem Arm ausholte, genau so, wie Samheed es ihr beigebracht hatte, und sich bereit machte, den Stern abzufeuern.

Kommandeur Haluki schnappte nach Luft. »Oh, Lani«, flüsterte er. Er blickte über seine Schulter zurück in sämtliche Richtungen, machte dann einen Schritt auf seine Tochter zu und streckte eine Hand nach ihr aus, als sie gerade ihr Handgelenk nach vorne schnellen und den tödlichen Stern durch die Luft sausen ließ.

»Nein! Lani – du verstehst nicht …«, schrie er. Der Stern traf ihn in einem seltsamen Winkel. Der Kommandeur fiel zu Boden, wand sich vor Schmerzen und rollte stöhnend hin und her – und dann verwandelte sich sein Körper plötzlich in einen riesigen grauen Wolf, der in die Nacht davonpreschte, humpelnd und stolpernd.

Die im Mondlicht glänzende Pistole lag dort, wo Lanis Vater eben noch gestanden hatte, auf der Erde.

Simber, den bewusstlosen, blutenden Alex sanft in seinem riesigen Maul tragend, der wieder aufgetaute, nun jedoch vor Angst erstarrte Aaron an seinen Hals geklammert, als ginge es um sein Leben, nickte Mr Today zu, eilte geschmeidigen Schrittes am Ufer entlang, hob in die Luft ab und schlug mit seinen mächtigen Flügeln. Er stieg hoch auf, schwebte über die Mauer und flog auf direktem Weg und so schnell er konnte unter dem Stacheldrahthimmel entlang, der das Land Quill bedeckte. Aaron schrie seine panische Verzweiflung hinaus. Er wusste, ein Sturz würde den sicheren Tod bedeuten, doch wenn er sich gut festklammerte, würde sich ihm irgendwann womöglich eine Gelegenheit zur Flucht bieten. Mr Today folgte der Küste im Boot, das auf magische Weise die Riffs und Felsen in der Dunkelheit umschiffte.

Während die Wellen an die Seiten der Jacht schwappten, füllten sich die erschöpften Augen des Mannes mit Trauer. Er flüsterte ununterbrochen vor sich hin und raufte sich die Haare. »Nicht Alex. Bitte, nicht er. So darf es nicht passieren. Marcus, du leichtsinniger Narr! Für wie viele Tode wirst du noch verantwortlich sein?«

Als er sich Artimé näherte, wurde er langsamer und sprach einen Ankerzauber. Simber, nun ohne die beiden Jungen, schwebte im abendlichen Mondlicht in Sichtweite, und der Magus kletterte geschickt auf den Rücken des Geparden.

»Wie geht es ihm?«, fragte Marcus leise.

»Errr lebt noch«, antwortete Simber. »Dein Zauberrr auf die Weste könnte ihn gerrrettet haben.«

»Und der Zwilling, Aaron?«

Simber stieß ein frustriertes Brüllen aus. »Errr hat den ganzen Weg überrr geschrrrien und um sich geschlagen. Als wirrr über die Bucht von Arrrtimé flogen, ist errr abgesprrrungen. Ich nehme an, errr ist inzwischen errrtrrrunken oderrr wurrrde von Haien gefrrressen. Ich habe ihn zurrrückgelassen – es warrr wichtigerrr, Alex in die Villa zu brrringen. Errr hat eine Menge Blut verrrlorrren.« Alex' Blut klebte noch immer an Simbers Sandsteinmaul und seinem Hals, wodurch er wilder denn je aussah.

»Aberrr wirrr haben im Moment ganz anderrre Sorrrgen. Justine zielt mit einerrr Pistole auf Clairrre. Gunnarrr wirrrd verrrmisst. Florrrence wurrrde von einem außerrr Kontrrrolle gerrratenen Fahrrrzeug errrwischt und an den Knien durchtrrrennt. Octavia ist nun Septavia – sie hat einen Tentakel verrrloren, der jedoch wiederrr nachwachsen wirrd. Sean und Meghan sind auf dem Dach und spielen Scharrrfschützen.«

»Gute Güte!«

»Das kannst du laut sagen.«

Mr Today ließ den Blick über Artimé schweifen, zählte die verbliebenen Quiller und horchte in sich hinein, welche Zauberkräfte er noch aufbringen konnte. »Es sind nicht mal mehr hundert von ihnen übrig«, sagte er. »Ich glaube, die kann ich allein aufhalten. Quill hat inzwischen erkannt, was für ein starker Gegner wir sind. Sie werden es sich gut überlegen, erneut gegen uns zu kämpfen – was bedeutet, wir sind in Zukunft vor weiteren Angriffen sicher. Es ist an der Zeit, mein Freund. Wir wissen beide, dass es nur einen Zauber gibt, der dieser Sache ein Ende bereiten kann.«

»Ich hasse es, das zu tun.«

»Es wird ihnen nicht wehtun.«

»Genau darrrum hasse ich es ja«, knurrte der Gepard. »Obwohl … vielleicht errrwischst du damit ja auch Aarrron falls errr noch lebt, was ihn uns vorrrerrrst vom Leib halten sollte.«

Mr Today tätschelte den glatten Hals des Geparden. »Du hattest deinen ruhmreichen Moment vorhin im Palast, Sim, als du Alex gerettet hast. Und du wirst gewiss schon bald deinen nächsten erleben. Bis dahin wird Claire doch nichts passieren, oder?«

»Das will ich doch schwerrr hoffen.«

»Justine wird sie nicht töten, solange ich nicht dabei bin. Sie will, dass ich es mitansehe. Ich bin mir sicher, sie glaubt, es wäre irgendwie symbolisch.« Mr Todays Stimme klang verbittert.

»Ich verrrmute, Clairrre weiß das auch.«

»Gut, dann wäre das geklärt.«

»Dann wollen wirrr mal, mein Frrreund.« Simber flog am Meeresufer entlang, von der Villa bis zum Dschungel, während Mr Today seine Finger über dem Rasen ausstreckte. Hin und her flogen sie, während der Magus seine Hand die ganze Zeit ausgestreckt hielt. Es erforderte äußerste Konzentration, den Zauber bei so vielen Leuten gleichzeitig anzuwenden, während Simber gewissenhaft über das Anwesen schwebte und versuchte, kein

Fleckchen auszulassen, fast so, als würde er den Rasen mähen.

Als sie das ganze Land bis zum Eingang nach Quill abgedeckt hatten, konnte Mr Today den kräftezehrenden Zauber kaum noch aufrechterhalten. Er flüsterte: »Quillitär, tauch ab«, und schnipste dabei mit den Fingern.

Sofort, wie eins, hörten die verbleibenden Quillitärtruppen auf zu kämpfen, wandten sich ab und marschierten zum Meeresufer. Die Artiméerinnen und Artiméer, mitten im Kampf urplötzlich ihres Gegners beraubt, hielten den Atem an und sahen voller Überraschung zu, wie die Quillitärtruppen im flachen Wasser stehen blieben.

Simber flog über sie hinweg.

»Einfrieren«, sagte Mr Today.

Das Wasser am Ufer gefror und fing die Soldatinnen und Soldaten ein, die vor Wut zu toben begannen, obwohl das Eis einige der erhitzten Gemüter eigenartigerweise auch ein wenig abkühlte.

Die Menschen und Kreaturen von Artimé blickten zu ihrem Anführer hinauf und brachen in Beifall aus.

»In Ordnung, Simber. Bring mich zu Claire. Und dann sei wachsam – und warte auf mein Zeichen.«

Lani schnappte nach Luft und klatschte eine Hand auf ihren Mund, als der große graue Wolf davontaumelte. Sie war verwirrt. »Vater?«, flüsterte sie, aber er war bereits verschwunden.

Sie hatte den Wolf schon einmal aus der Ferne gesehen. Außerdem erinnerte sie sich wieder, wie eigenartig es ihr vorgekommen war, als am Tag zuvor eine so wilde Kreatur aus der Villa gestürmt war, nur um kurz darauf wieder zurückzukehren. Doch dann ergab plötzlich alles einen Sinn.

»Oh, Vater, was hab ich nur getan? Was hast du getan?« Vorsichtig hob sie die Pistole auf, spürte das Gewicht der Waffe in ihrer Hand und musste daran denken, wie ihr Vater sie dieselbe Waffe hatte halten lassen, als sie zehn Jahre alt gewesen war. Wie er sie mit elf, am Tag der Tilgung, sogar zum Schießstand des Quillitärs mitgenommen hatte, um ihr beizubringen, wie man sicher mit der Waffe zielte – und wie er sie damit hatte schießen lassen, als niemand sonst in der Nähe gewesen war. Er hatte ihr das Versprechen abgenommen, es niemandem zu erzählen. Und dieses Versprechen hatte sie gehalten, weil ihr dieser Moment zu … zu … heilig vorgekommen war, um eine ihrer wilden Geschichten darum zu spinnen.

Nun symbolisierte dieselbe Waffe jedoch grauenvolle Dinge für Lani. Sie nahm das Magazin heraus und steckte es zusammen mit der Pistole in ihre Westentasche. Ihr wurde bewusst, dass sie sie, trotz all ihrer Kenntnisse im Umgang mit der Waffe und trotz allem, was ihr Vater ihr – möglicherweise sogar als Vorbereitung auf diesen Tag – beigebracht hatte, niemals, nie und nimmer, benutzen könnte. Sie schlich sich durch die Bäume, immer erschöpfter und hungriger, je weiter der Abend der Nacht wich, und fragte sich plötzlich, was mit Alex geschehen war. Es war bereits Stunden her, seit sie ihn zum letzten Mal gesehen hatte. Sie blieb stehen. *Hmm,* dachte sie und überlegte, ob es ihr gelingen würde, einen von Alex' Lieblingszaubern anzuwenden. Sie zog einen Pinsel aus ihrer Tasche, flüsterte: »Unsichtbar«, und bepinselte sich von oben bis unten.

Der Glanz in ihren Augen verschwand als Allerletztes.

In der Villa hatte der verwundete Samheed zu viel Zeit, darüber nachzudenken, wie sein Handeln als Wills Helfer zu der noch immer tobenden Schlacht beigetragen hatte. Auch darüber, seinen Vater wiederzusehen – seinen einstigen Helden –, der ohne zu zögern bereit gewesen war, seinen eigenen Sohn zu töten. Wie hätte Samheed sich jetzt noch wünschen können, jemals nach Quill zurückzukehren? Ein Teil von alldem zu sein? Schließlich lasteten die Schuldgefühle so schwer auf ihm, dass er nicht mehr einfach liegen bleiben konnte, während um ihn herum die Schlacht tobte. Er rappelte sich mühevoll auf, streifte seine Kampfweste über und humpelte, als die Pflegekräfte nicht hinschauten, hastig nach draußen.

Während das komplette noch verbliebene Quillitär in Richtung Meer marschierte, hievte sich eine klatschnasse, schwer mitgenommene Gestalt am Strand mühevoll wieder auf die Beine. Der junge Mann hustete und spuckte Meerwasser aus und begann, sich den Sand aus dem Gesicht und den Kleidern zu wischen. In der Dunkelheit erkannte er die hoch aufragende Villa und huschte darauf zu, humpelnd und mit leise schmatzenden Schritten.

Er stieg über reglose Körper, bis er endlich einen Kämpfer fand, der die gleiche Weste trug wie Alex. Aaron zog sie dem gefallenen Artiméer aus, schlüpfte selbst hinein und tastete nach dem einzigen magischen Objekt, von dem er wusste, wie man es benutzte.

Er fand ein ganzes Arsenal, nahm eines von ihnen heraus und rieb es zwischen seinen Fingern, seine Augen wild hin und her huschend, auf der Suche nach Beute. *Ich verdiene mir meinen Posten wieder! Ich muss mich nur der Hohepriesterin beweisen. Ich werde den alten Mann finden und ich werde ihn töten. Und dann erledige ich Alex, ein für alle Mal.*

Aaron blieb an der Hausecke der Villa stehen, tief im Schatten. Da, er konnte sie sehen: die Hohepriesterin. Er würde alles tun, um ihre Gunst zurückzugewinnen. Und er wusste, dass er dafür nun Alex sein musste. Sich verhalten musste wie Alex. Niemand durfte Verdacht schöpfen. Er hoffte nur, dass noch keiner von ihnen erfahren hatte, was wirklich mit seinem Zwillingsbruder passiert war.

Während er zusah, wie Mr Today sich näherte, ließ er den Blick über die Ansammlung eigenartiger Kreaturen schweifen.

»Alex«, flüsterte jemand. Aaron erschrak, wirbelte herum und sah sich einem Alligator mit scharfen Zähnen und mehreren dünnen Armen gegenüber. Beinahe hätte er vor Angst laut geschrien.

»Alex«, flüsterte Ms Octavia erneut. »Halte dich mit deinen Fächerclips bereit. Das verbale Element ist ›Stirb tausend Tode‹. Wenn Justine auch nur eine falsche Bewegung macht, tu dein Schlimmstes, mein Junge. Sie muss sterben, falls wir dieser ganzen Sache ein Ende setzen wollen. Kommst du damit klar?«

Aaron blinzelte, hielt den Atem an und nickte. Er verstand nicht mal die Hälfte von dem, was die seltsame Kreatur sagte, aber es genügte, um zu wissen, dass er im Palast zufällig das verbale Element des Zaubers erraten hatte – das außerdem auch das Mantra des Quillitärs war. Er hielt die Klammer hoch, vollkommen ruhig und scheinbar bereit, sie auf Justine abzufeuern. Stattdessen bohrte sich sein Blick jedoch in den Hinterkopf von Mr Today, der nicht weit entfernt von der Hohepriesterin stand.

Als Samheed die Hohepriesterin entdeckte, schlich er sich hinter die Oktogatorin und Alex – und ihm wurde der Ernst der Lage sofort bewusst: Justine und Mr Today würden sich gleich erneut von Angesicht zu Angesicht gegenüberstehen. Samheed blieb ruhig und holte einen Wurfstern aus seiner Weste, nur für den Fall. Wenn er Justine außer Gefecht setzen konnte, konnte er damit allen beweisen, dass er kein Verräter war.

Ms Octavia machte sich ebenfalls bereit und warf einen vorsichtigen Blick auf den Jungen an ihrer Seite. Sie runzelte die Stirn. Irgendetwas erschien ihr nicht richtig.

Samheed bemerkte ihren Blick und betrachtete Alex ebenfalls genauer – die Art, wie er dastand und wie sich seine Hand um den Fächerclip schloss. Samheed kniff die Augen zusammen – und dann entfachte sich ein Feuer in ihm. Er und Will Blair hatten Alex monatelang beobachtet. Er wusste, was nicht stimmte: Dieser Junge hielt den Fächerclip in der rechten Hand.

»Das ist nicht Alex!«, stieß Samheed leise aus.

Aarons Augen weiteten sich überrascht. Er versuchte wegzulaufen, aber Samheed murmelte: »Brich dir ein Bein!«, woraufhin Aaron vor Schmerzen aufschrie und auf einem Fuß zu hüpfen begann.

Mit einer schnellen, geschmeidigen Bewegung wickelten sich vier von Ms Octavias verbliebenen Tentakeln um und über und unter Aarons Arme und Beine und machten jede Gegenwehr sinnlos. Schließlich knickte auch sein unversehrtes Bein ein und er fiel zu Boden.

»Still«, sagte Ms Octavia mit leiser Stimme.

Aarons Schrei erstarb in seiner Kehle. Er zappelte wie wild, vollkommen hilflos.

»Gut gemacht, Samheed«, lobte sie. »Und du rührst dich besser keinen Zentimeter mehr, Aaron Stowe, sonst bist du ein toter Mann«, raunte sie ihm ins Ohr und biss ihre Zähne dann fest zusammen, um sich selbst davon abzuhalten, ihm den Kopf abzubeißen.

»Willkommen zurück«, sagte Mr Today kalt, als er sich dem Fahrzeug der Hohepriesterin näherte. Rings um ihn lagen haufenweise verwundete, schlafende oder farbbespritzte Soldatinnen und Soldaten des Quillitärs. Auf der Straße hinter der Hohepriesterin türmte sich eine Massenkarambolage qualmender und röchelnder Fahrzeuge auf, ihrem endgültigen Ende mehr oder weniger nahe. Der Rest der verwundeten, aber noch aufrechten Artiméerinnen und Artiméer bahnten sich, so plötzlich ihrer Gegner beraubt, einen Weg durch die reglosen Körper und schlossen sich ihrem Anführer an, bereit, so lange weiterzukämpfen, wie sie atmeten und sich auf den Beinen halten konnten.

»Marcus, mein Lieber«, kam die sarkastische Antwort, »ich habe schon auf dich gewartet.«

»Wie furchtbar höflich von dir.«

»In der Tat«, erwiderte sie. Hohepriesterin Justine saß auf der Rückbank des Fahrzeugs, Claire Mornings Nacken fest unter ihren Arm geklemmt, eine Pistole an die Schläfe der Frau gepresst. Kommandeur Strang auf dem Fahrersitz, seine Pistole auf Meghan Ranger gerichtet, die wie eine Scharfschützin an der ihnen am nächsten gelegenen Hausecke auf dem Dach der Villa lag. Vier weitere Kommandeurinnen und Kommandeure standen mit gezückten Pistolen am Eingang und zielten wahllos auf jeden, der es wagte, sich zu bewegen. Nur der Oberste Kommandeur Haluki fehlte.

»Dein junger Schützling, Aaron, lässt dich schön grüßen. Schade nur, dass du ihn bestrafen musstest. Er hätte euch vielleicht alle retten können«, sagte Mr Today ruhig.

Justine kniff die Augen zusammen.

»Oh, komm schon, Justine. Warum so misstrauisch? Hast du unseren kleinen Geheimgang in den Palast vergessen?«, fragte er. »Und, oh weh, lass mich kurz nachzählen. Eins, zwei, drei, vier, fünf… Gütiger Himmel!

Dir ist ein Kommandeur abhandengekommen. Welch ein Jammer!«

Die vier Kommandeure am Eingang gerieten ein wenig ins Wanken und warfen sich im Sternenlicht verunsicherte Seitenblicke zu.

»Oh, und hast du deinen Kommandeuren eigentlich von deiner Gabe erzählt? Du weißt schon«, flüsterte er absichtlich laut, »Magie.«

»Das reicht!«, brüllte Justine.

»Du leugnest es also nicht?«

»Schweig, du Verräter!«

Marcus Today lächelte leise. »Ehrlich, Justine. Kennst du denn keins meiner Geheimnisse, das du den Meinen enthüllen könntest, damit sie mich genauso misstrauisch ansehen wie deine Leute dich im Augenblick? Gewiss muss dir da doch irgendetwas einfallen.«

Justine funkelte Mr Today an. Sie spannte den Hahn der Pistole, die sich in Claires Schläfe bohrte.

Claire schloss reflexartig die Augen, öffnete sie jedoch sofort wieder – und gab ihrem Vater damit die Erlaubnis zu tun, was immer auch nötig war.

»Was hast du mit Aaron gemacht?«, brummte Justine.

»Hmm? Oh, mit dem Zwilling? Nun, es gab ein kleines Handgemenge im Palast, fürchte ich. Du weißt ja selbst, wie das mit Zwillingen ist.« Er lachte hohl. »Die besten Freunde, die schlimmsten Feinde. Dieses ganze Elend. Aber ich vermute, er ist hier irgendwo. Ein Jammer, dass er dir nicht zu Hilfe eilt.«

Justine knurrte erneut und betrachtete intensiv Claires

Züge. »All diese Jahre, Marcus? Dreißig der vergangenen fünfzig Jahre hast du damit verbracht, mich und alles, wofür ich stand, zu hintergehen. Alles, wofür *wir* standen! Nach allem, was ich für dich und Quill getan habe! Wie konntest du nur?«

Mr Today seufzte und blickte in den Himmel empor. Er schüttelte langsam den Kopf und sah dann wieder die Hohepriesterin an. »Die wahre Frage ist, meine liebe Schwester, wie konntest *du* nur?«

Justines Gesicht glühte förmlich. Sie stand von ihrem Sitz auf und riss Claire mit sich hoch. »Verabschiede dich von deiner Tochter, endgültig«, spuckte sie aus.

Mr Today nickte der Hohepriesterin freundlich zu und lächelte Claire warmherzig an. »Auf Wiedersehen, meine Tochter«, sagte er.

Am Himmel: ein Wirbelwind. Simber sauste mit seinen mächtigen Flügeln herab, schleuderte die vier Kommandeure auf die Straße und den fünften mit dem Kopf voraus vom Vordersitz des Wagens. Er schnappte sich Claire mit seinem riesigen Maul und segelte davon.

Und als in dem ganzen Durcheinander Schüsse knallten, war es die Hohepriesterin, die auf ihren Sitz sackte und zusammenschrumpfte wie ein Ballon ohne Luft, bis sie nichts mehr weiter war als eine platte Gummihülle, die zur Seite kippte und zu Boden fiel, wo sie in dem heillosen Chaos niedergetrampelt wurde. Doch natürlich hatte sie ihr Ende keiner Pistolenkugel zu verdanken.

Niemand sah die unsichtbare Lani oder konnte hören, wie sie flüsterte: »Für immer und niemals.« Sie hatte diesen unwiderruflichen Zauber zu ihrer großen Freude bei ihren Studien entdeckt – und dies war die ideale Gelegenheit, ihn anzuwenden. Nun würde Justine für immer stumm und nutzlos bleiben. »Nimm das, du alter Windbeutel«, murmelte Lani, als sie sah, dass der Zauber perfekt funktioniert hatte.

Anschließend rannte sie so schnell sie konnte zum Ufer, dort, wo es nicht eingefroren war. Sie zog die Pistole aus ihrer Weste und warf sie so weit sie konnte ins Meer hinaus. Dann, endlich, huschte sie in den Wald davon, um ihren Vater zu suchen.

Und so geschah es ...

Als alles vorbei war, in den frühen Morgenstunden, stattete Mr Today dem neu erschaffenen Krankenhausflügel der Villa einen Besuch ab. Dort fand er Lani, die auf dem Boden neben Alex döste, und Meghan, die auf einem Stuhl neben Samheed schlief. Der alte Magus ging von Bett zu Bett, um den Artiméerinnen und Artiméern, die so tapfer gekämpft und so vieles für ihn geopfert hatten, so gut er konnte mit Heilungszaubern wieder auf die Beine zu helfen. Schließlich ließ er sich ganz in Alex' Nähe, der von allen die schlimmsten Verletzungen davongetragen hatte, auf einem Stuhl nieder. Und auch wenn er froh um den Schutzzauber auf Alex' Weste war, konnte Mr Today nicht aufhören zu grübeln. Hatte er einen Fehler begangen? Er vergrub das Gesicht in den Händen, während der Patient sich rastlos hin und her warf, seine Züge schmerzverzerrt im spärlichen Licht. In dieser Nacht würde der alte Magus keinen Schlaf finden.

Am Morgen traf auch Gunnar Haluki ein. Er tigerte nervös auf und ab, einen Arm in einer Schlinge, und wartete darauf, dass seine Tochter aufwachte. Auch Claire, die recht gelassen wirkte, obwohl sie am Abend zuvor dem Tod ins Auge geblickt hatte, gesellte sich zu ihnen.

Sie beugte sich nach unten und gab ihrem Vater einen Kuss auf den Kopf. »Octavia arbeitet an Florence' Beinen. Im Lauf des Tages müsste bei ihr alles wieder da sitzen, wo es hingehört. Bald ist sie wieder so gut wie neu und kann durch die Gegend spazieren.«

»Wie sieht's mit Octavias Stummel aus?«

»Oh, gut. Es geht ihr bestens. Sie ist nur ein wenig genervt, weil es ihr Radierarm war. Sie wird sich ein wenig umgewöhnen müssen, bis der neue Arm nachgewachsen ist.«

»Und der Zwilling, Aaron?«

»Fürs Erste eingesperrt. Am Boden zerstört über Justines Tod, auch wenn er sich alle Mühe gibt, es sich nicht anmerken zu lassen.«

»Woher wusste Samheed, dass er nicht Alex war?«

»Alex ist Linkshänder. Aaron hielt einen Fächerclip feuerbereit hoch – und wahrscheinlich hat er damit auf dich gezielt, Vater. Aber er hat ihn in der rechten Hand gehalten.«

Mr Today raufte sich die Haare. »Natürlich«, murmelte er. »Eineiige Zwillinge – manchmal ist einer Links- und einer Rechtshänder. Das hatte ich völlig vergessen. Großartig, dass es Samheed aufgefallen ist.«

»Er kennt Alex gut. Vielleicht wird er von nun an ja versuchen, ein bisschen mehr wie er zu sein.«

Meghan rührte sich und schlug die Augen auf. Als sie Gunnar Haluki auf und ab tigern sah, schnellte sie erschrocken hoch. »Was tut *er* hier?!«, schrie sie und weckte damit Lani.

»Schon in Ordnung, Meghan. Gunnar ist auf unserer Seite, und das war er auch immer«, versicherte Claire ihr. »Wir haben es geheim gehalten, um ihn zu beschützen.«

Lani richtete sich auf und blickte sich um. Gunnar Haluki blieb abrupt stehen.

»Hey, du«, sagte Lani. Ein verschlafenes Lächeln breitete sich auf ihrem Gesicht aus. »Du bist ganz schön raffiniert. Ich konnte dich gestern Nacht nirgends finden. Tut mir leid wegen deiner Schulter.«

Gunnar presste die Lippen zusammen – vielleicht, um zu verhindern, dass sie zitterten – und streckte seinen heilen Arm nach seiner Tochter aus. Lani stolperte zu ihm hinüber und vergrub ihr Gesicht an seiner Schulter.

Auch Samheed erwachte, sein Gesicht pochend vor Schmerzen, seine Stimme heiser. »Was ist hier los? Gute Güte, was ist denn mit Alex passiert?« Er blinzelte kurz überrascht mit seinem guten Auge, als er Lani in den Armen ihres Vaters sah, und blickte dann zu seinem Nachttisch, wo Mr Appleblossoms kleines Eisschwert im Morgenlicht schimmerte. Er biss sich auf die Unterlippe und zuckte erneut vor Schmerzen zusammen, lächelte jedoch innerlich, als er sich wieder an die Worte seines Mentors erinnerte – und daran, wie er die anderen gerettet hatte, weil er Aaron erkannt hatte. Vielleicht hatte es ja genügt. Vorsichtig rollte er sich auf die Seite, beobachtete alles und hörte zu.

Mr Today betrachtete die kleine Gruppe mit einem erschöpften leichten Lächeln. Alles zu seiner Zeit, dachte er. Er richtete den Blick auf Alex, dessen blasses Gesicht die Stimmung in den kommenden Tagen bestimmen würde. Tief in seinem Innersten wusste Mr Today jedoch, Alex würde wieder heilen – und er wusste, dass der Junge noch wichtiger für sie werden würde, stärker und weiser, und sich langsam darauf vorbereiten musste, in seine neue Rolle zu schlüpfen, die er von einem ermatteten alten Magus übernehmen würde. Es musste so passieren, dachte Marcus. Für ihn. Für Artimé.

Alex rührte sich und schlug ein Auge auf. Als er Mr Today erblickte, flüsterte er: »Vergessen Sie nicht … zurückzugehen … und den Wachen … etwas zu essen … zu bringen.«

Mr Today, vollkommen überwältigt, nickte zur Antwort nur.

»Und … Aaron?«

Mr Today zögerte. »Wir werden uns auch um ihn kümmern.«

Alex schloss die Augen und schlief wieder ein.

Im Laufe der nächsten Tage wurde das Durcheinander der kaputten Fahrzeuge aus Artimé beseitigt. Die verbliebenen Quillitärmitglieder, denen das kleine Bad im Eis nicht geschadet hatte, waren sofort wieder aus dem Meer befreit worden. Jene, die mit dauerhaften Zaubern angegriffen worden waren, waren einer nach dem anderen entwaffnet und freigelassen worden – unter der Voraussetzung, sich einzugestehen, dass sich alles verändert hatte, Quill besiegt worden und der Krieg vorbei war.

Samheed war bereits nach gut einem Tag wieder auf den Beinen und leistete Lani und Meghan an Alex' Seite Gesellschaft, wann immer die Pflegekräfte ihm einen Besuch erlaubten. »Ich hab gehört, was du getan hast«, sagte Alex zu Samheed. »Danke.«

Samheed lächelte düster. »Tut mir leid … das alles«, erwiderte er.

Alex grinste und hob schwach eine Hand. »Aber ich darf dir immer noch eine reinhauen, richtig?«

Samheed lachte und schüttelte Alex' die Hand. »Und ich kann immer noch nicht garantieren, was passieren wird, falls du es tust.«

Obwohl Alex nichts davon wusste, verbrachte Mr Today seine Nächte damit, über den Jungen zu wachen, bis der Magus schließlich in erschöpften Schlaf sank, woraufhin Simber übernahm. Beide behielten ihre Sorgen jedoch für sich. Doch als Alex schließlich endgültig über den Berg war, verdrückte selbst das riesige steinerne Raubtier insgeheim eine Träne, oder vielleicht auch zwei.

Mr Today, Gunnar Haluki und Simber unternahmen jeden Tag einen Ausflug in den Palast, um nach den Wachen zu sehen. Irgendwann sah Mr Today jedoch keinen Grund mehr, die Männer weiterhin einzusperren, löste den Zauber vom Palast und ließ sie frei. Gunnar Haluki war ihm dankbar dafür. Ebenso wie die Wachen. Simber hingegen … eher nicht.

Doch niemand außer Lani wusste wirklich, wer den Fluch ausgesprochen hatte, mit dem Hohepriesterin Justine vernichtet worden war. Oder zumindest glaubte Lani das. Tief in ihrem Inneren fragte sie sich jedoch, ob ihr Vater ahnte, dass sie es gewesen war. Doch sie sprachen niemals darüber.

»So, dann war der Oberste Kommandeur Haluki also der Freund, den Sie im Boot erwähnt haben?«, fragte Alex, während er seine Suppe schlürfte. Er fühlte sich schon viel besser, auch wenn er noch immer den Großteil seiner Zeit im Bett verbrachte.

Mr Today lächelte. »Gunnar Haluki und ich waren bereits enge Freunde, als Justine sich zum Schlimmsten wandelte. Gunnar, damals noch ein junger Kommandeur, glaubte anfangs ebenfalls an Justines Pläne. Wir wünschten uns verzweifelt, sie hätte recht, genau wie du bei Aaron«, sagte Mr Today.

»Und auch wenn Gunnar und ich unsere Verbindung vor allen geheim hielten, nachdem ich auf die Farm des Todes gezogen war, hatte ich nie Geheimnisse vor meinem Freund. Wir teilten unsere sich verändernden Ansichten stets offen miteinander, wenn wir uns in den frühen Morgenstunden in meinem Büro trafen. Schließlich tüftelten wir gemeinsam einen eigenen Plan aus. Gunnar kletterte die Karriereleiter hinauf, bis er nach der Hohepriesterin den höchsten Rang im Land innehatte und sich somit in der besten Position befand, um diesem ganzen Irrsinn Einhalt zu gebieten.«

Der Magus lehnte sich sinnierend auf seinem Stuhl zurück. »Wenn Artimé noch fünf Jahre durchgehalten hätte, ohne entdeckt zu werden, hätte sich meine Zwillingsschwester Justine entweder zur Ruhe gesetzt oder wäre gestorben, denn trotz ihrer starken Erscheinung war sie furchtbar schwach und gebrechlich. Dann hätte mein lieber Freund Gunnar die Macht übernommen, und gemeinsam hätten wir versucht, all das Unrecht wiedergutzumachen, das Justine begangen hatte. »Und auch ich«, gab er zu.

Alex nickte fasziniert, aber selbst nach der schlichten Aufgabe, sein Mittagessen zu verspeisen, auch etwas erschöpft. »Aber dann kam ich«, sagte er, ein wenig verlegen.

Mr Today gluckste leise. »Wie es scheint, sollte Gunnars und mein Plan nicht von Erfolg gekrönt sein. Als die inzwischen berühmt-berüchtigten Stowe-Zwillinge auftauchten, haben sie alle möglichen Probleme verursacht.« Er zwinkerte Alex zu. »Gunnar erklärte sich, weil er mir gegenüber loyal war, einverstanden, sich mit einem Wolfszauber belegen zu lassen, um seine Identität in Artimé zu verstecken und dich im Auge behalten zu können, ohne dabei verdächtig zu wirken. Er nutzte die spezielle, gut getarnte Röhre, die sich gegenüber von meinem Büro im Salon befindet, um zwischen Quill und Artimé unbemerkt hin- und hergelangen zu können. Sie führt zu einer Reihe schrecklicher Orte, darunter ein verborgener Schrank in Gunnars Regierungsbüro, ein weiterer in seinem Arbeitszimmer zu Hause und viele andere mehr.«

Alex unterdrückte ein Gähnen. »Sie sind wirklich schlau, Mr Today«, sagte er schläfrig.

»Und du bist müde. Ruh dich aus, mein Junge. Ich möchte dich schon bald wieder draußen über den Rasen schlendern sehen.«

»Ja, Sir«, erwiderte Alex, dem bereits die Augen zufielen. Doch ihm ging noch etwas anderes durch den Kopf. »Ich möchte mit Aaron sprechen«, murmelte er.

Der Magus schloss für einen Moment die Augen und seufzte. »Ich nehme an, das musst du auch – irgendwann«, erwiderte er. Doch Alex war bereits eingeschlafen.

So ist das bei Zwillingen, Nachtrag

Am Vorabend der alljährlichen Tilgung in Quill standen sich Alex und Aaron Stowe am Eingang von Artimé gegenüber, dem neutralsten Ort, auf den sie sich hatten einigen können. »Danke, dass du dich hier mit mir triffst«, sagte Alex.

Aaron nickte kühl.

»Geht's dir gut? Ist dein Bein wieder heil?«

»Mir geht es bestens«, erwiderte Aaron und verschränkte die Arme vor der Brust.

»Hast du Vater und Mutter gesehen?«

»Nein, und das habe ich auch nicht vor. Sie sind unter meiner Würde«, erklärte Aaron. »Du?«

»Nein.« Alex verspürte nicht den Wunsch, sie zu sehen. Sein sonniges, vergebendes Gemüt hatte durch den Krieg gelitten, und nach allem, was er im vergangenen Jahr durchgemacht hatte, war er deutlich reifer geworden. Das eigene Überleben hing auch von Cleverness und einem guten Urteilsvermögen ab, nicht nur von den eigenen Fähigkeiten. Das wusste er jetzt.

»Also, was willst du? Ich hab nicht den ganzen Tag Zeit.«

Alex lächelte innerlich. Er wusste, er hatte einen unausgesprochenen Kampf gewonnen, weil er Aaron dazu gebracht hatte, die Stille als Erster zu durchbrechen. »Ich will wissen, was ich von dir zu erwarten habe. Bist du Freund oder Feind? Wirst du ein Teil von Artimé werden, nun, wo du weißt, dass es real ist? Oder bist du immer noch wild entschlossen, dieses ganze Chaos in Quill wiederaufzubauen?«

»Ich habe nicht vor, meine Pläne irgendwelchen Ungewollten zu offenbaren – niemals.« Aaron setzte eine finstere Miene auf und versuchte, stark auszusehen, doch angesichts des trostlosen, heruntergekommenen Quills hinter ihm wirkte er dabei nicht sehr überzeugend.

»Ich verstehe«, erwiderte Alex. Trotz allem, was er durchlebt hatte, spürte er tief in seinem Herzen ein Stechen des Mitleids mit seinem Bruder, obwohl Aaron versucht hatte, ihn zu töten. »Ich schätze, dann gibt es nichts mehr zu sagen.«

Aaron zögerte. »Ich schätze nicht, nein.«

»Tja, ich werde vermissen, was hätte sein können.« Alex blickte in die verhärteten Augen seines Zwillings.

Aaron starrte zurück, ohne mit der Wimper zu zucken. »Wenn du meinst.«

Alex stand noch einen Moment lang da, nickte dann knapp und wandte sich von seinem Bruder ab. Er ging zurück nach Artimé, ohne sich noch einmal umzublicken.

Aaron sah ihm nach, dann drehte er sich nach Quill um und stolzierte zu seiner alten, verrosteten Schrottkarre zurück, einem der wenigen Fahrzeuge, die nach der Schlacht noch funktionstüchtig waren. Er stieg ein, ließ den Motor an und tuckerte die Straße zum Palast hinunter.

Was übrig blieb

Am Tag der alljährlichen Tilgung berief Mr Today auf dem Rasen eine Versammlung für ganz Artimé ein.

»Freundinnen und Freunde«, begann er, »ich bin erfreut, euch mitteilen zu können, dass der neue Hohepriester von Quill, Gunnar Haluki, und ich zu einer Übereinkunft gekommen sind: Unsere beiden Länder werden getrennt voneinander existieren – in Frieden.«

Der neue Hohepriester Gunnar, der diesmal in seiner menschlichen Gestalt hinter der Menge stand, blickte zu seiner Tochter hinüber. Lani drehte sich zu ihm um und schenkte ihm ein Lächeln.

»Unsere Grenze bleibt offen«, fuhr Mr Today fort. »Den Bewohnerinnen und Bewohnern beider Reiche steht es frei, zu kommen und zu gehen, wie es ihnen beliebt, auch wenn es noch eine Weile dauern könnte, bis irgendjemand wieder den Wunsch verspürt, das andere Land aufzusuchen. Einige werden es vielleicht auch nie wieder tun wollen.

Da dieser Ort für viele in Quill noch immer schier unbegreifbar ist, möchte ich euch alle bitten, unseren Besucherinnen und Besuchern mit demselben Respekt zu begegnen, den ihr mir entgegenbringt. Der neue Hohepriester hat mir versichert, sein Volk um dasselbe zu bitten.«

Zustimmendes Gemurmel schwappte durch die Menge.

»Des Weiteren sind wir übereingekommen, dass wir, sollte Quill sich entscheiden, seine Ungewollten weiterhin jedes Jahr zu tilgen, diese Ungewollten hier mit offenen Armen empfangen werden, selbstverständlich in dem Einvernehmen, dass sie nicht getötet werden.«

Nachdem der Lärm sich gelegt hatte, fügte Mr Today ernster hinzu: »All jenen von euch, die sich wünschen, irgendwann ihre Familien wiederzusehen und nach Quill zurückzukehren, steht es frei, dies zu tun, auch wenn ihr euch auf Enttäuschungen gefasst machen solltet. Ebenso gilt für alle, die den Wunsch hegen, ihre Verbindungen nach Quill komplett zu kappen: Niemand verlangt irgendetwas von euch. Eine Heilung ist ein langsamer Prozess, und für manche bleibt sie unmöglich.« Die Augen des alten Magus wirkten glasig, als er den Blick über die Überlebenden schweifen ließ, von denen viele noch immer sichtbare Wunden trugen. *Und noch mehr von ihnen,* dachte er, als er Alex' Blick einfing, *tragen unsichtbare Wunden, die kein Zauber wieder verschwinden lassen kann.*

Er fuhr fort: »Außerdem steht es jenen von euch, die ihre Familien nach Artimé einladen wollen, ebenfalls frei, dies zu tun. Wie ihr wisst«, sagte er und atmete tief durch, während Tränen über seine Wangen rannen, »geht uns in Artimé niemals der Platz aus.«

Mr Today schnäuzte sich in sein großes Taschentuch.

Laut. Dann blickte er wieder über die Menge der Ungewollten und verkündete: »Aber jetzt wollen wir unsere Sorgen fürs Erste beiseitelegen, denn am heutigen Tag wollen wir feiern.«

Jubel stieg von den Zuhörern auf und die Menge skandierte: »To-day, To-day, To-day!«

Marcus Today hob lächelnd eine Hand, um die Rufe zum Verstummen zu bringen. Dann sagte er: »Meine Freundinnen und Freunde, heute ist der Tag, an dem traditionell die Tilgung stattfindet, und da Hohepriester Haluki noch kaum Zeit hatte, Änderungen vorzunehmen, hat er die Tilgung wie üblich durchführen lassen – wie es der Wunsch seines Volkes war. Und bevor ihr über die Sitten und Bräuche in Quill die Nase rümpft, denkt bitte daran, dass Veränderung Zeit braucht. Heute heißen wir die zweiunddreißig neuen Artiméerinnen und Artiméer willkommen, die in der ersten Reihe sitzen.«

Tosender Applaus brach aus, woraufhin die Gruppe der mit aufgerissenen Augen dasitzenden Dreizehnjährigen sich staunend die Ohren zuhielt. Lani stupste Meghan, Samheed und Alex an und zeigte auf ihren kleinen Bruder, Henry, der erst zehn Jahre alt war, aber ebenfalls in der ersten Reihe saß. »Vater wollte keine Zeit mehr verlieren und ihn so schnell wie möglich hierherbringen«, sagte sie grinsend.

Das durch die Menge brummende Stimmengewirr verstummte erst wieder, als Mr Today erneut das Wort ergriff. »Heute wollen wir unsere neuen Freundinnen und Freunde in Artimé willkommen heißen. Und uns an jene erinnern, die wir verloren haben. Außerdem sollten wir uns an den heutigen Tag als den Tag erinnern, an dem wir gerettet wurden. Tragt euren Titel als Ungewollte wie ein Ehrenabzeichen, denn wir florieren prächtig!«

Erneut brachen die Versammelten in Beifall aus, und alle, die aufstehen konnten, feierten ihren Anführer mit stehenden Ovationen. Alex konnte jedoch nicht anders, als an sein Treffen mit Aaron zurückzudenken und sich zu fragen, ob wirklich alles so einfach werden würde, wie Mr Today behauptete. Doch wenn er ehrlich war, wusste er bereits, das würde es nicht.

Auch nachdem sich der Rasen größtenteils wieder geleert hatte, blieben Alex und seine Freunde im Gras sitzen, noch nicht bereit, sich ins Getümmel zu stürzen. Simber nickte der kleinen Gruppe zu, als er an ihr vorbeiging. Meghan und Samheed legten sich auf dem frischen grünen Gras zurück und nickten ein, während sie dem Geplapper und Gekicher der Schnabelgeien lauschten. Nachdem Mr Today sein Gespräch mit Hohepriester Gunnar unter vier Augen beendet und die beiden sich voneinander verabschiedet hatten, sprang Lani auf, umarmte ihren Vater und sagte ihm fürs Erste auf Wiedersehen, wobei sie ihm versprach, ihn schon bald besuchen zu kommen. Dann ließ sie sich wieder neben Alex ins Gras plumpsen, lehnte sich zurück, legte eine Hand auf seinen Arm und summte ein neues kleines Lied, das sie am Tag zuvor von Ms Morning gelernt hatte.

»Und«, fragte Lani, »was glaubst du, wird mit Aaron passieren? Willst du ihn wiedersehen?«

»Wir haben miteinander geredet«, antwortete Alex.

»Mein Vater sagt, Aaron fühlt sich ganz schrecklich – weil er dir wehgetan und Artimé verraten hat und all das. Vater meinte, es hätte aufrichtig geklungen.«

»Ich weiß nicht recht«, entgegnete Alex. »Das glaube ich nicht. Er ist ein ziemlich guter Schauspieler, egal, wie sehr er seine Kreativität auch abstreitet.« Er schloss die Augen, schwieg einen Moment und dachte nach. »Ich weiß einfach nicht, ob ich ihm je wieder vertrauen kann. Wahrscheinlich ist es genauso wie bei Justine und Mr Today. Sie haben sich so weit auseinanderentwickelt, dass es bei dem ganzen Mist, der zwischen ihnen stand, unmöglich für sie gewesen wäre, je wieder zueinanderzufinden. Vielleicht ist es besser, wenn Aaron und ich einander nicht wiedersehen. Zumindest für eine Weile.«

Lani schaute ihn an. »Das ist irgendwie echt traurig.«

Alex erwiderte nicht sofort etwas. »Ja, ist es.«

»Aber ich glaube, du wirst es wissen, falls du je wieder bereit sein solltest, es mit einer Annäherung zu versuchen«, sagte Lani.

Alex lächelte. Er griff nach einer ihrer Haarsträhnen und wickelte sie träge um seinen Finger, seine Augen geschlossen, sein Herz beinahe voll, sein Körper fast wieder völlig geheilt. Es war nicht alles perfekt, aber das würde es auch niemals sein, das wusste er. Doch er war ein vierzehnjähriger Junge, umgeben von seinen Freunden, der sich im warmen Sonnenschein im Gras ausruhte, wäh-

rend die Meereswellen sanft ans Ufer schwappten und …
Er seufzte. Zumindest im Moment war alles gut.

Und das war mehr, als sich ein Ungewollter je hätte erhoffen können.

Danksagungen

Es gäbe weder Fächerclips noch »Stirb tausend Tode!« ohne meinen unglaublich kreativen Sohn Kilian, der dabei war, als die Idee für *Wächter der Magie* das Licht der Welt erblickte. Das größte Zeichen meiner Dankbarkeit findest Du in Deinem Collegefonds, Schatz. Ein großes Dankeschön geht außerdem an meinen lieben Mann Matt, Fantasyexperte sondergleichen, sowie an meine Tochter Kennedy, eine meiner ersten und wichtigsten Leser:innen – sie weiß, warum.

Von ganzem Herzen möchte ich auch all den anderen frühen Leser:innen von *Wächter der Magie* danken: Diane Blake Harper, Andy Marshall, Erica Reynolds, Kate Reynolds, Greg Bouman, Tricia Kiepert, Joanne Levy, Lynn Sinclair, Richard Lewis und Cathy Sproul. Euer Feedback und Eure Ermutigung waren unschätzbar wertvoll, und dank Euch ist dieses Buch so viel besser. Danke auch an Lou: Nun inspirierst du mit deiner kunstvollen Magie andere jenseits dieser Welt.

Danke an das komplette Team bei Aladdin, vor allem an meine Lektorin Liesa Abrams, die die außergewöhnliche Fähigkeit besitzt, ein scheinbar nicht zu bändigendes

Manuskript auf schmeichelnde Weise zu zähmen. Der komplette Entstehungsprozess dieses Buches war – vom allerersten Lektorat über die Auswahl des Coverdesigns (Karin Paprocki, aufgrund Deiner unglaublichen Kreativität würdest Du garantiert schon bei der Geburt als Ungewollte eingestuft!) bis hin zu all den winzigen Details, die nötig sind, um das absolut Beste aus einem Buch herauszuholen (ja, ich sehe Dich an, Lauren Forte) – das reinste Vergnügen. Ich freu mich drauf, noch mehr Bücher mit Euch zu machen.

An meinen Agenten, Michael Boureet: Es fällt mir schwer, die richtigen Worte zu finden. Ich bin einfach nur so dankbar. Ich werde immer ganz rührselig, wenn ich an unsere gemeinsame Reise denke, und bin jedes Mal kurz davor, mit irgendeinem kitschigen Zitat aus *Jerry Maguire* rauszuplatzen, also belassen wir's einfach dabei: Danke!

Und zu guter Letzt an all die Künstler:innen da draußen: Erschafft weiter. Gebt niemals auf.

Über die Autorin

© Ryan Nicholson Photography

Lisa McMann lebt in Tempe, Arizona. Sie ist mit ihrem Schriftstellerkollegen Matt McMann verheiratet und sie haben zwei erwachsene Kinder. Ihr Sohn ist der Künstler Kilian McMann, ihre Tochter die Schauspielerin Kennedy McMann. In ihrer Freizeit geht Lisa gerne spazieren und kocht. Außerdem liest sie gerne Fantasy, Belletristik, Memoiren und Bücher über Kochen und Wein.

Letzte Seite: Neues Lesefutter ...

KEEPER OF THE LOST CITIES

ISBN 978-3-8458-4090-1

ISBN 978-3-8458-4091-8

ISBN 978-3-8458-4454-1

ISBN 978-3-8458-4629-3

ISBN 978-3-8458-4630-9

ISBN 978-3-8458-4631-6

ISBN 978-3-8458-4632-3

ISBN 978-3-8458-4633-0

ISBN 978-3-8458-5148-8

ISBN 978-3-8458-5149-5

Du möchtest noch mehr von uns kennenlernen?

Alle Bände auf einen Blick:

WÄCHTER DER MAGIE

Band 1

Band 2

Band 3

Band 4